LA PRINCESA DE CLÈVES

LETRAS UNIVERSALES

MADAME DE LA FAYETTE

La Princesa de Clèves

Edición de Ana María Holzbacher
Traducción de Ana María Holzbacher

CÁTEDRA
LETRAS UNIVERSALES

Letras Universales
Asesores: Carmen Codoñer, Javier Coy
Antonio López Eire, Emilio Náñez
Francisco Rico, María Teresa Zurdo

Título original de la obra: *La Princesse de Clèves*

Diseño de cubierta: Diego Lara
Ilustración de cubierta: Dionisio Simón

INTRODUCCIÓN

A mon Prince de Clèves á moi,
que j'ai eu le bonheur d'aimer...

Madame de La Fayette

Vida de Madame de La Fayette

MADAME de La Fayette ha cumplido treinta y ocho años cuando en 1672 escribe *La Princesa de Clèves*. No se trata de su primera obra, ni tampoco de su primera novela; en efecto, ya ha colaborado en una colección de retratos literarios reunidos por Mademoiselle de Montpensier trazando el de Madame de Sévigné, y tiene en su haber dos narraciones: *La Princesa de Montpensier* (1662) y *Zaïde* (1669), publicada bajo el nombre de Segrais y escrita quizás en colaboración con él.

Marie-Madeleine Pioche de la Vergne, este era el nombre de soltera de nuestra novelista, había nacido en el seno de una familia culta de la pequeña nobleza, circunstancias que la destinaban a recibir una excelente educación y a pasar sus días a la sombra de la corte. La muerte de su padre, acaecida cuando ella tenía catorce años, vino a transformar el curso de su existencia. El caballero René-Renaud de Sévigné empezó a frecuentar la casa de la viuda, y Marie-Madeleine, entonces en edad de merecer, se hizo quizás ilusiones respecto a las asiduidades del caballero. De ser así, debió sufrir un gran desengaño cuando el supuesto pretendiente manifestó su interés por la madre. La joven se veía desdeñada por el mismo hombre con el que tendría que compartir desde entonces el afecto materno.

Este incidente —seguimos en el campo de las hipótesis— pudo haber dejado en su corazón y en su mente una huella profunda y explicaría en parte que, a los diecinueve años, afirmara que «el amor es incómodo».

En todo caso, su madre, si fue una rival involuntaria, hay que reconocer que se ocupó seriamente de su instrucción y de su porvenir. Como la joven había demostrado, ya en vida de su padre, un gran interés por las letras, le dio como preceptor a Gilles Ménage, clérigo cortesano, erudito y galante que, al mismo tiempo que enriquecía los conocimientos de la discípula, cantaba su belleza —¿merecía ser cantada?— en versos franceses y latinos, y le labraba una reputación de mujer *d'esprit* —esta vez merecida— en el Hotel de Rambouillet, donde se daban cita las preciosas.

Marie-Madeleine adquirió una cultura muy superior a la de las mujeres de su tiempo, pero esto no bastaba para triunfar en la vida, y los desvelos de su madre se orientaron también en este sentido. Primero logró que fuese nombrada dama de honor de la reina, luego la introdujo en el convento de Chaillot, del que era superiora la madre Angelique de La Fayette. Allí vivían retiradas la viuda del rey del Inglaterra, Carlos I, y su hija Henriette. Marie-Madeleine logró cautivar a la religiosa y a sus nobles huéspedes.

Louise-Angelique de La Fayette tenía un hermano viudo... Le llevaba a Marie-Madeleine dieciocho años, pero poseía un castillo, un nombre y una fortuna —aunque comprometida por numerosos procesos—, elementos éstos más que suficientes para concertar entonces una «buena boda».

Mademoiselle Pioche de la Vergne pasa a ser Madame de La Fayette. Este nuevo nombre y la amistad contraída con Henriette de Inglaterra —que se ha convertido por su matrimonio en duquesa de Orleans y cuñada de Luis XIV— le abren de par en par las puertas de la corte.

El conde de La Fayette, que prefiere la caza y el cuidado de sus tierras a las distracciones mundanas, se instala con la joven esposa en su castillo de Auvergne. La educación esmerada de los cónyuges hace que, a falta de amor, nazca entre ellos la amistad, y Madame de La Fayette encuentra un derivativo a su afición por la vida mandana: en los procesos, de los que se ocupa activamente «y que no abandonará hasta haber enderezado la maltrecha fortuna de su marido» y en la correspondencia, que la mantiene en contacto con sus amigos de París.

Los pleitos la llevan de vez en cuando a la corte, y, con el tiempo, ya sea porque la vida que de la capital la atrae más que la de provincias, ya porque piense en cultivar las relaciones que han de serle tan útiles para situar a los dos hijos varones que han nacido de su matrimonio, se instala en París, donde recibe las fugaces visitas de su marido, con quien sigue manteniendo, aunque de lejos, unas relaciones afectuosas.

Madame de La Fayette se ve recibida como una amiga en los salones de Henriette de Orleans; frecuenta el Hotel de Rambouillet, el de Nevers, el salón de Mademoiselle de Scudéry y, a su vez reúne en su casa a un grupo escogido de amigos: Segrais, Huet, Madame de Sévigné y Ménage, comodín este, que tan pronto la secunda en sus pleitos constantes, como colabora en sus actividades literarias, sin descuidar por ello su papel del admirador abnegado que Madame de La Fayette se complace en tener a sus pies.

Más tarde se une al pequeño grupo, y lo excluye a veces, monsieur de la Rochefoucauld. Madame de La Fayette consigue atraerlo halagando su afición a la lectura —juntos leen *l'Astrée*— y luego distraerlo apelando a su talento de escritor y de corrector.

No tenemos elementos de juicio ni documentos que nos permitan conocer el alcance de los sentimientos que unían a Madame de La Fayette y a Rochefoucauld —¿amistad amorosa?, ¿algo más que esto?—, pero no cabe duda de que esta relación fue enriquecedora para ambos. Madame de La Fayette alegró los últimos años de La Rochefoucauld, entreteniéndolo y atenuando su pesimismo; él, por su parte, contribuyó a dar solidez a la inteligencia de su amiga, y la ayudó a tomar conciencia de sus posibilidades como escritora. «Il m'a donné de l'esprit», decía Madame de La Fayette, «mais j'ai contribué à reformer son coeur»[1].

En 1680 moría La Rochefoucauld, y este triste acontecimiento fue para Madame de La Fayette un golpe bastante más duro que la muerte de su propio marido, que sobrevendría tres años más tarde[2]. Pero la escritora no era de la raza de las mujeres que se dejan abatir por la adversidad. Pasados los primeros momentos de sincero dolor, atrajo junto a sí con carantoñas al fiel Ménage, a quien habían distanciado los celos, y prosiguió sus actividades literarias —*La Princesa de Tente, Las Memorias de la corte de Francia*— y sus intrigas, destinadas esta vez a situar a sus hijos. Organizada hasta el fin, se reservó un tiempo de reflexión para preparar la salvación de su alma, dedicando los últimos años de su vida a la más austera piedad, muriendo en 1693, asistida por un sacerdote de Port-Royal.

A juzgar por los retratos que de ella tenemos, fue menos hermosa que inteligente. En cuanto a su carácter, sabemos que sus amigos la llamaban *brouillard*, «niebla». Ignoramos si aludían con este apodo a su falta de transpa-

---

[1] Él ha agudizado mi ingenio, pero yo he contribuido a reformar su corazón.
[2] Madame de Sévigné, en una carta a su hija del 17 de 1670, le anuncia la muerte de La Rochefoucauld y añade: «¿Dónde encontrará Madame de La Fayette un amigo como él, una compañía como la suya, una dulzura semejante? (...) Nada podía compararse a la confianza que reinaba entre ellos y a los encantos de su amistad.»

rencia, a su melancolía o a su frialdad —las zalamerías de sus cartas parecen reservadas a la obtención de algún fin concreto. Y la imagen de sí misma que ofrecía a sus contemporáneos era ante todo la de una mujer eminentemente razonable. Su amiga Madame de Sévigné dijo de ella:

> Madame de La Fayette ha tenido razón durante su vida, la ha tenido después de su muerte, y jamás ha carecido de esta divina razón que era su cualidad principal.

(Carta a la condesa de Guitaut
París, 3 de junio de 1693)

«La Princesa de Clèves» y su/sus autor/autores

La Princesa de Clèves en la edición de 1678 vio la luz precedida de la siguiente nota «del librero al lector»:

> Cualquiera que sea la aprobación que ha merecido esta historia en las lecturas que se han hecho de ella, el autor no ha podido decidirse a darse a conocer: ha temido que su nombre disminuyese el éxito de su libro. Sabe por experiencia que algunas veces se condenan las obras por la opinión mediocre que se tiene del autor, y sabe también que la reputación del autor da a menudo valor a las obra. Permanece, pues, en la oscuridad en que está, y se mostrará no obstante, si esta Historia es tan grata al público como espero.

Así pues, la novela se publicó sin nombre de autor, como había ocurrido con las anteriores narraciones de Madame de La Fayette. Esto puede explicarse por el poco prestigio de que gozaba la novela, considerada como un subgénero pese a la prosperidad que conocía, tanto por el número de sus lectores como por el de obras publicadas[3], y porque en el caso de Madame de La Fayette la tarea de escribir novelas resultaba incompatible con la clase social a la que pertenecía. Bien estaba la escritura novelesca como pasatiempo de sociedad, pero de esto a escribir para la edición había un abismo. Todo parece indicar que la atemorizaba que la tomasen por una escritora profesional, y así, cuando Huet envió *La Princesa de Montpensier* a una parienta suya, revelando el nombre de su autora, Madame de La Fayette le escribió preocupadísima: «Se van a creer que soy un autor profesional»...

Por otra parte, el que una mujer tomase la pluma no estaba muy bien visto que digamos entre los varones. Chapelain le escribe a Balzac en 1639:

> En una mujer, me parece que no hay nada tan *repugnante* como erigirse en escritor.

Y Balzac parece compartir su punto de vista. En una carta a Chapelain, fechada el 22 de marzo de 1638, leemos:

> Hace tiempo que me he pronunciado sobre esta pedantería del otro sexo, y que he dicho que *soportaba de mejor grado una mujer con barba que una que se las da de sabia*[4].

Madame de La Fayette solía tener a su alrededor varios consejeros: Ménage, Segrais, Huet, de La Rochefoucauld, pero en el momento en que escribe *La Princesa de Clèves* sólo este último está a su lado, de modo que la paternidad de la obra podría concernirle. De hecho, sabemos que los contemporáneos sospechaban que era el resultado de una colaboración entre ambos, y algunos de

---

[3] Se baraja la cifra de 1.250 para el número de novelas escritas en el siglo XVII.

[4] Citado por Octave Nadal, *Les sentiments dans l'oeuvre de Corneille*, NRF, Gallimard, Bibliothèque des Idées, 1948, pág. 44.

sus amigos más íntimos estaban informados, si bien lo
llevaban con sumo secreto: sólo mucho después de que
La Princesa de Clèves se publicase, como Ménage le hubiera preguntado a Madame de La Fayette si era realmente
la autora de la novela, ella le contestó, de una manera un
tanto sibilina, lo que parece ser la verdad: que *La Princesa
de Clèves* era obra suya, y que la participación de La Rochefoucauld se limitaba a algunas correcciones.

«LA PRINCESA DE CLÈVES» Y SUS LECTORES

El *Mercure Galant,* periódico fundado en 1672 por
Donneau de Visé, publicaba cuatro veces al año un número extraordinario, que mantenía una correspondencia
entre sus lectores sobre temas amorosos. Unos lectores
escribían planteando problemas sobre los que otros lecto-

---

[5] El 8 de diciembre de 1677, Madame de Scudéry escribía al conde de Bussy-Rabutin: «El señor de L... y la señora de L... han hecho una novela de los galanteos de la corte de Enrique III. No hay libro mejor escrito.» Ver *Lettres de
Messire Rabutin comte de Bussy,* Amsterdam, Z. Chatelain, 1738, t. IV, pág. 111.

Obsérvese el misterio en que se envuelve el nombre de los autores. Por otra
parte, el 18 de marzo de 1678 *(La Princesa de Clèves* se había acabado de impri-
mir el 8 de marzo), Madame de Sévigné le escribe al conde de Bussy-Rabutin,
su primo, y a Madame de Coligny, y hace alusión a *La Princesa de Clèves:* «es un
librito que Barbin nos ha dado desde hace dos días, que me parece una de las
cosas más encantadoras que he leído en mi vida (...) Os pediré que me deis
vuestra opinión cuando lo hayáis leído». No se cita la autora, lo cual es tanto
más sorprendente cuanto que Madame de Sévigné, íntima amiga de Madame de
La Fayette, la nombraba en todas las cartas a su hija, aunque sólo fuese para
mandarle recuerdos suyos. Bussy-Rabutin respondió a Madame de Sévigné el
22 de marzo, y menos discreto, escribía: «La Canonesa Rabutin no me ha hecho
saber nada de *La Princesa de Clèves,* pero este invierno uno de mis amigos me escribió que Monsieur de La Rochefoucauld y Madame de La Fayette nos iban a
dar algo muy bonito, y bien veo que se referían a *La Princesa de Clèves.* He mandado decir que me la envíen, y, cuando la haya leído, os diré mi opinión tan de-
sapasionadamente como si no conociese a los padres...» Ver Madame de Sévigné, *Lettres,* Bibliothèque de la Pléiade, Gallimard, 1960, t. II, pág. 403 y nota
pág. 1039.

res daban después su opinión. El periódico, previo acuerdo con el editor de *La Princesa de Clèves*, o con la autora, anunció la aparición del libro y, poco después, el número extraordinario abrió una encuesta sobre el episodio de la «confesión» en la novela, que se prolongó en varios números, y desembocó luego en un planteamiento más general: «¿Qué debe hacer una esposa que se encuentra en tal o cual circunstancia?»

Por otra parte, y paralelamente, aparecen dos publicaciones que contribuyen a despertar el interés por la obra. La primera, de finales de 1678, es un librito titulado: *Cartas a la Señora Marquesa XXX sobre el tema de la Princesa de Clèves,* en que el autor, anónimo —seguimos con el juego de los anonimatos, aunque parece unánimemente admitido que se trata de Valincourt— critica y analiza muy finamente distintos aspectos de la novela: su carácter histórico, las reacciones de los protagonistas, el comportamiento de éstos en los momentos claves del relato, el estilo, etc... La segunda, *Conversaciones sobre la crítica de la Princesa de Clèves,* atribuida al *abbé*[6] de Charnes, es una obra de defensa y panegírico, que surge como respuesta a las críticas de la primera. La aparición de estas dos obritas vino a sumarse a la encuesta del periódico, y contribuyó a que, durante mucho tiempo, la novela sirviese de pábulo a las conversaciones de los salones.

---

[6] Aquí tratamiento equivalente al español «padre». Se da a todo sacerdote que no ostenta otra dignidad.

LA CIRCUNSTANCIA

Les plus irritant parce que le plus fer-
mé des romans français...

BERTRAND D'ASTORG,
Le Mythe de la dame à la licorne

El mensaje literario, como todo mensaje, presupone un código, y este código varía con el tiempo. Para penetrar en determinada obra de un tiempo pasado, es preciso que estemos en las mismas condiciones de comprensión que los contemporáneos de su autor, lo cual sólo es posible si nos hacemos con el código que les era familiar. Éste no está constituido únicamente por la lengua literaria de una época, con el vocabulario y las connotaciones que le son propias, sino también por el entorno sociocultural, lo que llamaremos aquí «la circunstancia».

A un criterio de esta índole —necesidad de acercarnos a la obra conociendo las circunstancias en las que se inscribió el acto de creación literaria— obedecen los intentos de situar *La Princesa de Clèves* con relación a dos coordenadas que representan dos hitos importantes en la literatura del siglo XVII: Corneille y Racine. Corneille, porque en esta novela como en su teatro aparece el héroe, origen de todos los valores morales, perteneciente a una élite de la que recibe y acata las normas, y que se hace a sí mismo por una afirmación suprema de su voluntad. Racine, porque el tema central de *La Princesa de Clèves* es, como en las tragedias racinianas, la irrupción de una pasión fatal cuyos efectos destructores acaban con la vida de los personajes.

Esta interpretación de *La Princesa de Clèves,* que data de Lason, tiene ciertas variantes: unos críticos hablan de yuxtaposición de un mundo corneliano y un mundo raciniano, de paradoja de una tragedia raciniana con personajes cornelianos —que explican por la transición entre dos mundos diferentes—, otros de la expresión de un conflicto irresoluto entre dos conceptos de la naturaleza humana: la concepción heroica de Corneille, que es la expresión de una moral idealista, basada en el individuo libre, fuerte y consciente de su propia dignidad, y el nihilismo de Racine, cuya obra se halla dominada por el sentimiento de la degradación y de la miseria del hombre, presa de sus pasiones, ante las que se encuentra indefenso[7].

Por nuestra parte, sin desdeñar el interés de estas interpretaciones, hemos pensado que sería interesante buscar la clave de *La Princesa de Clèves* más allá de las concepciones que simbolizan estos dos escritores, en un contexto más amplio que ahonde en las mismas raíces del siglo XVII, y en las contradicciones de un periodo de la Historia que, por una interpretación abusiva de la palabra «clásico», nos obstinamos en asociar a mesura y equilibrio, olvidando que se dan en ella tendencias tan dispares como el cartesianismo y el jansenismo.

En *La Princesa de Clèves* hay dos muertes —la de la madre y la del marido— que cobran especial importancia porque tienen como consecuencia los dos episodios más polémicos de la novela: la confesión y el rechazo[8].

---

[7] Ver Serge Doubrovsky, *La Princesa de Clèves: une interprétation existentielle, La Table Ronde*, núm. 138, París, Plon, junio de 1959, y Claude Vigée, *La Princesse de Clèves et la tradition du refus, Critique,* agosto-septiembre de 1960.

Doubrovsky refuta estas teorías y siguiendo un camino trazado por Georges Poulet (en *Études sur le Temps humain,* capítulo dedicado a *La Princesa de Clèves)* se orienta hacia un intento de interpretación moderna de la obra. Analiza los temas centrales del libro —«fracaso del humanismo, imposibilidad del amor, ausencia de Dios, vértigo de suicidio»—, y le parece descubrir «una complicidad secreta entre la atmósfera desesperada de la novela y nuestro propio nihilismo». Esta afinidad innegable con el desgarramiento existencial le ha hecho desdeñar relaciones muy interesantes que existen entre la obra y su circunstancia.

[8] La confesión de la princesa de Clèves a su marido de su amor por otro, y la

Estas muertes aparecen enmascaradas a los ojos del lector, al que se le ofrece de ellas unas descripción eufémica[9], y ocultas a los de los otros personajes de la novela, puesto que el señor de Clèves, al igual que la señora de Chartres, elige la soledad para prepararse a este momento supremo, abstrayéndose de la mirada de los seres más queridos. Como si el morir fuese algo vergonzoso que no se pudiese hacer ante los demás, o, más exactamente, como si la idolatría del yo hiciese imposible exteriorizar esta última, pero absoluta, muestra de debilidad.

Este gesto de alejar a la hija o a la esposa, de ocultarles el espectáculo de la propia muerte, nos trae a la memoria los últimos momentos de Sócrates, tal como los describe Platón en el *Phedón* y, quizás por asociación de ideas, caemos en la cuenta de la existencia en la novela de una constante estoica, que dicta el comportamiento de varios de los personajes, sobre todo de la protagonista. Pero, ¿resulta pertinente hablar de estoicismo en la época que nos interesa?

Creemos que sí. El Renacimiento, en su vuelta a la Antigüedad había exhumado las filosofías antiguas y, de manera muy especial, el estoicismo. No remontándose a sus orígenes socráticos, sino a partir de Epícteto, interesado únicamente por el aspecto normal de esta doctrina y por su objetivo final: alcanzar la ataraxia o ausencia total de turbación en el espíritu.

El pensamiento de Epicteto se divulgó a través de la síntesis, hecha por uno de sus discípulos, que se conoce como *El Manual,* y podría resumirse con la máxima *sustine et abstine:* «soporta y abstente». Como toda filosofía es-

---

negativa de la misma señora, ya viuda, de aceptar el matrimonio que le propone el señor de Nemours.

[9] «eufémica»... Si, como creemos se trata de un neologismo, nos disculpamos de haberlo creado, pero nos parece que la necesidad de su uso queda justificada por su existencia en otras lenguas.

toica, es ante todo una filosofía de la voluntad. El sabio deberá aprender a discernir lo que depende de su voluntad y lo que no depende de ella y, establecida esta distinción, se abstendrá de desear en vano lo que el destino no pone a su alcance, despojándose de sus pasiones hasta conseguir alcanzar esta imperturbabilidad, en la que reside el secreto de toda sabiduría y de una vida feliz y virtuosa.

El siglo XVII está fuertemente marcado por la influencia del estoicismo, y los nuevos adeptos de esta filosofía intentarán conciliarla con el cristianismo[10], hasta que, en la segunda mitad del siglo, el pensamiento cristiano rechaza el estoicismo, denunciando lo poco que tiene que ver el orgullo estoico con el espíritu evangélico.

Henri Busson[11] da al año 1660 como fecha de la muerte del estoicismo cristiano y como fecha límite de la influencia del estoicismo, pero, de hecho, esta filosofía había penetrado en las costumbres francesas, quizás porque armonizaba bien con cierta actitud ante la vida, mezcla de elegancia y de orgullo, propia de determinada clase social que templaba su carácter a fin de endurecerse ante la adversidad —considerando que esto acrecentaba su dignidad y su nobleza—, al par que encubría con eufemismos la realidad humana, disimulando así sus miserias[12]. Esta postura se reducía a menudo a una lucha entre el ser y el parecer, que se manifestaba como una forma peculiar de buenos modales, una moral social que es-

---

[10] Ver Henri Busson, *La Réligion des classiques*, Bibliothèque de Philosophie contemporaine, París, P. U. F., 1948.

[11] *Op. cit.*, pág. 193.

[12] Esta élite, quizás extinguida ya, tenía aún descendientes en la generación de nuestros padres, y estaba dotada de un estilo propio, el estilo *vieille France*. Manifestaba su actitud ante el dolor y la adversidad con frases como *douleur tu n'es qu'un mot* (dolor, eres sólo una palabra) o *souffre et tais-toi* (sufre en silencio), y decía de un enfermo que estaba *fatigué* (cansado) y de un moribundo que estaba *très fatigué* (muy cansado)...

tablecía «lo que se hace» y «lo que no se hace», reprimiendo en el individuo todo lo que es particularidad de carácter y de sentimiento, constituía, en fin, una «razonable exquisitez de modales» que se conocía por *Bienseance*.

A la novela de la época le cupo la misión de enseñar y ejemplarizar este código de urbanidad, y los personajes de *La Princesa de Clèves* actúan conforme a sus más estrictas normas; no obstante, nos parece que hay ciertas connotaciones estoicas en su comportamiento que no pueden inferirse de la mera *bienseance,* ni deben confundirse con ella, y requieren, por tanto, otro tipo de explicación.

Serge Doubrovsky [13] escribe a propósito de la señora de Chartres en su función de consejera de su hija:

> Se diría que este plan de conjunto trazado por la señora de Chartres para realizar sus propósitos había nacido *del contacto con el pensamiento cartesiano y en particular de una lectura atenta del Tratado de las Pasiones.*

Si la señora de Chartres había leído a Descartes, esto quiere decir que Madame de La Fayette lo había leído también, y si esta lectura dejó huellas en el comportamiento de la primera, también pudo dejarlas en la escritura de la segunda...

Doubrovsky establece por un momento esta relación con Descartes, pero se diría que luego ve sólo los aspectos distintos, no las afinidades, y concluye: «el mundo ha perdido sus dimensiones cartesianas». Nosotros hemos seguido también esta pista, pero nos ha llevado a conclusiones distintas.

De entrada, podríamos decir que *La Princesa de Clèves,*

---

[13] *Op. cit.,* pág. 40.

por el mero hecho de ser una novela de análisis, se basa en un principio cartesiano absolutamente fundamental: el de considerar al hombre como «substancia pensante», y que hay en la novela una serie de constantes que se explican también por el cartesianismo, así la supremacía otorgada a la razón, la pasión como objeto de conocimiento —y, por lo mismo, minuciosamente analizada—, la pasión controlada por la razón, la confianza ilimitada en la voluntad.

Cabría objetar que ninguno de estos puntos supone por parte de la autora un contacto estrecho con el pensamiento cartesiano, ya que se trata de aspectos del cartesianismo que habían sido ampliamente asimilados y que estaban en el aire, y debemos reconocer que nos veríamos obligados a admitir esta observación, pero en *La Princesa de Clèves* existen otras afinidades que nos parecen requerir incontestablemente esta «lectura atenta» del *Tratado de las Pasiones* de que habla Doubrovsky.

Veamos cómo nos describe Madame de La Fayette el enamoramiento de sus personajes.

Cuando el príncipe de Clèves ve por primera vez a la señorita de Chartres, en casa del joyero, la narradora nos dice:

> Le *sorprendió* tanto su belleza, que no pudo ocultar su *sorpresa*. La señorita de Chartres no pudo por menos de sonrojarse viendo el *asombro* que le había causado (...) El señor de Clèves la miraba con *admiración* (...) la seguía mirando con *asombro* (...) concibió por ella desde aquel momento una pasión y una *estima* extraordinarias.

El amor del señor de Nemours cuando conoce a la señora de Clèves sigue una progresión semejante:

> El señor de Nemours se quedó tan *sorprendido* de su be-

lleza (...) no pudo por menos de mostrarle su *admiración* (...) bien es verdad que el señor de Nemours sentía por ella una *inclinación* violenta.

Y en lo que se refiere a la señora de Clèves y a su encuentro con el señor de Nemours, leemos:

Este príncipe tenía tal apostura, que era difícil no estar *sorprendido* al verlo cuando no se le había visto nunca (...), pero era también difícil ver a la señora de Clèves por primera vez sin sentir un gran *asombro*.

Sorpresa, admiración, asombro, inclinación... Estas fases del amor, a las que se alude una y otra vez, no dejan de ser un tanto curiosas. No se trata de términos empleados usualmente en la época para describir la pasión amorosa, ni entran dentro de ninguna explicación simbólica que pueda equipararse a la alegoría medieval de inspiración ovidiana, según la cual la flecha de Cupido penetra por los ojos y se clava en el corazón; por otra parte, el Mapa de Tendre[14], que establece también una progresión en el nacimiento del amor, no hace mención alguna de ellas, de modo que no podemos tampoco relacionarlas con las teorías *preciosas*[15]. En cambio, su presencia en Descartes no escapa a una lectura minuciosa del *Tratado de las Pasiones*.

En el artículo 70 de dicho Tratado, que lleva como título: «La admiración, su definición y su causa» leemos:

La *admiración* es una súbita *sorpresa* del alma, que hace que se incline a considerar con atención los objetos que

---

[14] Introducido por Mademoiselle de Scudéry en una de sus novelas *La Clélie.*

[15] El preciosismo, del que tendremos ocasión de hablar más adelante, es una tendencia al refinamiento de impresión y de expresión, que se manifiesta en Francia en ciertos salones femeninos durante el transcurso del siglo xvii, y que va unida a una teoría del amor. Recordemos cómo lo satirizó Molière en su comedia *Las Preciosas Ridículas.*

le parecen raros y extraordinarios. Así, viene motivada primeramente por la impresión que tenemos en el cerebro, que juzga el objeto raro y, por consiguiente, digno de ser seriamente considerado.

Y más adelante, en el artículo 72, titulado «En qué consiste la fuerza de la admiración»,

> (...) lo que no impide que la *admiración* tenga mucha fuerza a causa de la *sorpresa,* es decir, de la llegada súbita de la impresión que cambia el movimiento de los espíritus, *sorpresa* que es propia y particular de esta pasión.

De modo que la sorpresa prepara la admiración y la precede[16].

Veamos ahora, en el artículo 73 lo que es el *asombro*:

> Y esta *sorpresa* tiene tanto poder para hacer que los espíritus que están en las cavidades del cerebro sigan su curso, y se encaminen hacia el lugar en que se halla la impresión del objeto que se *admira* (...) que todo el cuerpo permanece inmóvil como una estatua (...) esto es lo que se llama comúnmente estar *asombrado*[17], y el *asombro* es un exceso de *admiración*.

En lo que se refiere a la inclinación, leemos en el artículo 90 del *Tratado de las Pasiones*:

> al llegar a cierta edad (...) nos consideramos (...) como si

---

[16] La explicación que da Descartes no deja de ser un tanto curiosa y merece que la reproduzcamos: «Cierto es que los objetos sensoriales que son nuevos tocan el cerebro en ciertas partes en las que no acostumbra a ser tocado, y que estas partes siendo más tiernas o menos firmes que las que una agitación frecuente ha endurecido, ello aumenta el efecto de los movimientos que éstos —los objetos sensoriales— excitan...»

[17] El término empleado en el texto es *étonné*. Quizás hubiéramos debido traducirlo por «atónito» de similar etimología. La palabra española viene de *attonare*, mientras que la francesa procede de su derivada en latín vulgar **extonare*.

sólo fuésemos la mitad de un todo del que una persona del otro sexo debe ser la otra mitad, de suerte que la adquisición de esta mitad es confusamente representada por la naturaleza como el mayor de todos los bienes imaginables. Y aunque veamos varias personas de otro sexo, no por eso deseamos a varias al mismo tiempo, pero cuando observamos en una alguna cosa que agrada más que lo que observamos al mismo tiempo en las otras, esto determina el alma a sentir solamente por aquélla toda la *inclinación* que le da la naturaleza a buscar el bien que ella le representa como el mayor que podamos poseer, y a esta *inclinación* o este deseo que nace así del agrado *se le da el nombre de amor* más comúnmente que a la pasión de amor que ha sido más arriba descrita. Asimismo tiene más extraños efectos, y es él quien sirve de principal materia a los escritores de novelas y a los poetas.

Y la deuda contraída con Descartes no se limita a estas afinidades —de conjunto unas, de detalle otras— que hemos examinado; parece presumible y nos atreveríamos a afirmar que la coloración estoica que nos llamó la atención en la novela y que no creemos quede justificada por la mera fidelidad a las normas de la *Bienseance,* podría explicarse, en cambio, por la familiaridad con las obras de Descartes. Ya que si Descartes sólo alude a los estoicos como de pasada[18], *El Discurso del Método,* y más aún el *Tratado de las Pasiones,* están impregnados de estoicismo, y los aspectos de este estoicismo coinciden con los que encontramos en *La Princesa de Clèves.* Veamos algunos ejemplos:

La máxima núm. 3 del *Discurso del Método,* «Intentar vencerse a sí mismo antes que a la fortuna», principio

---

[18] «Los filósofos que en otro tiempo pudieron substraerse al imperio de la fortuna y competir en felicidad con los dioses», *Discurso del Método,* edición de la Pléiade, pág. 146.

que constituye la base de la doctrina estoica, parece haber trazado la línea de conducta de la princesa de Clèves, que, en las ocasiones importantes de su vida, considera más oportuno poner en juego toda la fuerza de su voluntad, aun a costa de luchar contra sus sentimientos, que tentar el destino.

El artículo 45 del *Tratado de las Pasiones,* que analiza el poder del alma en lo que se refiere a las pasiones, da una norma pareja a la que orientó la reflexión de la princesa de Clèves en el tiempo que precedió la decisión del rechazo.

> Nuestras pasiones (leemos en dicho artículo) no pueden ser directamente excitadas o suprimidas por la acción de nuestra voluntad, pero pueden serlo indirectamente por la representación de las cosas que acostumbran a acompañar a las pasiones que queremos tener.

Así cuando la princesa de Clèves decide renunciar al señor de Nemours, se imagina todos los aspectos negativos que podrían seguirse de su matrimonio con él: la infidelidad del hombre, los celos que acompañan —ineluctablemente según ella— la pasión amorosa, y esto la ayuda a perseverar en sus designios. Del mismo modo, cuando después de su enfermedad se dio cuenta de que «la imagen del señor de Nemours no se había borrado de su corazón»,

> pidió auxilio, para defenderse de él, a todos los motivos que creyó tener para no ser jamás su esposa.

Y si los principios que regulan el comportamiento de la señora de Clèves nos parecen estoico-cartesianos, ¿qué diríamos del objetivo que se ha fijado? La señora de Chartres, al ocuparse de la formación de su hija, ya le hablaba de la *tranquilidad* que acompaña la vida de una mujer honesta; la princesa de Clèves, por su parte, al analizar los móviles que la han llevado a tomar su decisión de rechazar al señor de Nemours, alegará también sus deseos de hallar la *tranquilidad*:

> Lo que debo a la memoria del señor de Clèves sería poca cosa si no se viese sostenido por lo que me interesa mi *tranquilidad*.

Y más adelante, cuando el señor de Nemours sigue a la corte para acompañar a la reina de España, leemos:

> Las razones que tenía para no casarse con el señor de Nemours le parecían poderosas en lo que se refería a su deber e insuperables en lo tocante a su *tranquilidad*...

Este objetivo, un tanto sorprendente en una mujer joven que además está —teóricamente al menos— muy enamorada, parece la deformación del objetivo perseguido por Descartes, quien, al igual que los filósofos estoicos, se esforzaba en aceptar su destino, domando la propia voluntad y limitando sus deseos, con el fin de alejar su espíritu de toda perturbación y alcanzar así el sosiego, la tranquilidad del alma que los estoicos conocen por *ataraxia*.

Al final de la novela, la narradora introduce una nueva situación —la grave enfermedad padecida por la señora de Clèves—, que da un carácter completamente distinto a la decisión de la protagonista y la hace mucho más comprensible:

> El haber visto la muerte tan largamente y tan de cerca, le hizo contemplar a la señora de Clèves las cosas de esta vida con ojos muy distintos de aquellos con que se la ve cuando se está sano. La muerte ineluctable de la que se veía tan cerca la acostumbró a despegarse de to-

das las cosas (...) *Las pasiones y los compromisos del mundo le parecieron tal y como parecen a las personas que tienen miras más elevadas y más lejanas.*

Pero cuando el señor de Nemours va a visitarla al convento y ella se niega a recibirlo, le manda decir:

que deseaba que supiese que habiendo llegado a la conclusión de que su deber y su *tranquilidad* se oponían a la inclinación que sentía por ser suya, las demás cosas del mundo le habían parecido tan indiferentes que había renunciado para siempre a ellas; que no pensaba sino en las de la otra vida...

La huida hacia la devoción encubre, en definitiva, la búsqueda del reposo egoísta y de la tranquilidad.

Y prosigamos la búsqueda de los aspectos de la circunstancia que pueden ayudarnos a penetrar en la novela.

Al aludir antes a las antinomias que configuran el siglo XVII, erróneamente considerado como símbolo de mesura y equilibrio, opusimos al cartesianismo el jansenismo. Analizado el matiz estoico, posiblemente de origen cartesiano de la princesa de Clèves, intentemos ver ahora si el jansenismo dejó también su impronta en la narración.

La Princesa de Clèves dista mucho de ser una obra religiosa: Dios está ausente, y las alusiones a la fe o a las prácticas de piedad parecen más formales que auténticas[19], pero esto no excluye la posibilidad de la presencia

---

[19] Alusión a «la esperanza en la otra vida» de la señora de Chartres moribunda. De la señora de Clèves se nos dice que «se retiró a un convento» y que «no pensaba más que en las cosas de la otra vida», frases que hay que leer en el contexto para ver la poca fuerza que tienen. Lo mismo ocurre con las que terminan la novela en las que se hace referencia a la santidad de sus ocupaciones y a los ejemplos de virtud inimitables —¿cómo no? todo en ella es inimitable— que dejó después de su muerte.

en la obra de actitudes o comportamientos jansenistas. En efecto, el jansenismo había penetrado profundamente en la sociedad de la época, y si la gran mayoría no se interesaba en absoluto por el contenido de su doctrina, ni por «las cinco proposiciones»[20], esto no impidió que adoptaran de él su exigencia de una moral más severa y, en último término, que se dejaran contagiar por su fondo negativo y por su pesimismo. Madame de La Fayette, como muchos de sus contemporáneos, se mantuvo al margen del movimiento religioso de Port-Royal[21], pero evidentemente estaba lejos de ignorarlo, porque era una mujer culta y porque los planteamientos del jansenismo y los problemas que suscitaban alimentaban generosamente las conversaciones de los salones y, desde luego, debieron de invadir el suyo, frecuentado con fidelidad por sus amigos La Rochefoucauld y Madame de Sévigné.

La Rochefoucauld había sido asiduo del salón de Madame de Sablé, de marcada tendencia jansenista, y de hecho sus máximas tiene mucho que ver con el espíritu de Port-Royal, del que comparten el pesimismo. En su debate sobre el amor propio, considerado como la búsqueda del interés egoísta, se declara implícitamente partidario de la tesis agustiniana según la cual la voluntad carece de fuerza y el amor propio es su único resorte, si bien el pecado original, principio de esta situación para los jansenistas, no entraba en sus consideraciones.

En cuanto a Madame de Sévigné, se supone que pertenecía a la cofradía de Port-Royal des Champs y que siguió un itinerario jansenista que la hizo alejarse progresivamente del mundo. Sus cartas nos aportan a este respecto un testimonio revelador: en varias de ellas hace decla-

---

[20] Los cinco artículos de la doctrina de Jansenius podían hacer pensar que negaba el libre albedrío y limitaba la Redención a los predestinados.

[21] Al menos hasta el final de su vida. Recordemos su muerte asistida por un sacerdote jansenista.

raciones que dejan traslucir, más allá de su tono jovial, el interés de su autora —o quizá su simpatía— por la doctrina jansenista. En una ocasión, después de unas afirmaciones que podrían considerarse jansenistas, añade:

> es San Agustín quien me ha dicho esto, por cierto que lo encuentro muy jansenista, y a San Pablo también[22].

Poco tiempo después le escribe a su hija:

> Leéis a San Pablo y a San Agustín, he ahí dos buenos obreros para establecer la soberana voluntad de Dios, no se privan de decir que Dios dispone de sus criaturas como el ceramista: elige unas y rechaza otras[23].

En fin, en otra carta cuenta, con su vivacidad acostumbrada que su confesor le había rehusado el permiso de comulgar «porque estaba tan ocupada y dominada por el pensamiento de su hija, que su corazón no era capaz de otro pensamiento»[24]. Este detalle hace suponer que tenía un director espiritual jansenista o filojansenista. En efecto, Antoine Arnaud, en su libro *La fréquence de la Communion*, si bien admite la asiduidad a este sacramento, de la que no eran partidarios los jansenistas —porque para ellos la confesión iba precedida de una parsimoniosa obtención de perdón, ganado a fuerza de penitencias—, exige, para poder acceder a él, otras disposiciones además de aquellas que requerían los jesuitas.

El hecho, de verse privada así de la comunión es, pues, un indicio de jansenismo, pero hay más, el motivo

---

[22] Carta de Madame de Sévigné a Madame de Grignan, 9, I, 1680.

[23] Carta del 14 de julio de 1680.

[24] Citado por Henri Busson, *La Réligion des Classiques*, Bibliothèque de Philosophie Contemporaine, París, PUF, 1948. De este autor hemos tomado la información referente al confesor jansenista de Madame de Sévigné y al libro de Arnaud sobre la confesión.

por el que se ve privada de ella parece jansenista también. *L'Agustinus* era tajante a este respecto: «no se puede sin pecar amar a ninguna criatura».

Pues bien, si para los jansenistas todo afecto estaba por su naturaleza misma mancillado por la concupiscencia, ¿cuánto más no lo estaría la pasión amorosa? Los jansenistas la condenaban incluso en su forma más legítima: el matrimonio. Para ellos era este el más peligroso y el más bajo de los estados del cristianismo, y a su juicio, puesto que los padres habían perdido la virginidad, debían, dentro de lo posible, devolverla a Dios en la persona de sus hijos (Pascal, 227, 228).

No es de extrañar que los enemigos del jansenismo dijeran de él que era «como una especie de preciosismo de la devoción». Los enemigos de las *preciosas* por su parte las acusaban de ser «las jansenistas del amor»[25]. ¿Cómo explicar estas acusaciones en quiasmo?

La maliciosa definición del jansenismo parece aludir a su desdén de la virtud común y del camino trivial, a lo que se diría que es una obsesión por dintinguirse de los demás. En cuanto a la frase destinada a las preciosas, Saint-Evremond nos la explica así:

> El Amor es aún un Dios para las preciosas, no despierta ninguna pasión en sus almas y crea en ellas una especie de religión. Estas falsas delicadas le han quitado al amor lo que tiene de más natural, pensando darle algo más valioso[26].

---

[25] Esta frase se atribuía a Ninon de Leclos, pero Roger Lathuillère la atribuye a Scarron que habría anunciado que iba a empezar una nueva parte de su *Roman Comique* de la manera siguiente: «No había aún Preciosas en el mundo y *estas jansenistas del amor* no habían empezado todavía a despreciar el género humano (...) cuando (...)» Ver R. Lathuillère, *La Preciosité. Étude historique et linguistique*, Ginebra, Droz, 1966.

[26] En un intento de explicación de lo que es una Preciosa, que sigue *Le Cercle*. Citado por Roger Lathuillère, *La Preciosité. Étude historique et linguistique*, Ginebra, Droz, 1966, t. I, págs. 30 y ss.

A la vista de estas dos definiciones, el angelismo amoroso de *La Princesa de Clèves* tanto puede venir del preciosismo como del jansenismo, pero no ocurre lo mismo con el pesimismo que lo acompaña. Madame de La Fayette no compartía quizás las ideas jansenistas, pero en sus obras le da la razón al jansenismo, por su actitud totalmente pesimista ante el amor y por su valoración del amor propio, que considera el único resorte de las acciones humanas.

No desdeñamos lo que habíamos indicado sobre la deuda que Madame de La Fayette ha contraído respecto a Descartes, pero su cartesianismo es un cartesianismo triste, en el que el jansenismo ha dejado una huella dolorosa.

Para los jansenistas, repetimos, la voluntad carecía de fuerza y el amor propio era el único resorte de las acciones humanas; la señora de Clèves cree en la voluntad, pero el único resorte de su voluntad es el amor propio. Y si bien esta voluntad persigue como en Descartes un fin egoísta, la princesa no alcanzará la serenidad feliz a la que aspiraba la moral cartesiana, porque el deseo de afirmar su libertad obedece en ella a la autodefensa, al temor a la vida que la lleva a huir, y destruye su yo, con toda su capacidad de sentir y de amar, para salvar sólo su imagen.

«LA PRINCESA DE CLÈVES», NOVELA DE ANÁLISIS

La historia de la literatura considera *La Princesa de Clèves* como modelo de un género: la novela de análisis, porque la acción central es una intriga sentimental analizada en todos sus pormenores.

El argumento al que se suele recurrir para explicar el nacimiento de esta nueva forma es que nos hallamos en una época en que la facultad superior es la razón; pero esto sólo es exacto si entendemos la práctica de la razón,

La Rochefoucauld

no únicamente como un ejercicio de deducción lógica, sino como un ejercicio de reflexión, de análisis, de introspección; si al pensar en Descartes, lo vemos, no tanto como el autor del *Discurso del Método*, sino como el del *Tratado de las Pasiones* y, mejor aún, si en vez de asociar únicamente el pensamiento del siglo xvii a Descartes, lo asociamos también a Pascal y a La Rochefoucauld.

El estudio del corazón humano y de su comportamiento ha dejado de ser una prerrogativa de los teóricos de gabinete; los salones como el Hôtel de Rambouillet no se quedan atrás en lo que se refiere a hacer la disección de los sentimientos y de los actos, y el análisis pasará de las conversaciones a la novela.

De hecho, la presencia del análisis en la narrativa no representa ninguna novedad: ya en el primer gran novelista francés —me refiero a Chrétien de Troyes— la vida interior está presente y los personajes se detienen a examinar sus sentimientos, pero para llegar a *La Princesa de Clèves* es preciso franquear un trecho considerable, tanto en lo que se refiere a las proporciones del análisis, como en lo que atañe a la maestría con que está tratado.

El primer paso lo dará la novela «preciosa», que representa la invasión del espacio novelesco por el análisis, no obstante, lo que se hace en ella es más razonar sobre el sentimiento que leer en el corazón humano, y estos razonamientos son a modo de digresiones teóricas relegadas a los monólogos, etc., que recuerdan las conversaciones de los salones.

En *La Princesa de Clèves* aún encontramos disertaciones de esta índole, como la que propone el señor de Nemours —conversación de salón precisamente— sobre su deseo de que la mujer amada no vaya al baile, o la de Sancerre cuando deplora la muerte de la señora de Tournon —¿qué produce una aflicción más cruel: la muerte de la mujer amada o su infidelidad? — y la paradoja cruzada a que le lleva el enterarse de su fidelidad después de haberlo hecho de su muerte:

> siento la misma aflicción por su muerte que si me fuera fiel, y siento su infidelidad como si no estuviera muerta...

Pero además cobran gran importancia el análisis de los sentimientos y del comportamiento personal. Este análisis se desarrolla algunas veces en forma de monólogo —que aún no podemos designar como «monólogo interior» porque en él no se entremezcla el presente con lo vivido y lo imaginado, en un intento de reproducir el fluir a borbotones de la consciencia, sino que se trata de un pensamiento que se quiere claro y ordenado— pero las más de las veces en los diálogos, sin que quede excluido tampoco de las disertaciones. Así el señor de Nemours, al poner sobre el tapete el tema de la asistencia de la mujer amada al baile como motivo de disgusto para el hombre enamorado, analiza minuciosamente las preocupaciones que acaparan a las mujeres en los días que preceden a una fiesta, afirmando que lo único que les interesa es lo que se van a poner y que se acicalan para todo el mundo, no únicamente para su amante.

En fin, la actividad de la consciencia, secundaria en la novela anterior, ha pasado ahora al primer plano, y tiene mayor importancia que la acción, en sí muy escueta, que le sirve de soporte y consecuencia. Las situaciones ponen en marcha el mecanismo de la reflexión, y ésta condiciona el comportamiento.

Los personajes dedican largos ratos, a veces noches enteras a la reflexión solitaria[27], en el gabinete o en la in-

---

[27] Recordemos: «se encerró *sola* en su gabinete y *se puso a pensar*», «*se puso a reflexionar*», «*¡cuántas reflexiones* sobre los consejos de su madre!», «estas *reflexiones* iban seguidas de un torrente de lágrimas», etc.

timidad del lecho. Y es que el marco cortesano en que se sitúa la acción, los predispone a la observación de los demás y al control de sí mismos. La intriga es la ocupación más frecuente, los deseos de medrar se dan en todos y las venganzas son implacables y ciegas; y si se quiere sobrevivir, o al menos sobrevivir socialmente, hay que velar y mantenerse alerta.

En un contexto como éste, el ser más cándido y más inofensivo aprende pronto a observar a los demás y a controlarse a sí mismo y cuando irrumpen en su mundo el amor o los celos, sus facultades se agudizan, y se pone en marcha el mecanismo del análisis, destinado a la autodefensa y a la agresión.

Recordemos a este respecto el itinerario recorrido por la protagonista entre el momento en que el señor de Clèves, antes de casarse, le habla de la actitud que quisiera ver en ella, entrando en unas consideraciones sutiles que la joven no entiende —«estas distinciones estaban por encima de sus conocimientos»—, y aquel en que se sitúan sus monólogos cuando se sabe enamorada del señor de Nemours, o las conversaciones con éste al final de la novela. Entre estos dos momentos han mediado todas las historias cortesanas que ha oído contar, todas las advertencias de su madre y su propia experiencia del amor.

Pero el mayor acierto de la narradora reside, no en la fina textura de su análisis, sino en demostrarnos, como de pasada, que la mente razonadora se pierde en el laberinto del alma. En el momento de rechazar al señor de Nemours, la Señora de Clèves intenta explicar su comportamiento por una serie de motivos distintos: la fidelidad a la memoria de su marido; el temor a ver cesar el amor del señor de Nemours —en definitiva, el miedo a sufrir de celos—; su deseo de tranquilidad...

Uno sólo de estos motivos bastaría quizás para convencernos, todos juntos nos desconciertan. Pero es que analizarse no significa forzosamente comprenderse, sino interpretarse. Nos enfrentamos aquí con los problemas propios de los géneros autobiográficos. La protagonista se adentra a tientas en la exploración de sí misma, y no se lee en el corazón humano como en un libro abierto. *Je est un autre*[28] tan impenetrable para cada *moi* como los otros o acaso más impenetrable que ellos.

El conocer el móvil de los propios actos presupone conocerse a sí mismo, y no se llega al conocimiento del propio yo sin un conocimiento previo y profundo del corazón humano.

Recordemos que la frase del frontispicio del templo de Apolo en Delfos —Γνῶϑι σεαυτόν— representa el objetivo de una escuela filosófica, y alcanzarlo podría ser la culminación de toda una vida.

Añadamos a esto, que la objetividad es una quimera cuando se trata de nosotros mismos, y en la ardua tarea de la introspección, se tropieza con dificultades que emanan, no sólo de la complejidad del objeto, y de las limitaciones del sujeto, sino de la falta de sinceridad de éste.

La señora de Cléves nos da frecuentes ejemplos de esta falta de sinceridad consigo mismo, así, al enterarse de lo que piensa el señor de Nemours acerca de la presencia de la mujer amada en el baile, siente deseos de no asistir al del mariscal, y, nos dice la narradora:

> le costó poco convencerse a sí misma de que una mujer no debía ir a casa de un hombre que la amaba ... y se quedó muy satisfecha de que la severidad le diese un pretexto para hacer una cosa que era una merced al señor de Nemours...

Y cuando tiene lugar el robo de la miniatura, después

---

[28] Según la frase de Rimbaud —cfr. *Lettre au voyant*— que Lejeune ha adoptado como título para su estudio sobre la autobiografía.

de considerar las consecuencias enojosas que podría acarrear el reclamarla, estima más oportuno callarse. Aquí es la prudencia la que le sirve de pretexto ante sí misma, y para hacerse cómplice del señor de Nemours, y

> estuvo muy contenta de otorgarle una merced que podía hacerle sin que él supiera siquiera que se la hacía.

Incluso cuando se trata de su propio amor, necesita las insinuaciones de su madre sobre los galanteos del señor de Nemours, para tener el valor de reconocer que está enamorada de él.

> No se puede expresar —leemos— cuál fue su dolor al darse cuenta, por lo que acababa de decirle su madre, del interés que se estaba despertando en ella por el señor de Nemours. No había aún osado confesárselo a sí misma.

De ahí que sienta la necesidad de un director de conciencia, función que confiará a su madre, y que, más tarde, con poco acierto, quisiera confiar al señor de Clèves.

Serge Dubrovsky, quien, como hemos visto, había establecido por un momento una relación con el Descartes del *Tratado de las Pasiones*[29], señala luego que *La Princesa de Clèves* se aleja del principio cartesiano:

> «No hay nada que esté enteramente en nuestro poder, salvo nuestros pensamientos»,

para concluir que, desde este punto de vista, la novela de análisis da testimonio del fracaso final de todo análisis. Y, estableciendo una relación con las adquisiciones de la filosofía existencialista, concluye que Madame de La Fayette presenta los sentimientos de sus personajes

---

[29] «Se diría que el plan de conjunto trazado por la señora de Chartres para realizar sus designios ha nacido de un largo comercio con el *Tratado de las pasiones*. Ver S. Dubrovski, *op. cit.*.

como activamente y sin cesar disimulados a la consciencia por sí misma, en el juego de escondite y de mala fe analizado por Sartre.

Según él, la novela ofrece constantemente uno de los estudios más sutiles y más profundos de la «mauvaise foi».

Nos parece excesivo en lo que se refiere a *La Princesa de Clèves*, hablar de

sentimientos activamente y sin cesar disimulados a la consciencia por sí misma,

y todavía más afirmar que, como novela de análisis,

da testimonio del fracaso final de todo análisis...

Se puede hablar de tanteo, de dificultad en lo que se refiere a la búsqueda, y de complejidad en lo que atañe al resultado, pero en modo alguno de fracaso.

En el caso de la señora de Clèves, sus múltiples explicaciones para un mismo hecho —como en el momento del rechazo—, demuestran en definitiva, una gran capacidad de introspección, y, en lo que se refiere a la autora, este y otros ejemplos de la novela, dan testimonio de su gran conocimiento del corazón humano.

No parece pues pertinente hablar de fracaso del análisis, sino de un rotundo triunfo de la psicología. Y, para ser más precisos y más sinceros, añadiremos —pese a lo peligroso de esta afirmación— triunfo sobre todo en el campo de la psicología femenina, especialmente en lo que se refiere al amor. En efecto, es el comportamiento femenino el que más frecuentemente se explora y, de manera más rica y más sutil, tanto si son mujeres las que meditan o hablan, como si son hombres los que lo hacen. Y hemos dicho que la afirmación nos parece peligrosa, porque las mujeres salen de esta prueba bastante maltrechas. Curiosas, vindicativas, intrigantes, capaces de la mayor doblez —incluso cuando, como en el caso de la señora de Chartres o de la princesa son un dechado de virtudes— infieles, o si son fieles, con un sentido bastante peculiar de la fidelidad...

El balance es inquietante; por suerte —«por suerte» desde un punto de vista femenino— en lo que se refiere a artimañas, los hombres tampoco se quedan cortos: el señor de Clèves le tiende trampas a su mujer para averiguar de quién está enamorada, y más adelante la hace vigilar por un espía; el señor de Nemours la espía directamente y con una indiscreción notable; el mismo señor de Nemours induce a la señora de Clèves a sospechar que es su marido quien ha divulgado la confesión que ella le había hecho, y, ¿qué diremos del donjuanismo de los personajes masculinos en general, y del donjuanismo del Vidamo en particular?

«La Princesa de Clèves» y la Historia

Cuando se clasifica *La Princesa de Clèves* dentro de la categoría de la novela de análisis, se olvida que uno de sus aspectos más característicos es el de ser una novela histórica, cuya acción transcurre durante los reinados de Enrique II y Francisco II, y que en la escritura de Madame de La Fayette hay una intención manifiesta al respecto, puesto que hablando de *La Princesa de Clèves* dice que «se trata en realidad de unas Memorias»[30].

Madame de La Fayette, con un sentido de la ficción histórica que podríamos calificar de moderno, se docu-

---

[30] En una carta, en la que habla de la novela como si no se refiriese a una obra suya, leemos: «No es una novela, son en realidad unas memorias, y éste era, por lo que me han dicho, el título del libro, pero lo han cambiado.» Ver A. Beaunier, *Correspondance de Madame de La Fayette,* París, Gallimard, 1942, t. II, pág. 63.

menta de manera muy precisa sobre la época que va a tratar, no sólo en lo que se refiere a acontecimientos y personajes, sino a la vida que éstos llevan, al marco en que se mueven, e intentará recrear en la narración el existir de una corte, con el ceremonial de sus fiestas, sus bailes, sus torneos, sus festines y su etiqueta.

El momento en que Madame de La Fayette emprende la redacción de *La Princesa de Clèves* es especialmente propicio para recabar información sobre la época que le interesa. En efecto, acaban de publicarse en Leyde las Memorias de Brantôme[31] (1665/1666); Jean Le Laboureur había publicado en 1659, completándolas con documentos originales, las *Memorias de Messire Michel de Castelnan*, que se sitúan durante los reinados de Francisco II, Carlos IX y Enrique III, y estas fuentes venían a añadirse a las obras de los historiadores Pierre Mathieu[32] y Mezeray[33] y a las de eruditos como el padre Anselmo y Godefroy.

Al recurrir a los historiadores, Madame de La Fayette se proponía alcanzar un conocimiento profundo de los hechos que pertenecen a la Historia, con mayúscula; los memorialistas, por su parte le permitieron informarse de la «pequeña historia», la de las anécdotas que se desdeñan en las obras eruditas porque no aportan nada o casi nada al curso de los acontecimientos, pero que tienen el poder de hacer la historia más amena y más viva.

Este aspecto anecdótico pero auténtico, lo recoge también la novelista, y a él debemos la narración sobre el escepticismo de Enrique II en lo que a la astrología se refie-

---

[31] Sus títulos eran: *Les Dames illustres, Les Dames galantes, Les Hommes illustres et grands Capitaines français, Les hommes illustres et grands capitaines étrangers*.

[32] P. Mathieu, *Histoire de France sous les regnes de François I, Henri II, François II, Charles IX, Henri III, Henri IV, Louis XIII*.

[33] Mezeray, F. E., *Histoire de France depuis Faramond jusqu'à maintenant*, París, Guillemot, 1643-1655.

re, su visita al astrólogo y las predicciones de que fueron objeto el rey y sus acompañantes —pormenores que la autora encontró en Le Laboureur—, la descripción del torneo que forma parte de los festejos celebrados con motivo de la boda de la hija de Enrique II y del compromiso matrimonial de su hermana —Madame de La Fayette la leyó en Mathieu, que sigue de cerca las cartas patentes de la justa— y la precisión de los colores que llevaban los mantenedores en honor de sus damas, e incluso de los que ostentaba el duque de Nemours, el amarillo y el negro[34] —datos tomados de Brantôme.

De las *Memorias de Michel de Castelman* procede la escena en que el rey insta al señor de Nemours a que vaya a Inglaterra, a fin de hacer las diligencias necesarias para que se concluya su matrimonio con la reina, y cómo Nemours le manifiesta su decisión de renunciar a este proyecto.

Mazeray, por su parte proporcionó la anécdota de la reina rencorosa, que no puede perdonar la frase del condestable de Montmorency dirigida al rey, en la que hace referencia al parecido de sus hijos: «sólo se parecían a él sus hijos bastardos...»

De hecho, únicamente los personajes esenciales de la novela son seres puramente de ficción —como la señora de Chartres y su hija, la futura princesa de Clèves—, o han sido deformados por las necesidades de la intriga —el señor de Clèves tenía trece años en la época en que se sitúa la novela, y el duque de Nemours pensó efectivamente en casarse con la reina Isabel de Inglaterra, pero esto ocurrió, no en el reinado de Enrique II, sino durante el de Francisco II.

Las concesiones que la Historia hace a la fantasía son

---

[34] Si bien la explicación de su simbolismo no es la misma en la novela que en las memorias. Según el memorialista, el señor de Nemours había adoptado estos colores porque significaban goce y firmeza, rasgos ambos de su carácter.

pues muy limitadas, en cambio hay que reconocer que el esfuerzo por crear para la novela un marco rigurosamente histórico, resulta falseado por esta magnificencia, esta galantería en grado superlativo en que se envuelve la corte de Enrique II. Quizás, como se ha dicho ya, esta magnificencia, este exceso de perfección en todo lo visible —belleza sin par de los torneos, de los bailes, de los atuendos— corresponda mejor a lo que contemplaba la novelista en la corte de Luis XIV, pero parece como si la narradora olvidase su *parti pris* histórico y nos llevase más allá de la grandiosidad de esta corte, hasta un mundo de cuento maravilloso. El detalle de la belleza excepcional de los personajes —estereotipos más que descripciones— es revelador en este sentido[35].

La idealización del pasado es constante en la novela, sin embargo se diría que la autora ha querido ofrecernos una doble percepción de su mundo: la que nos hace ver directamente —fastuosa y perfecta— que corresponde al *paraître*, a las apariencia, y aquella que nos ofrecen las narraciones de sus personajes, o sencillamente las explicaciones de éstos; y que posiblemente se ajustan más al *être*, a la realidad. Las apariencias una vez más engañan, y se diría que cuanto más halagüeñas, más inmoralidad ocultan, más falta de valores humanos, mas arribismo, más intrigas, más muerte.

La Historia hace su aparición desde el principio de la novela, en una introducción que los contemporáneos consideraron demasiado larga, y que constituye el telón de fondo ante el cual se desarrollará la acción. Este marco histórico persiste durante toda la novela, de modo que por la intervención de los tratados de paz, de las genealogías, las bodas, etc., pasamos constantemente de una lec-

---

[35] No es este el único aspecto de la novela que nos produce esta impresión. Las visitas furtivas del señor de Nemours a la casa de campo de la princesa de Clèves evocan también el mundo de los cuentos maravillosos.

tura novelesca a una lectura histórica; pero la Historia interviene además de otra forma distinta: de vez en cuando se nos transporta a una de estas narraciones secundarias puestas en boca de los personajes, y casi invariablemente, su contenido es histórico (historia de Madame de Valentinois, de Ana Bolena, etc.). Pequeñas novelas dentro de la novela, la misión de estas narraciones históricas engarzadas en la ficción suele consistir en dar variedad a un relato principal muy largo, o por lo contrario en dar consistencia a una novela que, como en este caso, es muy breve.

Los críticos contemporáneos, Valincourt e incluso Fontenelle, acogieron mal estos episodios de *La Princesa de Clèves,* que les parecían distraer inútilmente la atención que merecía la acción principal[36], lo cual nos sorprende cuando pensamos que estaban acostumbrados a las interminables novelas de la época precedente, que usaban y abusaban de largas narraciones intercaladas, historias parasitarias que asfixiaban la narración central. Camus y sus contemporáneos consideraban que estos incisos eran necesarios para mantener en vilo el interés de los lectores, y crear un «suspense» que retrasase la conclusión, y en el prefacio de *Ibrahim* (1641), Mademoiselle de Scudéry se mostraba también partidaria de ellos. ¿Por qué pues esta mala acogida en el caso de *La Princesa de Clèves,* en que la autora se había esmerado en ligarlas sólidamente a la acción principal? Quizás los críticos tenían la intuición de estar ante un tipo de narración diferente a las de Mademoiselle de Scudéry; quizás se estaba pasando de una concepción de la novela larga, cuya característica princi-

---

[36] A esta última viene a añadirse la nota realista de las sucesivas muertes (la señora de Chartres, la señora de Tournon, el señor de Clèves, el rey). Es como si se quisiera atenuar el sabor dulzón con unas gotas amargas, o como si se nos quisiese advertir que lo que vemos —la magnificencia y la galantería— no corresponde a lo que es y mucho menos a lo que será.

pal consistía en empezar la acción *in media res,* y poner luego en antecedentes de lo ocurrido con anterioridad por medio de narraciones intercaladas, a una novela corta, lineal, cuyo rasgo peculiar era la unidad de acción[37].

De hecho, a lo que preconizan Camus y Scudéry, respecto al interés de los episodios intercalados, debemos oponer las teorías que expondrá du Plaisir en sus *Sentiments sur les lettres et sur l'histoire avec des scrupules sur le style (sic.),* París, 1683, donde se habla expresamente de una sola acción principal, proscribiendo las «mezclas de historias», en las que la nueva generación no ve sino motivo de dispersión del interés[38].

Pero si Madame de La Fayette integró en su novela estas narraciones, pese a que aparentemente no eran útiles para el equilibrio de su relato, quizás lo hizo porque las consideraba necesarias para el desarrollo de la narración principal. Es posible que, en este caso, las historias intercaladas sean algo más que entremeses narrativos y que se les haya encomendado una misión muy precisa: la de procurarle a la protagonista, a la que invariablemente van dirigidas, un conocimiento de las intrigas de la corte, del corazón humano y sobre todo del amor, que todavía no tiene. Estos ejemplos, unidos a las lecciones de su madre, le proporcionarán una experiencia de substitución, que será decisiva en el momento en que totalmente libre, tenga que decidir sobre su destino.

Y preguntémonos ahora ¿por qué este recurrir a la Historia de manera tan constante? En primer lugar, por-

---

[37] Los contemporáneos de Madame de La Fayette aspiran a una transformación del género novelesco. Identificando la novela con las largas narraciones de Honoré d'Urfé o de Mademoiselle de Scudéry, pretenden crear un género nuevo, al que dan el nombre de *nouvelle* o *histoire.* Sagrais, por su parte, opone la *nouvelle* al *roman.* El segundo tiene como misión inventar, la *nouvelle,* en cambio, debe estar más cerca de la realidad, de ahí una nueva exigencia: la verosimilitud.

[38] Citado por Jean Rousset, *Formes et signification, Essais sur structures litteraires de Corneille à Claudel,* París, Corti, 1962, págs. 30, 31.

que la corte ejerce una verdadera fascinación sobre el medio social al que pertenece la novelista, acaso también porque dentro de la concepción estética del siglo XVII, una narración que se precie de seriedad debe situarse no sólo en el pasado sino en un mundo de reyes y príncipes. Madame de La Fayette, al querer dar a su novela la mayor dignidad posible, habría buscado en la Historia esta «tristeza superior» *(tristesse majeure)* en la que Racine veía el alma de la tragedia, y cuyo secreto residía según él, en el alejamiento en el espacio y en el tiempo. Puede ser así mismo que esta intervención constante de la Historia se deba al deseo de halagar a algunas familias ilustres del siglo XVII, evocando sus antepasados...

Se han barajado todas estas hipótesis, pero cabría añadir una más. En la combinación ficción-realidad que constituye la novela histórica, se consiguen para lo imaginado unas cotas de verosimilitud especialmente elevadas. Madame de La Fayette pudo buscar también en la Historia esta credibilidad a la que aspira todo novelista, que quisiera que el poder creador que Dios nos dio, al hacernos a su imagen y semejanza, se convirtiese en realidad, y sus seres de ficción cobrasen vida, aunque fuese para no llegar a vivir, puesto que viven en el pasado.

> De tous les grands romans d'amour celui-ci est sans doute le plus désespéré, mais en même temps le plus secret[39]...

Novela de análisis y novela histórica. *La Princesa de Clèves* es ante todo una novela de amor[40]. Novela de amor por la narración principal, y por las múltiples narraciones —históricas unas, de pura imaginación otras— que la amplifican, y constituyen, unidas a los consejos de la madre, una educación sentimental de la protagonista.

La señorita de Chartres seguirá una trayectoria amorosa similar a la de tantas otras mujeres contemporáneas suyas. La iniciará a los dieciséis años, casándose con un hombre por el que no siente atracción alguna, y al que aceptará, según le confiesa a su madre, «porque se casa con él con menos repugnancia que con otro». El hecho de ser una de las mujeres más atractivas de la corte, tanto por su belleza y méritos como por su considerable dote, no podrá librarle de esta situación, ni impedirá que deba sentirse agradecida a un marido que ha solicitado su mano en un momento en que la maraña de intrigas cortesanas de las que era víctima, hacían que nadie se atreviese a pensar en ella.

---

[39] «De todas las grandes novelas de amor ésta es, sin duda, la más desesperada y, al mismo tiempo, la más secreta.» Jean Fabre, *Idées sur le roman de Madame de La Fayette au Marquis de Sade,* París, Klincksieck, 1979, pág. 79.

[40] Y de matrimonio, podríamos añadir. Pierre de Malandain en *L'écriture de l'Histoire dans la Princesse de Clèves* señala que «un análisis temático haría resaltar la importancia considerable en esta novela del matrimonio bajo todas sus formas (negociado, preparado, celebrado, roto, contado). Encontramos en él no menos de 106 alusiones refiriéndose a 41 matrimonios».

Así pues, en la flor de su juventud, hermosa, noble y con una de las más ricas dotes de Francia, se veía reducida a casarse en condiciones semejantes a aquellas en las que lo haría una solterona, o una joven humilde a quien se digna mirar por su belleza un hombre de condición superior.

Su entrada en el matrimonio no tiene lugar precisamente por la puerta grande, pero el matrimonio era en aquella época —y lo fue durante mucho tiempo— el acceso más seguro al amor. En primer lugar porque, como pensaba la señora de Chartres, lo normal, si el marido estaba enamorado y reunía una serie de condiciones ventajosas, era que la joven esposa descubriese junto a él el amor y, en último término, si fallaba este principio, porque por el matrimonio la mujer tenía acceso a un mundo en que la galantería, si discreta, estaba tácitamente admitida. Recordemos los consejos de la canción de Fauré:

> Faites de la dentelle
> Faites de l'aquarelle,
> De la tapisserie,
> De la patisserie,
> Mais ne vous livrez pas,
> Au jeu des billets doux,
> Avant d'avoir trouvé époux[41]...

La señora de Clèves no tendrá la dicha de amar a un marido que tanto lo merecía (el personaje del señor de Clèves despierta toda nuestra simpatía hasta que la sospecha de la infidelidad de su esposa le hace desvariar) y su descubrimiento del amor —o mejor, descubrimiento de

---

[41] Pintad acuarelas / haced puntilla / tapicería y repostería / pero no os dediquéis / al juego de las esquelas amorosas / hasta haber encontrado marido.

sus propios sentimientos— será doloroso, porque irá acompañado de remordimiento y de celos[42].

No obstante, pese a la fuerza que la arrastra hacia el señor de Nemours, no cederá a sus impulsos, y su fidelidad, según la narradora, será firme y excepcional. Bien es verdad, que si no asiste al baile del señor de Saint-André es por complicidad tácita con el señor de Nemours y que tolera, en silencio también, que el mismo señor de Nemours se adueñe de su miniatura; pero evita las ocasiones en que el duque podría formularle una declaración, y cuando, desprovista de la dirección espiritual y del apoyo moral que hubiera encontrado en su madre, se sabe incapaz de luchar contra su pasión, se refugia en la soledad, y por último, viendo que su marido no la ayudará a permanecer alejada del peligro si no está informado de él, se decide a cometer el acto —heroico según la narradora, inusitado según los otros personajes de la novela, inverosímil según los contemporáneos— de confesarle a su marido su amor por otro...

Hay que reconocer que toma esta decisión en última instancia y que venía preparada desde lejos, tanto por los consejos de Madame de Chartres en su lecho de muerte[43].

> Retiraos de la corte, no temáis en absoluto tomar las decisiones más rudas y más difíciles,

como por las afirmaciones de su propio marido, quien, después de haberle contado la historia sentimental del Vidamo y de la señora de Martigues añade:

---

[42] Celos que conocerá antes que su amor, que la harán percatarse de él, que teme la traicionen frente al señor de Nemours, que, en efecto permitirán a éste descubrir que la ama, celos, en fin, que considerará después como el mayor de los males que acarrea el amor, y de los que no lo disociará jamás.

[43] Recordemos que iba precisamente a hacerla objeto de sus confidencias cuando cayó gravemente enferma.

> La sinceridad me conmueve de tal forma, que creo que
> si mi amante o mi mujer me confesasen que alguien les
> gusta, me afligiría, pero no me dejaría llevar por la irri-
> tación. Abandonaría el papel de amante o de marido
> para aconsejarla y compadecerla.

y también por la reacción de la Delfina cuando se entera
de que la señora de Clèves le ha entregado a su marido la
carta dirigida al Vidamo:

> Sois la única mujer del mundo que hace confidencias a
> su marido sobre todas las cosas que sabe.

Estos antecedentes explican en parte el comportamiento de la señora de Clèves, pero nos preguntamos
hasta qué punto justifican su ceguera, y le impiden darse
cuenta de que, al buscar cobijo en su marido, lo somete a
la más dura de las pruebas, condenándolo al tormento de
los celos que acabará con su vida.

Mas no precipitemos las cosas; antes de llegar a este
episodio trágico, que traerá como consecuencia el desenlace final de la novela, la señora de Clèves, la mujer que
está dispuesta por todos los medios a renunciar a su
amor por el señor de Nemours, y que se cree una heroína
de la fidelidad conyugal, vive y saborea, en el más profundo secreto de su corazón y en el recinto cerrado de su
pabellón de Coulommiers, un gran amor...

La honestidad de la esposa aparece aquí concebida de
manera bastante peculiar. El honor está a salvo —puesto
que nadie, ni siquiera el ser amado, conoce su pasión—
la fidelidad también —ya que el marido ha sido debida-
mente informado— y la idea de un Dios omnisciente y
omnipresente no interviene ni por un momento, de suerte que la señora de Clèves no se considera en modo alguno culpable, cuando en el pabellón de su casa de campo
de Coulommiers, verdadero templo de Amor, que ha de-

corado previamente con cuadros que representan al señor de Nemours, se deleita en su contemplación solitaria; ni siquiera cuando ante los ojos de estos discretos testigos, se entrega al juego, inocente quizás, pero ¡cuán cargado de simbolismo amoroso! de enlazar, alrededor de la caña de Indias que había pertenecido al señor de Nemours, cintas amarillas y negras, colores que él había lucido en el torneo.

Michel Butor[44] ve un contenido profundamente erótico en esta escena del pabellón, pero, ¿por qué buscar erotismo donde se puede ver sencillamente amor? La ensoñación amorosa que acompañaba este entrelazar de cintas en el bastón de Indias, no debía andar muy lejos del acercamiento al ser amado, mediante la posesión de un objeto que le pertenece[45]. Por otra parte, esta caña rodeada de cintas nos trae a la memoria el simbolismo de la madreselva y el avellano tal como lo encontramos en el lai del Chievrefueil de María de Francia:

> su suerte era semejante a la de la madreselva que se enlazaba en el avellano: cuando se ha enredado y prendido y trepado alrededor de su tronco, juntos pueden seguir viviendo, pero si alguien quiere separarlos, el avellano muere inmediatamente y lo mismo le ocurre a la madreselva[46].

Y no necesitamos dejarnos llevar mucho por la imaginación, para suponer que la frase inscrita en el bastón de

[44] Butor, Michel, *Répertoire I,* París, Les Editons de Minuit, 1966, pág. 77.

[45] Hay algo de rito mágico en esta apropiación de un objeto que pertenece a la persona cuyo amor se desea conseguir o mantener y en rodearlo, o atarlo, con cintas, que en este caso son además del color emblemático de la señora de Clèves: el amarillo, que el señor de Nemours había lucido en el torneo. Ver Apéndice, al final de la Introducción.

[46] Ver *Los Lais de María de Francia,* Introducción y traducción de Ana María Valero de Holzbacher, Madrid, Espasa-Calpe, Austral, 1979, págs. 199 y ss.

avellano, que Tristán dejó como mensaje en el camino por donde debía pasar Iseo:

> Dulce amiga, así es de nosotros
> ni vos sin mí, ni yo sin vos

debía ser semejante a la que la princesa, al jugar con las cintas de colores, formulaba más o menos conscientemente en su corazón.

Pues bien, pese a todo ello, la señora de Clèves se cree un modelo de fidelidad. Cualquier mujer cristiana, como aparentemente es la princesa[47], consideraría después de esto que había deseado al señor de Nemours, y, a poco feminista que fuese[48], y, por lo mismo partidaria de la igualdad de sexos —lo cual comporta igualdad de derechos, pero igualdad también de responsabilidades—, se aplicaría la frase del Evangelio en la que se acusa de adulterio al hombre que desea a la mujer de su prójimo.

No le ocurre nada semejante a la señora de Clèves. Estamos en un mundo en que sólo el acto es reprensible: la intimidad del corazón es absolutamente inocente. No se piensa en la mirada de Dios, sino en la de los hombres; lo importante es cumplir ante el mundo; lo que cuenta no es el ser sino el parecer.

La escena del pabellón tendrá inesperadamente otro testigo, además del ídolo silencioso representado en los cuadros, el mismo espectador que asistió, oculto también, a la escena de la confesión al marido: el señor de Nemours, y su presencia (totalmente novelesca, dicho sea de

---

[47] Dios no aparece de manera expresa en la novela y la señora de Chartres habla de virtud, no de virtud cristiana, no obstante, en su lecho de muerte hace mención de la felicidad que espera al salir de este mundo, y al final de la novela se dice que la princesa pasaba parte de su tiempo en un convento, de sus santas ocupaciones y de los ejemplos de virtud inimitables que dejó.

[48] Como veremos más adelante al tratar de el preciosismo, no resulta anacrónico hablar de feminismo en el siglo XVII.

paso) en estos dos momentos culminantes de la novela, acarreará muy graves consecuencias. En primer lugar, porque el señor de Nemours sucumbirá a la tentación de la confidencia que le será desastrosa; en segundo lugar, porque enardecido por el amor que descubre en la señora de Clèves, intentará sorprenderla una vez más, y sus visitas a Coulommiers, mal interpretadas por el espía del señor de Clèves, avivarán los celos de éste y causarán su muerte.

Con el desenlace de este episodio la novela cambia de rumbo, pero no en el sentido que sería de esperar. La protagonista es ahora libre de seguir los impulsos de su corazón, no obstante, cuando pasado algún tiempo, y después de muchos empeños, el señor de Nemours consigue hablar con ella, se topa con la sorpresa y la crueldad de la negativa.

Y llegamos al capítulo oscuro de la novela, el episodio que no comprendieron sus contemporáneos, y que a nosotros nos deja perplejos y pensativos: ¿por qué, si amaba al señor de Nemours, como afirma ella misma, no acepta casarse con él? Aquí los argumentos posibles son múltiples, y el primero de ellos podemos encontrarlo en la circunstancia.

En el siglo XVII se perfila en Francia un movimiento, femenino en sus orígenes, caracterizado por una búsqueda de refinamiento en la vida social, en el lenguaje y en el arte, que nace como una reacción ante la rudeza de costumbres de la época. Los principales hitos de su doble trayectoria social y literaria, son *L'Astrée* d'Honoré d'Urfé, el Hotel de Rambouillet y el salón y las obras de Mademoiselle de Scudéry. Este movimiento, conocido como *La Preciosité*, va acompañado, como siempre que la cultura es de signo femenino, de una teoría del amor que le es propia, en que la mujer intenta escapar al dominio del hombre. Las llamadas «preciosas» idealizan el amor, a veces de manera desmesurada y deformante, lanzando un anatema contra el matrimonio, extremos que les reportarán la acusación de haber tramado una conspiración contra el amor, y de ser, como hemos visto anteriormente, «las jansenistas del amor».

El preciosismo puede relacionarse en muchos aspectos con el ideal de buenas costumbres y de cortesía amorosa de inspiración neoplatónica del Renacimiento italiano, que, según algunos autores, habría sido introducido en Francia por Margarita de Navarra.

Los principios de este ideal renacentista eran:

- amor del amor,
- el amor como instrumento de buenas costumbres y de lenguaje honesto y cortés,
- el amor considerado como estímulo de las bellas acciones,
- la dignidad de la mujer,
- la supremacía de la mujer en una sociedad de élite,
- sumisión del amante,
- peligro del amor satisfecho, que conduce a la saciedad y a la rutina,

requisitos todos que hallamos en la teoría del amor que las preciosas divulgan en los salones y en las *ruelles*.

Pero, ¿acaso esta cortesía amorosa no tiene un precedente en la historia de las costumbres y de la literatura?

Hemos empleado la palabra *ruelle;* detengámonos un momento a explicar su significado. *Ruelle,* literalmente 'espacio entre dos camas o entre la cama y la pared', sirve en el siglo XVII para designar la alcoba o habitación en que ciertas damas de la alta sociedad «recibían», y que se convirtieron en salones mundanos y literarios. Es el equivalente en el siglo XVII de lo que era en la Edad Media *la chambre des dames*[49], habitación femenina y centro de reunión de una élite social en la que las mujeres ejercían su influencia.

Pues bien, esta afinidad con la Edad Media no es totalmente fortuita, porque los preceptos que nos han parecido comunes al ideal amoroso de origen neoplatónico del Renacimiento italiano, y al amor tal como lo entendían las preciosas, los hallamos con anterioridad en las teorías del amor cortés que inspiran la lírica provenzal, el tratado de Andrea Capellanus y *Le Chevalier de la Charrette* de Chrétien de Troyes.

Jean Frappier ha hablado ya del papel decisivo representado por el amor cortés, que perdura más allá del Renacimiento[50], y posteriormente se ha publicado un trabajo que abunda en este sentido, aportando un ejemplo preciso en la literatura del siglo XVII[51]. En efecto, Antoinette Saly al estudiar *L'Astrée* d'Honoré d'Urfé, llega a la conclusión de que nos hallamos ante una teoría del amor que «por su contenido doctrinal y por el lenguaje que la ex-

---

[49] «*La chambre des dames,* esta expresión de la que en vano buscaríamos el equivalente en los cantares de gesta, pero que hubiera podido pronunciar más de un héroe de novela desde el siglo XII, es el indicio de una sociedad en la que la mundanidad ha hecho su aparición, y con ella la influencia femenina.» Traducimos de M. Bloch, *La societé féodale, les classes et le gouvernement des hommes,* París, 1940, pág. 37.

La locución está tomada de la *Vie de Saint Louis,* de Joinville, que la pone en boca del conde de Soissons, durante la batalla de Mansourah: «Seneschaus, laissons huer ceste chenaille, que, par la coiffe Dieu (ainsi comme il juroit), encore en parlerons nous entre vous et moi de ceste journée, es chambres des dames.» Tomo esta información de J. Frappier, *Vues sur la conception courtoise de la Littérature d'Oc et d'Oil au XIIᵉᵐᵉ siècle,* C. C. M., II, 1959, pág. 136.

[50] «El amor cortés ha inspirado más allá del Renacimiento un estilo de vida y de poesía a generaciones de amantes.» Traducimos de J. Frappier, *Amour courtois et table ronde,* Ginebra, Droz, 1973, pág. VII.

[51] Ver Antoinette Saly, *Amour et valeurs au XVII siècle: le legs du moyen âge dans l'Astrée,* Travaux de Linguistique et de Littérature, publiés par le centre de Philologie et de Littérature Romanes de l'Université de Strasbourg, XX, 2, Estrasburgo, 1982.

presa, recuerda una antiquísima tradición que se remonta de hecho al siglo xii»[52].

En el amor «precioso» como en el amor cortés encontramos el amor del amor, la sumisión del amante, el amor insatisfecho como fuente de enriquecimiento y, en un contexto apropiado, de proeza, y, como consecuencia de esto último, un punto que nos interesa especialmente: la convicción de que, la fuerza del amor reside en el deseo, y el amor se extingue con la posesión, de lo que se sigue la disociación amor/matrimonio, el uno excluyendo al otro. De ahí que las Preciosas designasen el matrimonio, o simplemente la posesión, como *L'amour fini,* el amor acabado[53].

El amor tal como aparece en *L'Astrée* cumple todos estos requisitos, en *La Princesa de Clèves,* en cambio, el amor como factor de proeza ha quedado excluido[54], pero hallamos el amor del amor, la dignidad de la mujer, su supremacía en una sociedad selecta y la sumisión total del amante, por la que pasan todos los personajes masculinos

---

[52] Para ser precisos habría que analizar si el huevo es anterior a la gallina o la gallina anterior al huevo, porque para Moshé Lazar autoridad en materia de amor cortés (Ver *Amour courtois et fin'amors dans la litterature du XIIème siècle,* París, Klincksieck, 1964) «el ideal de amor que los trovadores introducen en una sociedad cristianizada desde hacía siglos ha sido formado y desarrollado por toda una tradición neoplatónica», pág. 13

Frappier en *Sur un procès fait à l'amour courtois* (Romania, XCIII, 1972) al comentar la dificultad del tema de los orígenes del amor cortés y las distintas influencias que se han alegado para explicarlo, se pregunta si las afinidades existentes entre las bases poéticas del amor cortés y la poesía amorosa de otras civilizaciones no corresponden a «un arquetipo del pensamiento y del corazón del hombre que se manifiesta en algunas condiciones a merced de una estructura social determinada», pág. 166 (traducimos).

[53] Citado por Fabre, «Bienseance et sentiment chez Madame de Lafayette», *Idées sur le roman de Madame de Lafayette au Marquis de Sade,* París, Klincksieck, 1979, pág. 72.

[54] Sólo el señor de Guisa, habiendo perdido la esperanza de conseguir el amor de la señora de Clèves, acometerá una empresa valerosa que culminará en la conquista de Rodas, pero aquí se trata de una conquista de substitución, no de una proeza para ganarse el amor de su dama.

de la novela, desde el rey hasta, llegada su hora, el más Don Juan de sus súbditos: el señor de Nemours. Y en lo que se refiere a las consecuencias del amor satisfecho, no cabe duda de que hay que ver en el temor que le inspiran a la mujer uno de los móviles del comportamiento de la señora de Clèves cuando rehúsa el amor del señor de Nemours.

La princesa alega, para justificar su decisión, varios argumentos que debemos tener en cuenta: el respeto a la memoria de su marido y a las últimas voluntades de éste; el hecho de que el señor de Nemours había sido causante —si bien involuntariamente— de la muerte del señor de Clèves... Estas pudieron ser las excusas que se dio a sí misma, pero ni siquiera a ella se le oculta que hubo algo más, algo que fue decisivo, y, en un arranque de sinceridad, confiesa al señor de Nemours su temor a que, si se casa con él, llegará un día en que dejará de hacerlo feliz y en que le verá sentir por otra lo que ahora siente por ella.

> ¿La pasión de los hombres sigue viva en estos compromisos eternos? ¿Debo esperar un milagro en mi favor, y puedo exponerme a ver cesar sin remisión esta pasión en la que yo cifraría toda mi felicidad? El señor de Clèves era quizás el único hombre capaz de conservar el amor en el matrimonio (...) Puede ser también que su pasión no subsistiera sino porque no había hallado pasión en mí, pero no tendría el mismo medio para conservar la vuestra.

Y por encima de este motivo, otro que viene a añadirse a él para reforzarlo: su deseo de tranquilidad...

> Lo que creo deber a la memoria del señor de Clèves sería poca cosa de no estar apoyado por lo que me interesa mi tranquilidad (...)

De hecho, al razonar así, la señora de Clèves se comporta como lo haría la preciosa más consecuente, sólo que ¿es propio de los enamorados el ser consecuentes? Sus contemporáneos no lo entendieron así, ni debieron pensar tampoco que el deseo de hallar la tranquilidad, que formaba parte del estoicismo cartesiano, tuviera nada que ver en este caso, puesto que consideraron este episodio como inverosímil. Pero por un lado cabría decir que el error de aquellos lectores residió en pretender que el comportamiento de la señora de Clèves fuese «normal», cuando constantemente la princesa es presentada y se presenta a sí misma como un ser fuera de lo corriente, y que se comporta en consecuencia; y, por otra parte, el que ellos no comprendiesen este u otro episodio no debe hacernos perder la esperanza de poder comprenderlo nosotros. Nuestro deseo de situarnos en las mismas condiciones de receptividad que los contemporáneos de la novela no es incompatible con una concepción progresista de la aprehensión de los textos.

La señora de Clèves, pese a estar profundamente enamorada, decide, después de reflexionar fríamente sobre los inconvenientes de un posible matrimonio con el señor de Nemours, renunciar a él. ¿Cómo pudo su razón, en un momento tan decisivo de su vida, ser más fuerte que su amor?[55].

Estamos muy lejos de aquel amor de la Edad Media, entre cuyos efectos se contaba el de hacer perder la razón. Bien es verdad que en el censo de las amantes ilustres existe una gran razonadora medieval. Nos referimos a Eloísa, que también rehusó el matrimonio que le proponía Abelardo, acompañando su negativa con una argu-

---

[55] La razón está presente en otras novelas sentimentales de esta época. Así en *L'Astrée*, Diana analiza su propio amor y explica a Astrée por qué amaba a Silvandre, pero una cosa es dar razones para explicar el amor, y otra darlas para oponerse a él.

mentación sólidamente construida. Pero si sus argumentos se apoyaban en la lógica, hay que reconocer que estaban inspirados por el amor. En su comportamiento no persigue sino el bien de Abelardo, a quien teme distraer con el matrimonio de los nobles quehaceres de la filosofía, y cuyo prestigio como filósofo se expone a empañar[56].

Aquí no hay rechazo sino renuncia. Eloísa se sacrifica por lo que considera el bien de su amante. La princesa de Clèves, en cambio, no conoce ni la abnegación ni el altruismo.

Fabre no parece desprovisto de razón cuando escribe:

> En sus últimas confidencias como desde el principio al fin de la novela, la señora de Clèves no habla más que de ella, no piensa más que en ella, y esta es la razón profunda de su renuncia como de su tristeza[57].

Y el reproche de Pierre Malandain[58] no es quizás menos justificado

> La princesa, que no deja de tener presente el futuro de la pasión, considerándola un poco como un capital que es preferible no invertir si no se está muy seguro del interés que producirá.

No obstante, el egoísmo, el temor a sufrir no parecen motivos suficientes para justificar que renuncie a su

---

[56] Pese a que después accedió a un matrimonio secreto, para desgracia de ambos.
Ver cartas de Abelardo y Eloísa, y E. Gilson, *Heloïse et Abélard*, París, 1938, 1853.

[57] Fabre, «L'art de l'analyse dans *La Princesse de Clèves*», *Idées sur le roman de Madame de La Fayette au Marquis de Sade*, París, Klincksieck, 1979.

[58] *L'Écriture de l'Histoire dans la Princesse de Cleves, Littérature*, núm. 30, Larousse, diciembre de 1979.

amor, porque quizás sólo se puede decidir no amar por temor a sufrir cuando todavía no se ama.

Pero, si la razón no es más fuerte que el amor, acaso exista otra pasión más poderosa que él.

Volvamos a la tercera excusa alegada por la señora de Clèves: su temor a conocer un día los celos. Puede ser que el texto nos dé otra pista, que nos permita comprender el rechazo.

El señor de Nemours aparece desde el primer momento como un ser excepcional, incluso en una corte en que todos son excepcionales. En la introducción la narradora le dedica al señor de Clèves algo más de *dos líneas:*

> El príncipe de Clèves era digno de sostener la gloria de su nombre, era valiente y magnífico, y tenía la prudencia que rara vez se da en la juventud.

Luego nos presenta al Vidamo de Chartres, al que dedica *seis líneas,* y termina diciendo:

> Era el único digno de ser comparado con el duque de Nemours, si es que alguien podía compararse con él.

Sigue *una página* destinada a presentar al señor de Nemours, con lo cual parece dársele mucha más importancia que a los otros personajes masculinos de la novela. Miremos de cerca esta descripción. El señor de Nemours es «una obra de arte de la naturaleza» y tiene «un valor incomparable», no obstante, aquello en lo que se hace mayor hincapié es en su condición de Don Juan:

> Pocas de aquellas que le habían interesado podían jactarse de habérsele resistido...

A los ojos de la narradora, este aspecto de la personalidad del señor de Nemours —su donjuanismo— parece añadirle un atractivo más, y no el menor. ¿El sueño de toda mujer no es ser el último eslabón en la cadena de conquistas de un Don Juan? Porque la conquista del Don Juan conlleva la victoria sobre todas las rivales femeninas: es, en definitiva, la consagración de la propia feminidad... Pero el Don Juan puede seguir siéndolo, y el procedimiento más seguro para no ser su víctima es renunciar heroicamente a la prueba, aun a expensas del propio sacrificio.

En este sentido el rechazo podría ser la victoria femenina sobre el Don Juan, y sobre el hombre en general.

La narradora se complace en presentarnos al Don Juan vencido: primero lo vemos apasionadamente enamorado, desdeñando el trato de las demás mujeres, después destruido, melancólico, yéndose a un jardín solitario para soñar, recurriendo a todos los subterfugios, a todas las estratagemas, para ver a la señora de Clèves incluso sin ser visto... Pero la sumisión de la víctima no disipa en el verdugo el deseo de hacerla sufrir, y, en este sentido, la señora de Clèves no escatima los medios. Lo sabe apasionadamente enamorado y no duda en confesarle su amor, para declararle inmediatamente después que nunca será suya. (Es algo así como el juego cruel de los niños: «lo verás, lo verás, pero no lo catarás».) Y para más refinamiento en su crueldad, deja una puerta abierta a la esperanza, una puerta que más nos parece destinada a seguir avivando la llama que no quiere ver apagarse en él.

Ni por un momento su amor es generoso. Tomada su decisión, podía haberle ocultado que lo amaba, pero no lo hace, prefiere dejarlo en este estado, mezcla de desaliento —puesto que le ha afirmado de manera tajante que no quiere casarse con él—, de esperanza —al final de la entrevista le dice que hay que dar tiempo al tiempo...— y de alegría —ya que le ha confesado que puede enorgullecerse de haber inspirado el amor de una mujer tan excepcional como ella— capaz de llevar a cualquier enamorado a un total desconcierto, si no es a la locura. Así, cuando el Vidamo va a reunirse con el señor de Nemours, después de la entrevista secreta con la señora de Clèves, lo encuentra:

> tan lleno de alegría, de tristeza, de sorpresa y de admiración, en fin, de todos los sentimientos que puede producir una pasión llena de temor y de esperanza, *que no estaba en su sano juicio*[59].

¿Acaso la princesa de Clèves era totalmente responsable de este comportamiento tan cruel? En la novela se nos dice que la señora de Chartres le hablaba a menudo a su hija del amor, y leemos:

> *le contaba la poca sinceridad de los hombres, sus engaños, su infidelidad...*

Nos hallamos ante una concepción que forma parte de la educación que durante siglos se ha dado a la mujer. Me refiero a *la mise en garde* de que son objeto las mujeres desde su tierna infancia —porque esta educación empieza en los cuentos[60]— y que tiene como finalidad preservarla del peligro que para ella supone el hombre, inevitablemente asociado al mito del Don Juan. Según esta concep-

---

[59] Situación semejante a aquella a la que sometió a su marido. Después de la confesión de que ha sido objeto, el señor de Clèves dice a su esposa para justificar sus celos: «tened un poco de compasión del estado a que me habéis reducido (...) ¿Cómo podíais esperar que no perdiese el juicio? (...) no tengo más que sentimientos violentos y confusos de los que no soy dueño. (...) Os admiro y os odio, os ofendo y os pido perdón (...) he perdido completamente la paz y el juicio».

[60] Ver Bruno Bettelheim, *Psychanalyse des contes de fées*, Laffont, París, 1967, y Marc Soriano, *Les contes de Perrault, culture savante et traditions populaires*, Gallimard, Idées, 1968.

ción, el varón, salvo voluntad expresa de llegar hasta el matrimonio, es un ser desprovisto de sinceridad, engañoso e infiel. Su amor es una conquista de la que la mujer es presa pasajera y víctima definitiva, puesto que el interés masculino deja de existir tras los últimos dones, al menos si estos dones tienen lugar fuera del matrimonio.

Es evidente que estas ideas que se inculcaban a la niña tenían como objetivo ponerla a salvo de la seducción, y persuadirla de que el amor total sólo es posible entre esposos. Ignoramos si se alcanzaba siempre este objetivo pedagógico y moral, pero lo que parece claro es que la parte de la lección que invariablemente retenía la joven era que el hombre constituía para ella una encarnación del diablo. Diablo muy atractivo, pero diablo al fin. Y si, como la Caperucita de la comedia de Alejandro Casona[61], decidía ir al bosque al encuentro del lobo, lo hacía «llena de miedo y esperanza».

Nos preguntamos si esta asociación hombre-Don Juan no habrá influido en la concepción del amor propia de nuestra cultura occidental[62], según la cual el verdadero, el gran amor no tiene continuidad, no es algo que puede prolongarse en el tiempo. Los grandes amores de nuestra literatura son, o amores imposibles o amores que se consagran de manera definitiva con la muerte de los amantes[63]. Se diría que sólo hay unión posible en la muerte. En cuanto al amor que intenta proyectarse hacia el futuro, que aspira a una continuidad, se presenta como si irremediablemente tuviese que llevar a la monotonía, al tedio, en el mejor de los casos a la amistad.

---

[61] Nos referimos a *Otra vez el Diablo.*

[62] Es difícil abordar este tema sin citar el discutido y discutible libro de Denis de Rougemont, *L'Amour en Occident.* Sucesivas ediciones desde 1938, la última y «definitiva», París, Plon, 1972.

[63] Aquí dejamos de lado la estructura de los cuentos infantiles que, cuando terminan en boda evocan una felicidad duradera.

Para explicarnos el personaje de la princesa de Clèves hemos recurrido a la circunstancia, a la psicología del personaje, fría y razonadora, a la asociación hombre-Don Juan, que forma parte de la educación de que fue objeto, a la concepción propia de nuestra cultura, en que el gran amor aparece como un amor imposible. Todavía no hemos agotado todos los recursos. Cuando la psicología de un personaje y su entorno socio-cultural, no consiguen explicarnos satisfactoriamente su comportamiento, nos queda una baza todavía por jugar: hurgar en la trastienda del autor, que, consciente o inconscientemente ha alimentado con su propia savia a los hijos de su ficción.

En este caso debemos confesar que, cuando hablábamos de victoria sobre el Don Juan, nos ha parecido ver perfilarse tras la señora de Clèves la sombra de Madame de La Fayette, y hemos sospechado que esta mujer, poco agraciada físicamente, y despechada ya en su juventud[64] podría haber proyectado en su protagonista femenina, de una belleza incomparable, su decepción juvenil, y haberse vengado a través de ella del hombre, este Don Juan.

La venganza puede esperar, no en vano dicen los franceses que es un plato que se come frío, y quizás sea la única pasión más fuerte que el amor, la única capaz de dominarlo.

¿Acaso hemos dejado demasiado rienda suelta a nuestra imaginación? Los descubrimientos son a menudo confirmación de intuiciones, y esta explicación nuestra, fruto más de una intuición que de una reflexión psicocrítica, ha resultado, tras una nueva lectura, confirmada por el propio texto. En efecto, el tema de los celos y de la

---

64 Aludimos a la hipótesis que formulamos en su biografía respecto a cómo pudo interpretar a su favor las asiduidades del caballero de Sévigné.

venganza de la mujer despechada, se encuentra ya anteriormente en la novela: en la carta, de autora desconocida, que todos creían pertenecía al señor de Nemours y que resultó ser una misiva de la reina destinada al Vidamo.

Analicemos el contenido de esta carta. La reina le escribe al Vidamo que, viendo que había perdido terreno en su corazón, decidió conquistarlo de nuevo, para hacerle conocer después el sufrimiento del desamor, que ella había sentido tan cruelmente. Para reavivar la pasión que él había tenido por ella, decide simular que sus sentimientos han cambiado, pero fingiendo ocultarlo[65] y como si no tuviese la fuerza de confesarle la verdad. Las consecuencias no se hacen esperar:

> la extravagancia de vuestro corazón os hizo volver a mí a medida que veíais que yo me alejaba de vos.

Y las sigue el plan trazado de antemano:

> *He gozado de todo el placer que puede proporcionar la venganza* (...) me ha parecido que me amabais como nunca me habíais amado y, por mi parte, os he hecho creer que había dejado de amaros.

Tiene motivos para creer que ha abandonado a la otra, y que no le había hablado nunca de su relación con ella, pero el castigo es implacable:

> ni vuestra vuelta ni vuestra discreción han podido reparar vuestra ligereza. Me habéis hecho compartir vuestro corazón con otra mujer, me habéis engañado, y esto basta para privarme del placer de verme amada por vos

---

[65] Encontramos una situación y un comportamiento femenino semejante en *Jacques le Fataliste* de Diderot, en la historia de Madame de la Pommeraye y el Marqués des Arcis.

como creía merecer serlo, y para permitirme perseverar en la resolución que he tomado, y que tanto os sorprende, de no volver a veros jamás.

Las situaciones distan de ser idénticas, puesto que en el caso de la princesa no hubo realización del amor, ni traición por parte del amante, pero la afinidad reside precisamente en lo que aquí nos importa: en los celos, en el deseo de venganza, aun a expensas del propio sacrificio, en la renuncia. Los tres temas: de los celos (en el caso de la princesa temor a sufrir de celos), de la renuncia y de la venganza, que ocultos, justifican el desenlace de la novela, aparecen aquí esbozados ya, en una especie de *mise en abîme*.

Si esta repetición temática fue un logro inconsciente, podemos pensar que nos hallamos ante un tema obsesivo, lo cual abundaría en el sentido de nuestra hipótesis (Madame de La Fayette vengándose, a través de su protagonista, de una decepción personal), si por el contrario se tratase de una estrategia voluntaria, hay que reconocer que la autora habría ido muy lejos en su técnica narrativa. Habría logrado este trazar pistas para el lector, que Robbe-Grillet intenta mucho menos hábilmente en *La jalousie* o *Les gommes*.

Quizás sea poco prudente optar por esta segunda hipótesis, pero la novela da pie para ello con su preparación parsimoniosa de los puntos culminantes: la confesión y el rechazo.

Y no podemos por menos de sonreír *in petto* al pensar que la obsesión secreta de una mujer —o, de no ser así su excepcional habilidad en lo que a técnica narrativa se refiere— que no ha señalado, que nosotros sepamos, ninguno de los estudiosos masculinos que se han interesado por la novela, pueda haber sido descubierta precisamente por otra mujer.

Las mujeres, como es sabido, no dudan en traicionarse

unas a otras; tampoco dudan, llegado el momento, en prodigar a una de ellas los merecidos elogios. ¿Será también verdad que los hombres no las comprenden?

ESTILO Y TÉCNICA NARRATIVA

La Princesa de Clèves es una de las mejores novelas de la literatura francesa, e, indudablemente, uno de los factores que contribuyen a hacer de ella una obra de arte es la adecuación existente entre el contenido y la forma que le sirve de vehículo. Sin embargo, cuando intentamos penetrar en su estilo mediante el comentario de textos o la traducción, nos enfrentamos con una serie de aspectos que nos dejan perplejos. En efecto, el vocabulario no sólo es convencional e impreciso, sino a menudo pobre y cuajado de redundancias[66], las retahílas de pluscuamperfectos son frecuentes, hay una abundancia excesiva de adverbios en -mente; vemos repetirse de manera constante un cierto número de figuras retóricas, no precisamente de las más rentables: lítote, eufemismo, hipérbole, preterición, quiasmos más o menos evidentes, nunca muy logrados; los giros son con frecuencia pedantes y, en muchas ocasiones, poco fieles a la sintaxis (y que parecían tales en la época: ahí tenemos el testimonio de Valincour); los diálogos vienen introducidos de manera esterotipada —«dijo él», «dijo ella», con las variantes «replicó», «objetó»—; la ausencia de imágenes es casi total y casi total también la falta de descripciones, sobre todo en lo que se refiere a los personajes. Añadamos una tonalidad general de rigidez de expresión y una elegancia un tanto rebuscada.

¿Qué pensar de todo esto? ¿Se trata de defectos pro-

---

[66] La lengua no es más pobre que en el siglo XII, sin embargo recordemos el trío de sinónimos a que nos ha acostumbrado la épica.

pios de la lengua del siglo XVII, sujeta todavía a ciertas limitaciones? ¿Lo achacaremos a torpeza?, ¿a cierta negligencia, que sería explicable en una autora que no quería pasar por profesional?, ¿a afectación, en algunos casos?

Al intentar responder a estas preguntas, vemos derrumbarse las objeciones una tras otra.

El lenguaje clásico no es rico en lo que al vocabulario se refiere, y desde luego los autores del siglo XVII parecen indiferentes a la repetición, hasta el punto de que es legítimo preguntarse si no la evitan o si usan de ella voluntariamente[67], pero resulta inadecuado hablar de limitaciones, teniendo como ejemplo la lengua de un Racine, elegante y musical si las hay, que se doblega fácilmente a las exigencias del alejandrino, dejándolo brotar con absoluta naturalidad.

Debemos renunciar también a la acusación de torpeza. Baste recordar el estilo de Madame de La Fayette en su correspondencia, vivo, espontáneo, ágil, que nos demuestra que podía escribir de otra forma.

Y, si de negligencia hablamos, ¿cómo explicar entonces que Madame de La Fayette diese a leer y a corregir sus escritos a sus amigos, los hombres cultos que la rodeaban —Sagrais, Ménage, Huet, de La Rochefoucauld? Porque, o estos hombres no encontraron nada que objetar a la novela tal como fue publicada, o Madame de La Fayette no aceptó las correcciones que le fueron propuestas, pero es evidente que hubo en la narradora una preocupación por la forma.

El caso es que estos presuntos defectos —no se ha demostrado aún que lo sean— no aparecen a primera vista, sólo se hacen patentes cuando nos acercamos a la obra

---

[67] Repeticiones que no hemos evitado cuando para ello era necesario sacrificar el significado del texto original, cuando nos arriesgábamos a suprimir lo que podía ser una repetición voluntaria, o asumida (por ejemplo, encontró... encontraba... encontraba... encontró...).

Reunión femenina en tiempos de Madame de La Fayette

con mirada miope y, por otra parte, no son en modo alguno un obstáculo para la lectura, cuyo deleite no empañan en ningún momento.

Quizás hay que adoptar aquí el procedimiento propio para la observación de las obras pictóricas, que no por ser mejores admiten que se las mire más de cerca. Y nos preguntamos si no hay que concluir que lo que se diría imperfección mirado de cerca obedece a una elección de la autora, o a una intuición.

¿Qué quiso hacer Madame de La Fayette?, o ¿qué hizo sin sospecharlo, como efecto de una intuición muy certera?

Probablemente acomodar su lenguaje al de la sociedad que en definitiva representaba: la de la corte de Luis XIV[68].

Hay que reconocer que existe una adecuación perfecta entre la abundancia de eufemismos y de litotes y la reserva propia de esta clase social y de esta época; entre la hipérbole, los superlativos absolutos y la preterición, que aparecen como una constante en la somera descripción de los personajes o del ceremonial, y la magnificencia[69] de la corte del rey Sol[70].

En una explicación de este tipo —estilo como vehículo de expresión redundante con el contenido— también encontraría su razón de ser esta delicadeza distante, en el límite de la frialdad y esta elegancia un tanto «preciosa» que son también características de la obra.

---

[68] Madame de La Fayette, tan minuciosa en todos los detalles históricos, no ha hecho ningún esfuerzo para buscar el color local en este aspecto.

[69] Parece significativa la frase con que empieza la novela: «la magnificencia y la galantería...».

[70] Estos últimos aspectos —hipérbole, preterición, superlativos absolutos— son así como la descripción estereotipada de los personajes, características propias de los cuentos maravillosos, a los que Madame de La Fayette parece querer acercarse en algunos momentos. También puede relacionarse con ellos la inverosimilitud y el aspecto novelesco de algunos episodios.

Podemos pues deducir de todo esto la existencia buscada o intuida de un estilo, que parece el más adecuado para transmitir el mensaje narrativo que le había sido encomendado.

Boileau decía que el estilo de Madame de La Fayette era el de la mujer que mejor escribía en Francia. Se trata de un superlativo muy relativo —a Boileau le resulta inimaginable el comparar la escritura de Madame de La Fayette con la escritura masculina— y es muy posible que resulte insuficiente.

En cuanto a la técnica narrativa de Madame de La Fayette en *La Princesa de Clèves,* no puede ya estar sujeta a críticas, antes bien, merece abiertamente nuestra admiración.

Indiquemos en primer lugar la habilidad con que la autora alterna el estilo indirecto, el estilo indirecto libre, muy frecuente y aplicado a la transcripción de los pensamientos, y el estilo directo de la narración y de los diálogos, que aparece también en los soliloquios, cuando el personaje se deja llevar por la vehemencia, e irrumpe la palabra, quizás en voz alta.

El manejo de estas técnicas, que nos parece normal en un Flaubert, resulta bastante sorprendente en esta escritora del siglo XVII.

En cuanto a los niveles de focalización, por una parte nos encontramos con la intervención del autor propia de la novela tradicional, es decir, de una focalización interna muy acentuada, puesto que el autor conoce minuciosamente los pensamientos de sus personajes[71], y, lo que es

---

[71] Valincour desaprueba que Madame de La Fayette, que ha adoptado una postura de historiadora, conozca los sentimientos secretos de sus protagonistas, y piensa que debía haber dado a cada uno de sus personajes un confidente por el que hubiéramos podido enterarnos de sus aventuras secretas.

más, conoce a menudo sus sentimientos incluso cuando ellos los ignoran, pero también vemos surgir aquí y allá ejemplos de una focalización externa muy certera, cuando con un juego de espejos se nos presenta un personaje visto por otro; y estamos muy lejos de lo que se ha dado en llamar «novela balzaciana», tomando a Balzac, muchas veces erróneamente[72], como prototipo del narrador que presenta sus novelas servidas sobre una bandeja. Aquí, como en muchas de las grandes novelas, y quizás este punto contribuye a su grandeza, el lector se ve invitado a colaborar.

Bien es verdad que no hay novela sin autor, pero tampoco puede haber verdadera novela sin lector activo.

Conclusión

Recordemos la frase que pusimos en exergo:

> De tous les grand romans d'amour celui-ci est sans doute (...) le plus secret...

Y, en efecto, acabamos nuestra lectura y empezamos a imaginar por qué *La Princesa de Clèves* es una de estas novelas que poseen el encanto misterioso de lo inacabado. No se puede decir que tenga un final abierto, pero sí tiene un final que le deja al lector la libertad de interpretar, obligándole de esta suerte a reconsiderar la obra y a dar libre curso a su imaginación.

Quisiéramos un *happy end,* como lo quisiera el señor de Nemours, pero se nos niega este placer, y brotan nuestras reflexiones, porque se hace muy difícil comprender

---

[72] Ver Michel Butor, «Balzac et la réalité», *Repertoire,* París, Editions de Minuit, 1960.

en todos los tiempos, cómo una mujer casada, que ama a otro hombre hasta el punto de temer ser infiel a su marido, y que tiene que recurrir a los medios más desesperados para evitar que eso ocurra, es capaz, cuando el luto la exime de sus deberes matrimoniales, y la deja totalmente libre, de renunciar a su amor. Esto no hay circunstancias, ni psicología, ni psicoanálisis que lo justifiquen[73].

Y, por otra parte, la autora es lo bastante hábil como para mantener la ambigüedad. Quedándose voluntariamente al margen, nos propone la interpretación que el propio personaje da de sus actos, pero las explicaciones de éste, con ser abundantes y minuciosas, no ofrecen total credibilidad[74].

Hay que reconocer que esto no hace sino añadir a la obra un encanto más y no el menor, porque, aun a pesar nuestro, nos abandonamos a la reflexión, a este completar la novela individual y secreto que exigían de sus lectores los teóricos del Nouveau Roman.

Algo semejante ocurre cuando intentando precisar el sabor de un plato delicioso, del que no acertamos a descubrir los ingredientes, buscamos el *arrière goût* revelador, que nos permitirá averiguar que han intervenido en el condimento tal vino o tal especia, lo cual nos incita a paladearlo mejor.

Este paladear investigador, que desearíamos compartiesen los lectores de nuestra traducción, ha sido el punto de partida y el objetivo de nuestra introducción.

---

[73] Decimos bien «que lo justifique», quizás sí «que lo explique».
[74] Recordemos el problema de la dificultad de la sinceridad consigo mismo, de que tratamos al estudiar *La Princesa de Clèves* como novela de análisis.

APÉNDICE

Quisiéramos añadir un comentario más a la escena del pabellón —aquella escena *encantadora* bajo tantos puntos de vista en que la princesa de Clèves aparece enlazando cintas de colores alrededor de la caña de Indias que había pertenecido al señor de Nemours—, algo que no nos ha parecido oportuno incluir en el capítulo «La Princesa de Clèves novela de amor», ni cumplir los requisitos de rigor científico que hubiese exigido su inserción en el capítulo que hemos titulado: «La circunstancia».

Michel Butor, como hemos apuntado ya, ve en esta escena un valor simbólico de connotaciones claramente eróticas; añadamos ahora que lo considera idéntico al de los cuentos de hadas de la época, de un contenido sexual evidente, y cita como ejemplo las moralejas con las que Perrault comentaba sus cuentos[75]. Y añade:

> el espíritu de la princesa trabajaba en aquel momento en una zona muy oscura para ella misma; anuda las cintas a la caña como en un sueño, y su sueño se precisa poco a poco[76].

Por nuestra parte, no en vano hemos dicho que la escena era *encantadora,* se nos antoja que hay algo de rito mágico en toda ella y concretamente en esta apropiación de un objeto que pertenece a la persona cuyo amor se desea conseguir o mantener, y en rodearlo o atarlo con cintas, que en este caso son además del color emblemático de la señora de Clèves —el amarillo— que el señor de Nemours había lucido en el torneo. Esta primera intui-

---

[75] Ver Bruno Bettelheim, *Psychanalyse des contes de fées,* París, Laffont, 1976.
[76] Michel Butor, *Répertoire,* I, París, Ed. de Minuit, 1960.

ción no nos parece desprovista de fundamento (el siglo XVII nos ha preparado toda clase de sorpresas) y consideramos oportuno seguirle la pista.

Para empezar, el marco en que se desarrolla la escena cumple los requisitos preliminares indispensables para la celebración de una ceremonia mágica, como las que se celebraban ya en las civilizaciones más antiguas, tanto en lo que se refiere al momento: la noche (momento prioritario, si bien el crepúsculo y el alba no quedaban excluidos), como en lo que atañe al lugar, que debía ser aislado de los profanos y de las influencias hostiles a la empresa[77]. Y si reflexionamos sobre la actividad misma que ocupa a la señora de Clèves —anudar cintas de colores en torno a la caña de Indias— veremos que se podría interpretar como un ejemplo de ley de contagio desembocando en un rito encantatorio.

La ley de contagio parte del principio mágico, según el cual las cosas que han estado una vez en contacto siguen actuando una sobre otra, incluso cuando el contacto ha cesado[78] y esta ley permite el rito encantatorio correspondiente, porque la acción realizada sobre un elemento que ha formado parte de una persona —cabello, diente, etcétera—, o sobre cualquier objeto de su propiedad, puede transferirse a la persona en cuestión. En el caso que nos ocupa, el objeto utilizado para efectuar la transferencia sería la caña de Indias que había pertenecido al señor de Nemours.

Veamos ahora el simbolismo de los objetos que intervienen en este posible rito. Recordemos el valor simbólico de las cintas, que marcaban un éxito, un triunfo o una realización, el gesto de las damas que ofrecían cintas a sus

---

[77] Jerôme Antoine Rony, *La Magie,* París, Que sais-je?, 1968.
[78] J. G. Frazer, *La Rama dorada,* México, Madrid, Buenos Aires, Fondo de Cultura Económica, 1951.

caballeros, y el de las cintas que se lanzaban al vencedor; pero en la medida en que las cintas se anudan, como ocurre aquí, podemos relacionarlas con el tabú de los nudos, y con los ritos mágicos que se siguen de él. Frazer cita el caso de nudos utilizados por una hechicera «para vencer al amado y que se una a ella fielmente»; el de la doncella de Virgilio (*Égloga*, VIII, vv. 77-88) que, enamorada de Dafnis, trata de atraérselo mediante conjuros y anudando tres veces tres cordones de distintos colores, y también el ejemplo muy próximo al comportamiento de la señora de Clèves, de una doncella árabe, que habiéndose enamorado de un hombre «intentó ganar su amor y atraerlo haciendo nudos en su látigo».

En cuanto a la caña de Indias, no está desprovista tampoco de valor mágico y simbólico. El culto del árbol, que era muy importante ya en las civilizaciones prehelénicas, se da en todas las grandes familias europeas del tronco ario, y pervive aún hoy día en varios países de Europa, concretamente en Francia: en Burdeos y en los pueblos de Provenza. El árbol se ve a veces substituido por su representante: el palo, y viene asociado a los ritos de la fertilidad que se celebran el primero de mayo, por lo que se designa como árbol o palo «mayo», e, invariablemente, aparece en estos actos engalanado con cintas de colores atadas a su alrededor[79]. Este ceremonial del árbol fue originariamente un rito fálico, cuyo simbolismo ha sido sin duda olvidado y se escapa a los que lo practican actualmente.

No consideramos descabellado presumir que la magia se asoma a la obra de Madame de La Fayette. Los contemporáneos de Luis XIV se deleitaban con los cuentos de Perrault sin duda por su doble aspecto: de cuento ma-

---

[79] Ver Frazer, *op. cit.*, y *Dictionnaire des symboles* de Jean Chevalier, y Alain Cheerbrant, París, Seghers, 1974, 4 volúmenes. O la traducción castellana, publicada en Herder, Barcelona, 1986.

ravilloso, contado prodigiosamente para deleitar a los niños, y de cuento picante, cuyas moralejas, en las que abundaban las alusiones eróticas, parecen destinadas a divertir a los padres que leen el cuento a sus hijos, o que lo leen para contárselo después; pero quizás también, como apunta J. A. Rony[80] porque en estas narraciones existe un elemento mágico, que viene a perturbar las leyes naturales. Y es que los hombres de esta época, y aún más las mujeres —sobre todo las de alta sociedad, se interesaban mucho por la magia, y la practicaban, pese a las prohibiciones y las represiones de las autoridades civiles y eclesiásticas.

Para no citar más que un ejemplo de todos conocido, recordaremos *l'Affaire des poisons* o 'caso de los venenos', serie de casos de envenenamiento que alimentaron la crónica de sucesos parisina entre 1670 y 1680[81]. La principal protagonista de estos hechos fue una tal La Voisin, comadrona de profesión, pero no precisamente de vocación, que se entregaba a prácticas bastante opuestas a su oficio, como las de maga, *faiseuse d'anges* —palabra que no necesita traducción ni comentario—, y vendedora de venenos —que se designaban con el eufemismo irónico de *poudres de succession,* 'polvos de sucesión'.

Se constituyó un tribunal para juzgar e investigar estos casos y resultaron implicadas numerosas personalidades de la corte, entre ellas la marquesa de Brinvilliers, que confesó haber envenenado a su padre, a sus dos hermanos, a su hermana y a su cuñada. Tanto ella como La Voisin fueron ejecutadas, y el sumario permitió descubrir un mundo no sólo de crímenes sino de magia, de la especie más negra incluso, con celebración de misas en que un sacerdote sacrílego oficiaba sobre el cuerpo de una mujer desnuda, dándose el caso de que se degollase a un

---

[80] *Op. cit.*
[81] *La Princesa de Clèves* se publicó en 1672.

recién nacido durante la ceremonia. Cuando Luis XIV vio aparecer el nombre de Madame de Montespan, una de sus amantes, entonces ya en desgracia, entre las clientas de La Voisin, mandó echar tierra sobre el asunto, pero lo que no se pudo evitar fue que resultase notorio que muchas personas de la alta sociedad habían participado en estas actividades. Ni siquiera Racine se vio libre de sospechas.

Volviendo a la escena del pabellón, se nos podría objetar que la princesa de Clèves no necesita de estos sortilegios, puesto que sabe al señor de Nemours enamorado. Y la objeción sería pertinente. En efecto, quizás no se trate de un rito mágico propiamente dicho, sino de la expresión de uno de estos simbolismos arquetípicos de que nos habla Micea Eliade, que si bien pueden manifestarse en el plano de la conciencia en forma de ritos mágicos, por ejemplo, pueden hacerlo también en el plano del inconsciente (sueños, alucinaciones, sueños en estado de vela), porque «al menos una cierta zona del inconsciente está dominada por los mismos arquetipos que dominan y organizan igualmente las experiencias conscientes y transconscientes»[82]. Esto nos acercará a la explicación de Michel Butor, si bien no aceptamos su aspecto marcadamente sexual.

---

[82] Ver Mirceda Eliade, *Images et Symboles; essai sur le symbolisme magico-réligieux*, TEL, Gallimard, 1952, pág. 158.

NOTA BIBLIOGRÁFICA

No existe ningún manustrito de *La Princesa de Clèves*. La novela fue publicada en París por Claude Barbin, en 1678, sin indicación de autor.

Como otras ediciones de la época, tenemos una de Amsterdam, de 1688, una de París, de 1689 y otra de Lyon, de 1690.

Actualmente disponemos de una edición crítica, establecida y anotada por Antoine Adam, en la Bibliothèque de La Pléiade, que la incluye en el volumen *Romanciers du XVIIᵉᵐᵉ siècle*, París, Gallimard, 1968. Esta edición, como todas las actuales, reproduce unos ejemplares de la edición de 1678, en los que se habían introducido algunas correcciones manuscritas —la mayoría enmiendas de erratas—, que se atribuyen a Claude Barbin.

Para nuestro trabajo hemos manejado una edición de H. L. Mermond, Lausana, 1947.

Al hacer esta traducción nos hemos fijado como criterio respetar minuciosamente el significado del texto original, teniendo muy presente que nos hallamos ante un documento escrito en francés clásico. Por otra parte, nuestro respeto no se ha limitado al aspecto semántico, sino que hemos intentado reproducir también lo más fielmente posible el estilo o los estilos de la autora, procurando dar una resonancia lírica a las páginas en que el original la tenía y manteniendo el tono llano de las que estaban escritas llanamente. En cuanto a las reiteraciones, frases rebuscadas o de una retórica poco lograda, hemos pensado que si los correctores a quienes Madame de La Fayette sometió el texto —hombres de letras contemporáneos suyos— estimaron oportuno mantenerlas, también debíamos hacerlo nosotros. —¿Cómo íbamos a enmendarle la plana a La Rochefoucauld? Y sólo hemos intervenido cuando la complicación de la frase o su ambigüedad dificultaban realmente la lectura.

Es preciso añadir una aclaración en lo que se refiere al nombre de la autora. No debemos sorprendernos si en la bibliografía encontramos dos grafías distintas: Madame de La Fayette y Madame de Lafayette. Se dan ambas, si bien prevalece la primera. Lo que sí motiva legítimamente nuestra sorpresa es que en la edición de la Bibliothèque de la Pléiade (en una nota de la página 50) se nos diga: «su nombre se escribe a menudo La Fayette, pero ella firmaba siempre Lafayette. Esta es pues la única ortografía correcta de su nombre», y que ello no sirva de obstáculo para que en la misma edición la autora aparezaca designada como Madame de La Fayette.

Para dar una idea del éxito que la novela ha tenido en España, vamos a indicar a continuación las numerosas traducciones existentes.

LA FAYETTE, Marie Madeleine Pioche de la Vergne, Comtesse de:

La Princesa de Clèves, traducción del francés por J. Sesplugues, Madrid, Espasa-Calpe, 1924.

La Princesa de Clèves, traducción y pról. de Federico Carlos Sáinz de Robles, padre, Barcelona, Apolo, Agustín Núñez, 1941.

La Princesa de Clèves, La princesa de Montpensier. La Condesa de Tende. Nota preliminar de Federico Carlos Sáinz de Robles, padre, Madrid, M. Aguilar, 1944.

La Princesa de Clèves, La princesa de Montpesier. La Condesa de Tende. Versión directa del francés de Antonio G. Linares; nota preliminar de Federico Carlos Sáinz de Robles, padre, 3.ª ed., Madrid, Aguilar, Cedesa, 1961.

La Princesa de Clèves, traducción de José M.ª Claramunda Bes, Barcelona, Zeus, 1964.

La Princesa de Clèves, J. Pérez de Hoyo, s. a., Madrid, Clásicos Universales, vol. 52, 1970.

La Princesa de Clèves, prólogo de Daniel Sueiro, traducción de Vicente Clavel, Estella, Salvat, 1971.

La Princesa de Clèves, prólogo de Daniel Sueiro, traducción de Vicente Clavel, Estella, Salvat RTV, 1971.

La Princesa de Clèves, con ilustraciones de Roser Agell, Barcelona, Nauta, 1971.

La Princesa de Clèves, prólogo de Daniel Sueiro, traducción de Vicente Clavel, Estella, Salvat, 1972.

La Princesa de Clèves, Zaida. Historia española, Madrid, Círculo de Amigos de la Historia, 1972.

La Princesa de Clèves, prólogo de Daniel Sueiro, traducción de Vicente Clavel, Estella, Salvat, 1973.

La Princesa de Clèves, Zaida. Historia española, Madrid, Círculo de Amigos de la Historia, 1974.

La Princesa de Clèves, traducción del francés, Emma Calatayud, Barcelona, Bruguera, 1982.

La Princesa de Clèves, introd. de Caridad Martínez, traducción de Ricardo Permanyer, Barcelona, Planeta, 1983.

La Princesa de Clèves, prólogo de Daniel Sueiro, traducción de Vicente Clavel, Barcelona, 1983.

La Princesa de Clèves, traducción de Ricardo Permanyer, Barcelona, Planeta, 1983.

La Princesa de Clèves, traducción de Ricardo Permanyer, 1.ª ed., Madrid, Fascículos Planeta, 1984.

BIBLIOGRAFÍA

Bettelheim, Bruno, *Psychanalyse des contes de fées,* París, Laffont, 1976.

Brantome, P. de, *Vie des grands capitaines français,* París, Orizet, 1806.

Busson, Henri, *La Réligion des Classiques,* Bibliothèque de Philosopie Contemporaine, París, P. U. F., 1948.

Bussy-Rabutin, R. de, *Lettres de Messire Roger de Rabutin comte de Sussy,* Amsterdam, Zacharie Chatelain, 1738.

Butor, Michel, *Réportoire,* París, Editions de Minuit, 1960.

Castelnau, M. de, *Mémoires,* Bruselas, Jean Léonard, 1731, 3 volúmenes.

Coulet, Henri, *Le Roman jusqu'à la Révolution,* t. I, Collection U, Armand Colin, 1967-68.

Charnes, Abbé de, *Conversation sur la critique de la Princesse de Clèves,* París, Barbin, 1679.

Dedeyan, Charles, *Madame de La Fayette,* París, S. E. D. E. S., 1955.

Descartes, René, *Discours de la Méthode.*

— *Les passions de l'âme.*

Doubrovsky, Serge, *La Princesa de Clèves, une interprétation existentielle,* La Table Ronde, núm. 138, junio de 1959, Librairie Plon.

Du Plaisir, *Sentiments sur les lettres et sur l'histoire, avec des scrupules sur le stile,* París, Blageart et Quinet, 1683.

Eliade, Mircea, *Images et Symboles. Essais sur le sumbolisme magico-réligieux,* París, TEL, Gallimard, 1952.

Fabre, Jean, *Idées sur le roman de Mme de La Fayette au Marquis de Sade,* París, Klincksieck, 1979.

Francillon, Roger, *L'oeuvre romanesque de Madame de La Fayette,* París, José Corti, 1973.

FRAPPIER, Jean, *Vues sur la conception courtoise de la littérature d'Oc et d'oil au XIIᵉᵐᵉ siècle*, CCM, II, 1959.

— *Sur un procès fait à l'amour courtois*, Romania, XCIII, 1972.

— *Amour courtois et table ronde*, Droz, Ginebra, 1973.

FRAZER, J. G., *La rama dorada. Magia y religión,* Fondo de Cultura Económica, México, Madrid, Buenos Aires, 1984.

GOLDMAN, Lucien, *Le Dieu caché,* París, Gallimard, Bibliothéque des Idées, 1956.

LA FAYETTE, Madame de, *La Princesa de Clèves* en *Romanciers du XVIIᵉ s.,* textos presentados y anotados por A. Adam, París, Gallimard, Bibliothèque de la Pléiade, 1958.

LA ROCHEFOUCAULD, F. de, *Maximes.*

LANGAA, Maurice, *Lectures de Madane de Lafayette,* París, A. Colin, U₂, 1971.

LASSALLE-MARAVAL, Thérèse, *De l'emergence de l'amour dans «La Princesse de Clèves», Étude de quelques éléments lexicaux et syntaxiques,* Annales de l'Université de Toulouse-Le Mirail, tome XIV, 1978, fascicule 7.

LATHUILLERE, Roger, *La Préciosité,* Étude historique et linguistique, t. I, Ginebra, Droz, 1966.

MAGENDIE, M., *La Politesse Mondaine et les théories de l'honnêteté en France au XVII de 1600-1660,* París, Felix Alcan.

MALANDAIN, Pierre, «Ecriture de l'histoire dans "La Princesse de Clèves". Sémiotiques du Roman», *Litterature,* núm. 36, Larousse, diciembre de 1979.

MALRAUX, Clara, *Autour de Madame de Lafayette,* I, II, Confluences 15, diciembre de 1942, Confluences 17, febrero de 1943.

MEZERAY, F. E., *De l'Histoire de France depuis Faramond jusqu'à maintenant,* París, M. Guillemot, 1643-1651, 2 volúmenes.

NADAL, Octave, *Le sentiment de l'amour dans l'oeuvre de Corneille,* N. R. F., París, Gallimard, 1948.

NIDERST, Alain, *La Princesse de Clèves. Le roman paradoxal,* Larousse, Thèmes et textes, 1973.

PICARD, Raymond, *Génie de la littérature française. L'univers des connaissances,* París, Hachette, 1970.

PINGAUD, Bernard, «Préface» á *La Princesse de Clèves,* París, Gallimard, 1981, folio

— *Madame de Lafayette par elle-même,* París, Seuil, 1959.

[86]

POULET, Georges, *Études sur le temps humain,* París, Plon, 1950.

RONY, Jerôme Antoine, *La Magie,* París, Que sais-je?, 1968.

ROUGEMONT, Denis de, *L'amour et l'Occident,* París, Plon, 1939.

ROUSSET, Jean, *Forme et signification,* Essais sur les structures littéraires de Corneille à Claudel, París, José Corti, 1962.

ROY, Claude, *Le roman d'analyse,* La Nef, julio-agosto de 1959.

SALY, Antoinette, *Amour et valeurs au XVIIe siècle: le legs du Moyen Age dans l'Astrée,* in Travaux de Linguistique et de Littérature publiés par le Centre de Philologie et de Littérature Romances de l'Université de Strasbourg, XX, 2, Strasbourg, 1982.

SEEBACHER, J., «Gringoire ou le déplacement du roman historique vers l'histoire» en *R. H. L. F.,* 1975, número especial *Le Roman historique.*

SEVIGNE, Madame de, *Lettres,* Texte établi et présenté par Gerard-Gailly, París, Gallimard, Bibliothèque de la Pléiade, 1960-63.

SORIANO, Marc, *Les contes de Perrault, culture savante et tradition populaire,* París, N. R. F., Bibliothèque des Idées, 1968.

VALINCOUR, J.-D. Trousset de, *Lettres à Madame la Marquise sur le sujet de «La Princesse de Clèves»,* París, Mabre-Cramoisy, 1678.

VIGEE, Claude, *La Princesse de Clèves et la tradition du refus. Critique,* París, agosto-septiembre de 1960.

LA PRINCESA DE CLÈVES

PRIMERA PARTE

LA magnificencia y la galantería no se han dado nunca en Francia con tanto esplendor como en los últimos años del reinado de Enrique II.[1]. Este príncipe era galante y apuesto, y estaba enamorado. Aunque su pasión por Diana de Poitiers, duquesa de Valentinois[2], había empezado hacía más de veinte años, no por esto era menos violenta, ni la mostraba él de manera menos manifiesta.

Como despuntaba sobremanera en todos los ejercicios corporales, hacía de ellos una de sus más frecuentes ocupaciones. Todos los días había cacerías, partidos de pelota, ballets, carreras de cintas[3] o diversiones similares. Los colores[4] y el anagrama[5] de la señora de Valentinois apa-

---

[1] Enrique II de Valois, hijo de Francisco I, que reinó de 1547 a 1559.

[2] Diana de Poitiers, célebre favorita de Enrique II, quien le otorgó el ducado de Valentinois. Tenía veinte años más que el rey, pero según sus contemporáneos, mantuvo su extremada belleza, su vigor y su inteligencia hasta una edad muy avanzada.

[3] = correr sortija. Ejercicio caballeresco, se realizaba corriendo a caballo, y consistía en tratar de ensartar en una lanza o en una vara una anilla pendiente de una cinta.

[4] Las damas de la nobleza poseían cada una su color, que habían elegido y que solía tener una significación simbólica. Los caballeros adoptan el color de su dama como homenaje galante.

[5] original: *chiffre* = anagrama: iniciales enlazadas, como las hay en los sellos, cubiertos, ropa de casa, etc. Al estar unidas en un solo dibujo, suelen constituir un elemento ornamental y su lectura resulta menos evidente, hasta poder convertirse en un carácter misterioso.

recían por todas partes, y ella aparecía también con atavíos semejantes a los que hubiera podido lucir su nieta, la señorita de Marck, que estaba entonces en edad de contraer matrimonio.

La presencia de la reina[6] autorizaba la suya. Esta princesa era hermosa, si bien había sobrepasado la primera juventud, y amaba la grandeza, el lujo y los placeres. El rey se había casado con ella cuando era aún duque de Orleans, y tenía como primogénito al delfín, que murió en Tournon, príncipe al que su cuna y sus grandes cualidades destinaban a ocupar dignamente el trono de Francisco I, su padre.

El talante ambicioso de la reina le hacía hallar gran placer en reinar; parecía que toleraba sin enojo la afición del rey por la duquesa de Valentinois, y no mostraba por ello ningunos celos, aunque era tal su capacidad de disimulo, que resultaba difícil conocer sus sentimientos, y la política la obligaba a atraerse a esta duquesa a fin de atraer también al rey. Éste gustaba del trato de las mujeres, aun de aquellas de quienes no estaba enamorado, y permanecía todos los días en las habitaciones de la reina a la hora del círculo, al que no dejaban de acudir los más bellos y apuestos representantes de uno y otro sexo.

Jamás ninguna corte ha tenido tan bellas mujeres y hombres tan apuestos, y parecía como si la naturaleza se hubiera complacido en otorgar lo que da de más bello a las nobles princesas y a los más nobles príncipes. Doña Elisabeth de Francia, que fue después reina de España[7], empezaba a mostrar un ingenio sorprendente y la incomparable belleza que le ha sido tan nefasta. María Estuardo, reina de Escocia, que acababa de casarse con el del-

---

[6] Catalina de Médicis, que se había casado con Enrique II de Valois en 1533.

[7] Hija de Enrique II y de Catalina de Médicis. Contrajo matrimonio con Felipe II en 1559, cuando tenía catorce años. Murió en Madrid a los veintitrés años, y se dijo que había sido envenenada por su marido.

fín[8] y a quien llamaban la reina delfina, era una mujer perfecta, tanto por su ingenio como por su apostura. Había sido educada en la corte de Francia, de la que había adoptado la distinción de modales, y había nacido con tales aptitudes para todas las cosas bellas que, a pesar de su juventud, las apreciaba mucho y entendía de ellas más que nadie. La reina, su suegra y Madama, hermana del rey[9] amaban tambien los versos, la comedia[10] y la música. La afición que Francisco I había tenido por la poesía y las letras reinaba aún en Francia, y el rey, su hijo, gustaba de los ejercicios corporales. Se hallaban en la corte todos los placeres, pero lo que hacía esta corte bella y majestuosa era el número infinito de príncipes[11] y de grandes señores de un mérito extraordinario. Los que voy a nombrar eran, en distintos aspectos, el ornamento y la admiración de su época.

El rey de Navarra[12] se atraía el respeto de todo el mundo por la grandeza de su rango y por la que se desprendía de su persona. Destacado en la guerra, el duque de Guisa[13] ejercía sobre él una emulación que le había llevado varias veces a dejar su plaza de general, para ir a combatir a su lado, como simple soldado, en los más peligrosos lugares. Bien es verdad que este duque había dado tales muestras de valor, y había tenido tantos éxi-

---

[8] Delfín es el nombre con que se designa en Francia al príncipe heredero. Aquí el futuro Francisco II, que murió a los diecisiete años, después de haber reinado sólo algunos meses.

[9] *Madame,* hermana del rey es Margarita de Francia, duquesa de Berry, que contrajo matrimonio con Emmanuel-Philibert, duque de Saboya (1559).

[10] La palabra comedia designa aquí toda representación teatral, no únicamente la cómica.

[11] Príncipe designa al soberano o sus parientes próximos, también gran señor, cualquiera que sea su título.

[12] El rey de Navarra es Antonio de Borbón. Rey consorte, puesto que la heredera del reino fue su esposa Juana d'Albret.

[13] Francisco de Lorena, duque de Guisa, defensor heroico de Metz, reconquistó Calais en poder de los ingleses. Más tarde fue uno de los jefes de la Liga.

tos, que no había gran capitán que no debiese mirarlo con envidia. Su valentía se veía secundada por todas sus demás cualidades: tenía un ingenio vasto y profundo, un alma noble y elevada, y una igual capacidad para la guerra y para los negocios. El cardenal de Lorena[14], su hermano, había nacido con una ambición desmesurada, una inteligencia aguda y una elocuencia admirable, y había adquirido una gran cultura de la que usaba para representar un papel importante en la defensa de la religión católica que empezaba a ser atacada. El caballero de Guisa, al que se llamó después Gran Prior[15], era un príncipe querido por todos, apuesto, lleno de ingenio y de destreza, y de una valentía célebre en toda Europa. El príncipe de Condé[16] llevaba en su cuerpecillo, poco favorecido por la naturaleza, un alma grande y altanera y un ingenio que lo hacía parecer amable incluso a los ojos de las más bellas mujeres. El duque de Nevers[17], que había tenido una vida gloriosa por sus acciones guerreras y por los grandes cargos que había desempeñado, aunque de edad algo avanzada, hacía las delicias de la corte. Tenía tres hijos de una apostura perfecta. El segundo, al que llamaban príncipe de Clèves[18], era digno de sostener la gloria de su nombre. Era valiente y generoso y tenía una prudencia que rara vez se da en la juventud. El vidamo[19] de Chartres, descendiente de esta antigua casa de Vendôme, cuyo

---

[14] Carlos de Guisa, célebre por su activa participación en las revueltas de la Liga.

[15] El más joven de los hermanos. Caballero de Malta, fue más tarde prior de la orden.

[16] Luis de Borbón, príncipe de Condé, fue el jefe del partido protestante durante las guerras de religión.

[17] Francisco de Clèves, duque de Nevers.

[18] Madame de La Fayette ha elegido como protagonista de su novela al segundo hijo del duque de Nevers, que murió a los veinte años sin dejar descendencia y que tenía trece años en la época en que transcurre la novela.

[19] François de Vendôme, príncipe de Chabanois. Vidame: del latín medieval: *vicedominus*. En la Edad Media, oficial que reemplazaba a los obispos y abades en las funciones jurídicas y militares. Posteriormente título honorífico.

nombre no han desdeñado llevar los príncipes de sangre real, se distinguía igualmente en la guerra y en la galantería. Era hermoso, de buen porte, valiente, atrevido y liberal: todas estas cualidades eran vivas y deslumbrantes, en fin, era el único digno de ser comparado con el duque de Nemours[20], si es que alguien podía compararse con él. Pero este príncipe era una obra maestra de la naturaleza; lo menos admirable que había en él era el ser el hombre más apuesto y más hermoso del mundo. Lo que lo situaba por encima de los demás era un valor y un atractivo en su ingenio, en su rostro y en sus actos, que jamás se han visto en otros. Tenía un gracejo que gustaba por igual a hombres y a mujeres, una destreza extraordinaria en todos los ejercicios físicos, una manera de vestirse, que todos seguían invariablemente sin conseguir imitarla, y, en fin, un porte en toda su persona, que hacía que, por dondequiera que pasara, atrajese todas las miradas. No había dama en la corte cuya fama no se hubiese acrecentado si se le hubiera visto interesarse por ella. Pocas de aquéllas por las que se había interesado podían jactarse de habérsele resistido, e incluso varias por las que no había mostrado pasión alguna, la habían sentido por él. Tenía tanta dulzura y tantas disposiciones para la galantería, que no podía rehusar algunas atenciones a aquellas que intentaban gustarle; así pues, tenía varias amantes, pero era difícil adivinar a cuál de ellas amaba de verdad. Estaba con frecuencia en las habitaciones de la reina delfina. La belleza de esta princesa, su dulzura, el esmero que ponía en gustar a todo el mundo y la especial estima que demostraba por este príncipe, habían dado lugar a menudo a que se creyese que levantaba sus miradas hasta ella. Los

---

[20] El duque de Nemours es Jacques de Saboya, hijo de Felipe de Saboya y de Carlota de Orleans-Longueville. Madame de La Fayette sigue muy de cerca, para presentar al que será uno de los principales protagonistas de su novela, la descripción del personaje histórico que ofrecen las crónicas.

señores de Guisa, de quienes era sobrina, habían visto acrecentado su mérito y consideración por su matrimonio; su ambición les hacía aspirar a igualarse a los príncipes de sangre real, y a compartir el poder del condestable[21] de Montmorency. El rey delegaba en éste la mayor parte del gobierno de sus negocios, y trataba al duque de Guisa y al mariscal[22] de Saint-André como favoritos suyos, pero aquellos que el favor o los negocios acercaban a su persona, no podían mantenerse en este puesto de no ser sometiéndose a la duquesa de Valentinois, y aunque no hubiera ya en ella ni juventud ni belleza, lo tenía dominado hasta tal punto, que bien puede decirse que era dueña y señora de su persona y del Estado.

El rey había tenido siempre mucho afecto al condestable, y en cuanto había empezado a reinar, lo había hecho volver del exilio al que lo había mandado el rey Francisco I. La corte estaba dividida entre los partidarios de los Guisa y los partidarios del condestable, que contaba con el apoyo de los príncipes de sangre real. Ambos partidos habían soñado siempre en ganarse a la duquesa de Valentinois. El duque de Aumale, hermano del duque de Guisa, había contraído matrimonio con una de sus hijas: el condestable aspiraba a idéntica alianza. No se contentaba con haber casado a su hijo con doña Diana, hija del rey y de una dama del Piamonte, que tomó el hábito en cuanto hubo dado a luz. Este matrimonio había encontrado muchos obstáculos, a causa de las promesas que el señor de Montmorency había hecho a la señorita de Piennes, una de las damas de honor de la reina, y por más que el rey los había superado, con paciencia y bondad extremas, el condestable no se sentía aún lo bastante apoyado si no se

---

[21] Condestable: del latín *Commes stabuli:* oficial encargado de las caballerizas reales. De los siglos XII-XVII comandante supremo del ejército real francés. Aquí se trata del duque de Montmorency.

[22] Mariscal: oficial superior y funcionario real, segundo del Condestable.

aseguraba la protección de la señora de Valentinois, y si no la separaba de los señores de Guisa, cuya grandeza empezaba a causar inquietud a la duquesa. Ésta había retrasado cuanto había podido el matrimonio del delfín con la reina de Escocia: la belleza y el ingenio capaz y aventajado de esta joven reina, y el ascendiente que este matrimonio daba a los señores de Guisa le eran insoportables. Odiaba de manera especial al cardenal de Lorena, porque le había hablado con acrimonia y desprecio, y veía que se estaba ganando a la reina, de suerte que el condestable la encontró dispuesta a unirse a él y a sellar su alianza mediante el matrimonio de la señorita de la Marck, su nieta, con el señor de Anville, su segundo hijo[23], que le sucedió después en su puesto durante el reinado de Carlos IX. El condestable no creyó hallar obstáculos para esta boda en el ánimo del señor de Anville, como los había encontrado en el señor de Montmorency, pero si bien desconocía las razones, no fueron por ello menores las dificultades. El señor de Anville estaba perdidamente enamorado de la reina delfina, y por más que su pasión abrigaba pocas esperanzas, no podía decidirse a contraer un compromiso que compartiría sus desvelos. El mariscal de Saint-André era el único de la corte que no se había unido a ningún partido. Era uno de los favoritos, y su favor dependía únicamente de su persona: el rey había sentido gran afecto por él desde los tiempos en que era delfín, y más tarde lo había hecho mariscal de Francia, a una edad en la que no se acostumbra pretender a las más pequeñas dignidades. El favor del que gozaba le daba un boato, que sostenía gracias a su valía y al atractivo de su persona, a la delicadeza de su mesa, a la exquisitez con que estaba puesta su casa[24] y a una magnificencia jamás vista en un particular. La liberalidad del rey proveía estos gastos. Este prín-

---

[23] *Su* nieta... *su* segundo hijo. Conservamos la ambigüedad del original.
[24] Orig. *de ses meubles*.

cipe era pródigo con aquellos a quienes amaba, no tenía todas las grandes cualidades, pero tenía bastantes, y sobre todo la de amar la guerra y entenderla, lo que le había valido varios triunfos: excepto la batalla de San Quintín, su reino había sido una sucesión de victorias. Había ganado en persona la batalla de Renty, se había conquistado el Piamonte, los ingleses habían sido expulsados de Francia y el emperador Carlos V había visto declinar su buena estrella ante la ciudad de Metz, que había sitiado inútilmente con todas las fuerzas del Imperio de España. Sin embargo, como la derrota de San Quintín había disminuido la esperanza de nuestras conquistas, y desde entonces la fortuna había parecido repartirse entre los dos reyes, éstos se vieron, sin saber cómo, dispuestos a la paz.

La duquesa viuda[25] de Lorena había empezado a proponerla en tiempos de la boda del delfín, y desde entonces siempre había habido alguna negociación secreta. En fin, fue elegido Cercamp[26], en el país de Artois, como el lugar donde debían reunirse. El cardenal de Lorena, el condestable de Montmorency y el mariscal de Saint-André acudieron allí en representación del rey; el duque de Alba y el príncipe de Orange en la de Felipe II, y el duque y la duquesa de Lorena actuaron como mediadores. Los principales artículos eran: el matrimonio de doña Elisabeth de Francia con don Carlos, infante de España, y el de Madama, hermana del rey, con el señor de Saboya.

El rey permaneció durante este tiempo en la frontera, donde recibió la noticia de la muerte de María, reina de Inglaterra. Mandó al conde de Randan a Elisabeth, para

---

[25] Orig. *douairière:* viuda de gran familia. ⟨<DOTARIUM, derivado de *dos, dotis* (dote), 'los bienes que el marido asignaba a la mujer para que gozase de ellos si le sobrevivía'.

[26] Las negociaciones para la paz, que se celebraron en la abadía de Cercamp, desembocaron en la paz de Cateau-Cambrésis, 3 de abril de 1559.

cumplimentarla por su advenimiento al trono. Esta lo recibió con júbilo: sus derechos se hallaban tan mal asentados, que era ventajoso para ella al verse reconocida por el rey. El conde la halló informada de los intereses de la corte de Francia, y del mérito de cuantos la componían, pero sobre todo la encontró tan ocupada de la reputación del señor de Nemours, le habló tantas veces de este príncipe y con tanto interés, que cuando el señor de Randan estuvo de vuelta, y dio cuenta al rey de su viaje, le dijo que no había nada a lo que el señor de Nemours no pudiera pretender, en lo que a esta princesa se refería, y que no dudaba, ni por un momento, que fuese capaz de casarse con él[27]. El rey habló de ello al príncipe aquella mismo noche, hizo que el señor de Randan le contase todas sus conversaciones con Elisabeth, y le aconsejó que probase esta gran fortuna. El señor de Nemours creyó al principio que el rey no le hablaba en serio, pero como vio que no era así, le dijo:

—Señor, si me embarco en una empresa quimérica por consejo y en servicio de Vuestra Majestad, os suplico, al menos, que me guardéis el secreto hasta que el éxito me justifique frente al mundo, y que tengáis a bien no hacerme parecer imbuido de tal vanidad como para pretender que una reina, que no me ha visto jamás, quiera casarse conmigo por amor.

El rey le prometió no hablar de estos proyectos sino al condestable, y consideró incluso que el secreto era necesario para el éxito de la empresa. El señor de Randan aconsejaba al señor de Nemours que fuese a Inglaterra bajo el simple pretexto de viajar, pero este príncipe no se decidió a hacerlo. Mandó a Lignorelles, un joven

---

[27] Madame de La Fayette se toma ciertas libertades respecto a la Historia: según la Crónica de Brantôme fue bajo Francisco II, y no durante el reinado de Enrique II, cuando Isabel de Inglaterra estuvo en trámites de casamiento con el duque de Nemours.

inteligente, favorito suyo, para ver los sentimientos de la reina y para intentar establecer algún contacto. En espera del resultado de este viaje, fue a ver al duque de Saboya, que estaba entonces en Bruselas con el rey de España. La muerte de María de Inglaterra trajo consigo serios obstáculos para la paz, las negociaciones se rompieron a finales de noviembre, y el rey volvió a París.

Hizo entonces su aparición en la corte una belleza que atrajo las miradas de todos, y tenemos motivos para creer que era una belleza perfecta, puesto que provocó la admiración en un lugar en que se acostumbraba a ver mujeres hermosas. Pertenecía a la misma casa que el vidamo de Chartres y era una de las más ricas herederas de Francia. Su padre había muerto joven, y la había dejado bajo la protección de la señora de Chartres[28], su mujer, cuyas prendas, virtud y méritos eran extraordinarios. Después de perder a su marido, había pasado varios años sin volver a la corte. Durante esta ausencia había dedicado todos sus desvelos a la educación de su hija, y no se esmeraba solamente en cultivar su espíritu y su belleza, sino que se preocupaba también de inculcarle la virtud y hacérsela amar. La mayoría de las madres se imaginan que el no hablar jamás de galanterías delante de las jóvenes basta para alejarlas de ellas. La señora de Chartres era de opinión contraria: hablaba a menudo a su hija del amor, le mostraba lo que tiene de agradable para persuadirla más fácilmente cuando le mostraba lo que tiene de peligroso; le contaba la poca sinceridad de los hombres, sus engaños, su infidelidad, las desgracias domésticas a que conducen las falsas promesas y le hacía comprender, por otra parte, la tranquilidad que acompaña la vida de una mujer honesta, y hasta qué punto la virtud daba esplendor y nobleza a una

---

[28] Madre e hija son personajes totalmente imaginarios.

joven que poseía hermosura y alcurnia; pero le hacía comprender también lo difícil que era mantener esta virtud sin una extremada desconfianza en sí misma, y un gran esmero en ocuparse de lo único que puede hacer la felicidad de una mujer, que es amar a su marido y verse amada por él.

Esta heredera era entonces uno de los mejores partidos que había en Francia, y aunque era todavía muy joven, habían pedido su mano ya varias veces. La señora de Chartres, que era en extremo vanidosa, no encontraba a nadie digno de su hija, y viendo que tenía dieciséis años, decidió llevarla a la corte. Cuando llegó, el vidamo de Chartres le salió al encuentro, y se quedó sorprendido, no sin razón, de la belleza de la señorita de Chartres. La blancura de su tez y sus cabellos rubios le daban un esplendor que sólo en ella se ha visto; sus rasgos eran regulares y su rostro y persona estaban llenos de gracia y de encantos.

Al día siguiente de su llegada fue a procurarse[29] unas piedras preciosas, a casa de un italiano que negociaba en ellas por todo el mundo. Este hombre había venido de Florencia con la reina, y se había enriquecido tanto en su negocio, que su casa parecía más la de un gran señor que la de un comerciante. Mientras estaba allí llegó el príncipe de Clèves. Se quedó tan admirado de su belleza, que no pudo ocultar su sorpresa, y la señorita de Chartres no pudo por menos de sonrojarse viendo el asombro que le había causado. Se sobrepuso, no obstante, sin mostrar otro interés por el comportamiento del príncipe que el que la cortesía debía dictarle ante un hombre como el que parecía ser. El señor de Clèves la miraba con admiración, y no podía comprender quién

---

[29] Orig. *assortir:* combinar una cosa con otra de modo que hagan juego. También 'procurarse', 'proveerse de'. Es la traducción que hemos adoptado aquí.

era aquella hermosa mujer a quien no conocía. Bien veía por su aspecto y por el de los criados[30] que la acompañaban, que debía ser de alto rango. Su juventud le hacía pensar que era soltera, pero no viendo madre alguna, y como el italiano, que no la conocía, la llamaba señora[31], no sabía qué pensar, y la miraba cada vez con más asombro. Se dio cuenta de que sus miradas la turbaban, contrariamente a lo que ocurre con la mayoría de las jóvenes, que ven siempre con placer el efecto que produce su belleza; y le pareció incluso que él era la causa de la impaciencia que tenía por irse, y, en efecto, salió bastante precipitadamente. El señor de Clèves se consoló de perderla de vista, con la esperanza de saber quién era, pero se quedó muy sorprendido cuando supo que no la conocían. Le impresionó tanto su belleza y la modestia que había notado en su conducta, que bien puede decirse que concibió por ella, desde el primer momento, una pasión y una estima extraordinarias. Aquella noche fue a las habitaciones de Madama, hermana del rey[32].

Esta princesa gozaba de una gran consideración, por el ascendiente que tenía sobre el rey, su hermano, y este ascendiente era tan grande que el rey, al firmar la paz, consentía en devolver el Piamonte, para casarla con el duque de Saboya. Aunque toda su vida había deseado contraer matrimonio, no había querido casarse más que con un soberano. Había desdeñado por esta razón al rey de Navarra, cuando era duque de Vendôme y había deseado siempre al señor de Saboya, sintiendo inclinación

[30] Original: *tout ce qui était à la suite.* Neutro con una clara connotación despectiva.

[31] En Francia, en caso de duda respecto al estado civil de una mujer, se la designa por el nombre de *Madame:* señora, por considerar la condición de casada superior a la de soltera.

[32] *Madame* aquí título dado a la hermana del rey. Normalmente el título se daba a la mujer de *Monsieur,* el mayor de los hermanos del rey. En construcción absoluta.

por él desde que lo había visto en Niza, en la entrevista del rey Francisco I y el Papa Pablo III. Como esta dama tenía mucho ingenio y mucho discernimiento en lo que se refiere a las cosas bellas, atraía a todos los hombres de pro, y había momentos en que toda la corte estaba en su casa.

El señor de Clèves fue allí como de costumbre, estaba tan obsesionado por la belleza de la señorita de Chartres, que no podía hablar de otra cosa. Contó en voz alta su aventura, y no se cansaba de prodigar alabanzas a esta mujer que había visto y que no conocía. Madama le dijo que no existía en el mundo ninguna mujer como la que él describía, porque de existir alguna, todo el mundo la hubiera conocido. La señora de Danpierre, que era su dama de honor, y era amiga de la señorita de Chartres, al oír esta conversación, se acercó a la princesa y le dijo en voz baja, que sin duda la joven que el señor de Clèves había visto era la señorita de Chartres. Madama se volvió hacia él y le dijo que si quería volver al día siguiente, ella le mostraría esta belleza que lo había impresionado tanto. La señorita de Chartres apareció, en efecto, al día siguiente. Fue recibida por las reinas con todos los halagos que pueda imaginarse y con tal admiración por parte de todos, que no oyó a su alrededor sino lisonjas. Las recibía con una modestia tan noble, que no parecía que las oyese o, en todo caso, que la impresionasen. Fue luego a los aposentos de Madama, hermana del rey. Esta princesa, después de alabar su belleza, le contó la impresión que había producido en el señor de Clèves. El príncipe entró un momento después, y ella le dijo:

—Venid, mirad si no he cumplido mi palabra, y si mostrándoos a la señorita de Chartres no os permito ver la belleza que buscabais. Dadme al menos las gracias por haberla informado de la administración que sentís por ella.

El señor de Clèves se alegró al ver que esta joven que había encontrado tan digna de ser amada, era de un rango parejo a su belleza; se acercó a ella y le rogó que se acordase de que él había sido el primero en admirarla, y que aun sin conocerla, había sentido por ella todo el respeto y la estima que le eran debidos.

El caballero de Guisa y él, que eran amigos, salieron juntos de los aposentos de Madama. Alabaron primero a la señorita de Chartres sin mesura; después se percataron de que la alababan demasiado, y cesaron el uno y el otro de decir lo que pensaban, pero en los días sucesivos se vieron obligados a hablar de ella allí adonde iban, pues esta nueva belleza fue por mucho tiempo el tema de todas las conversaciones. La reina le prodigó grandes alabanzas y la honró mucho; la reina delfina la tenía por una de sus favoritas, y rogó a la señora de Chartres que la llevase a menudo a su casa; las infantas la mandaban a buscar para que participase en todas sus diversiones. En fin, toda la corte la admiraba y la amaba, excepto la señora de Valentinois. No porque esta belleza le hiciese sombra, una experiencia harto larga le había demostrado que no tenía nada que temer respecto al rey, pero sentía tanto odio por el vidamo de Chartres, a quien había intentado ganarse mediante el matrimonio de una de sus hijas, y que se había unido a la reina, que no podía mirar favorablemente a una joven que llevaba su nombre, y por la que él mostraba gran amistad.

El príncipe de Clèves se enamoró apasionadamente de la señorita de Chartres y deseaba ardientemente casarse con ella, pero temía que el orgullo de la señora de Chartres se sintiese herido al dar la mano de su hija a un hombre que no era el primogénito de su casa. No obstante, ésta era tan noble, y el conde de Eu, que era el primogénito, acababa de casarse con una dama tan próxima a la casa real, que los temores del señor de Clèves se debían más a la timidez que da el amor que a motivos reales. Tenía gran número de rivales, el caballero de Guisa le parecía el más peligroso por su nacimiento, por su mérito y por el esplendor que el favor real daba a su casa. Este príncipe se había enamorado de la señorita de Chartres el primer día que la vio, y se había dado cuenta de la pasión del señor de Clèves, como el señor de Clèves se había dado cuenta de la suya. Aunque eran amigos, la distancia que establece el hecho de pretender a la misma mujer, no les había permitido tener una explicación, y su amistad se había enfriado, sin que tuviesen el valor de poner las cosas en claro. La ventura que había tenido el señor de Clèves de ser el primero en ver a la señorita de Chartres, se le antojaba un feliz presagio, y parecía darle ventaja sobre sus rivales, pero preveía encontrar grandes obstáculos por parte de su padre, el duque de Nevers. El duque estaba estrechamente relacionado con la duquesa de Valentinois, enemiga del vidamo, y este motivo era suficiente para impedir que el duque de Nevers consintiera que su hijo pusiese los ojos en su sobrina.

La señora de Chartres, que tanto se había esmerado en inculcarle la virtud a su hija, no abandonó sus desvelos en un lugar en que eran tan necesarios, y donde tantos ejemplos peligrosos había. La ambición y la galantería eran el alma de aquella corte, y ocupaban indistintamente a mujeres y a hombres. Había tantos intereses y tantas cábalas, y las damas participaban tanto en ellas, que el amor se veía siempre mezclado con las intrigas y las intrigas con el amor. Nadie permanecía quieto, ni indiferente, todos se afanaban por medrar, por gustar, por servir o perjudicar, no se sabía lo que era el tedio ni el ocio, y todos andaban siempre ocupados en placeres o en intrigas. Entre las damas, unas mantenían relaciones más estrechas con la reina, otras con la reina delfina, con la reina de Navarra, con Madama, hermana del rey, o con la duquesa de Valentinois: las simpatías, la conveniencia[33] o la afinidad de carácter motivaba estos distintos afectos. Las que habían pasado la primera juventud, y profesaban una virtud más austera eran adictas a la reina; las que eran más jóvenes e iban en pos de contento y galanteos hacían la corte a la reina delfina[34]; la reina de Navarra tenía sus favoritas, era joven y tenía[35] un gran ascendiente sobre el rey, su marido, que por estar unido al condestable, gozaba de mucha influencia. Madama, hermana del rey, era aún hermosa y atraía a muchas damas a su alrededor. La duquesa de Valentinois disponía de todas aquellas a las que se dignaba mirar, pero pocas mujeres le eran agradables, y excepto algunas que gozaban de su familiaridad y su confianza, y cuyo carácter era semejante al suyo, no recibía a ninguna en su casa, de no ser los días en que le placía tener una corte como la de la reina.

Todas estas camarillas sentían emulación y envidia unas de otras. Las damas que las componían estaban también celosas entre ellas, ya por el favor real, ya por los amantes; los intereses de grandeza y el deseo de medrar se encontraban a menudo unidos a otros intereses menos importantes, pero no menos perceptibles. Así pues, reinaba en esta corte una especie de sorda agita-

---

[33] Original *bienseance*: conducta social de acuerdo con los usos y costumbres, respeto de las apariencias, decencia, corrección, pero también 'conveniencia', sentido que parece más apropiado aquí.

[34] Reina delfina. Delfina porque es esposa del Delfín, nombre con el que se designa al príncipe heredero, en este caso el hijo mayor de Enrique II; reina porque Enrique II hizo tomar a los jóvenes príncipes los títulos de rey y reina de Inglaterra y de Irlanda, no reconociendo los derechos de Isabel por considerarla bastarda (cfr. Ch. Dédéyan, *Madame de La Fayette*, París, S. E. D. E. S., 1955).

[35] *Tenía* sus favoritas (...) *tenía* un gran ascendiente. Estas repeticiones son constantes en el original, de modo que hemos considerado oportuno mantenerlas en la traducción. (Ver Estilo en el Prólogo.)

ción, que la hacía muy agradable, pero también muy peligrosa para una joven. La señora de Chartres veía el peligro, y no pensaba sino en el medio de preservar de él a su hija. Le rogó, no como madre suya que era, sino como su mejor amiga, que le confiase todos los requiebros que le decían, y le prometió ayudarla a comportarse en cosas que resultan a menudo embarazosas cuando se es joven.

El caballero de Guisa dejó traslucir tanto sus sentimientos y sus intenciones respecto a la señorita de Chartres, que nadie los ignoró. No veía, sin embargo, más que obstáculos para lograr lo que deseaba. Sabía que no era el partido apropiado para la señorita de Chartres, dado los pocos bienes de fortuna que tenía para mantener su rango, y bien sabía también que sus hermanos no aprobarían que se casara, por temor al perjuicio que los matrimonios de los hijos causaban en las grandes familias. El cardenal de Lorena le hizo ver pronto que no se equivocaba, condenó el interés que mostraba por la señorita de Chartres, con una vehemencia extraordinaria, pero no le dijo los verdaderos motivos: el cardenal le tenía al vidamo un odio que era entonces secreto y que estalló después. Hubiera consentido ver emparentarse a su hermano con cualquiera antes que con el vidamo, y declaró tan públicamente lo contrario que era a este enlace, que la señora de Chartres se sintió muy ofendida, e hizo todo lo posible por dejar bien sentado que el cardenal de Lorena no tenía nada que temer, y que ella no pensaba en esta boda. El vidamo optó por el mismo comportamiento, y le dolió aún más que a la señora de Chartres el del cardenal de Lorena, porque conocía mejor el motivo.

El príncipe de Clèves había dado muestras de pasión no menos públicas que el caballero de Guisa; el duque de Nevers se enteró con tristeza de este afecto, creyó, sin embargo, que bastaría con hablar a su hijo para hacerle cambiar de idea, pero se quedó muy sorprendido al ver que su hijo tenía el firme designio de casarse con la señorita de Chartres. Desaprobó este proyecto, se enojó y ocultó tan poco su despecho, que el motivo se divulgó pronto por toda la corte, y llegó a oídos de la señora de Chartres. Ésta no había dudado ni por un momento que el señor de Nevers viese la boda con su hija como una ventaja para su hijo, se sorprendió de ver que la casa de Clèves y la de Guisa temían esta alianza en lugar de desearla. El despecho que sintió le hizo pensar en encontrar un partido para su hija que la pusiese por encima de los que se creían superiores a ella, y después de haber pasado revista a todas las posibilidades, se decidió por el delfín, hijo del duque de Montpensier. Estaba entonces en edad de contraer matrimonio, y era el mejor partido que había en la corte. Como la señora de Chartres tenía mucho ingenio, y contaba con la ayuda del vidamo de Chartres, el cual gozaba de gran consideración, y además su hija era, en efecto, un gran partido, actuó con tanta habilidad y tanto éxito, que parecía que el señor de Montpensier deseaba esta boda y no iba a haber dificultades para que se realizase.

El vidamo, que conocía el afecto del señor de Anville por la reina delfina, creyó, no obstante, que había que utilizar el ascendiente que esta princesa tenía sobre él, para incitarle a favorecer la causa de la señora de Chartres ante el rey y el príncipe de Montpensier, del que era amigo íntimo. Habló de esto con la delfina, y ella se prestó gozosa a intervenir en un asunto en el que se trataba de encumbrar a una persona a quien quería mucho. Se lo dijo así al vidamo, y le aseguró que, aunque sabía muy bien que su modo de proceder sería desagradable al cardenal de Lorena, su tío, pasaría por alto con alegría estas consideraciones, porque tenía motivos de queja contra él, ya que todos los días apoyaba los intereses de la reina en perjuicio de los suyos propios.

Los enamorados se sienten siempre muy satisfechos cuando un pretexto les da ocasión de hablar a quienes los aman. En cuanto el vidamo dejó a la delfina, ella ordenó a Chastelart, favorito del señor de Anvile, y que conocía la pasión que éste sentía por ella, que le fuese a decir de su parte que estuviese aquella noche en los aposentos de la reina. Chastelart recibió esta encomienda con mucha alegría y respeto. Este gentilhombre pertenecía a una noble familia del Dauphiné, pero su mérito y su ingenio lo ponían muy por encima de su nacimiento. Todos los grandes señores de la corte lo recibían en sus casas y lo trataban con consideración, y el favor de la casa de Montmorency lo había unido de manera particular al señor de Anville. Era apuesto, diestro en toda clase de ejercicios, cantaba agradablemente, hacía versos, y tenía un talante caballeroso y apasionado, que gustaba tanto al señor de Anville, que había hecho de él el confidente de su amor por la reina delfina. Estas confidencias lo acercaban a la princesa, y fue viéndola con frecuencia como empezó la desdichada pasión que le hizo perder el juicio y al fin le costó la vida.

El señor de Anville no dejó de ir aquella noche a casa de la reina. Le hacía feliz que la delfina lo hubiese elegido para ocuparse de algo que ella deseaba, y le prometió cumplir puntualmente sus órdenes, pero como la señora de Valentinois había sido advertida de este proyecto de matrimonio, se había esmerado tanto en poner trabas, y había predispuesto tan mal al rey, que cuando el señor de Anville le habló de ello, le manifestó que no lo aprobaba, y le ordenó incluso que se lo dijera al príncipe de Montpensier. Es fácil imaginar lo que sintió la señora de Chartres al ver desbaratado lo que había deseado tanto y cuyo fracaso daba tantas ventajas a sus enemigos y perjudicaba tanto a su hija. La delfina manifestó a la señora de Chartres, con mucho afecto, lo que le disgustaba no haber podido serle útil.

—Ya veis —le dijo— que mi poder es escaso. Me detestan tanto la reina y la duquesa de Valentinois, que es difícil que por sí mismas, o por medio de quienes dependen de ellas, no hagan fracasar todas las cosas que yo deseo. Sin embargo, no he pensado más que en serles grata. No me odian sino a causa de la reina madre, que les causó en otro tiempo inquietud y celos. El rey había estado enamorado de ella antes de estarlo de la señora de Valentinois, y durante los primeros años de su matrimonio, cuando todavía no tenía descendencia, aunque amaba a la duquesa, parecía decidido a anular su matrimonio para casarse con mi madre la reina. La señora de Valentinois, que temía a una mujer a la que había ya amado, y cuya belleza e ingenio podían hacer sombra al favor de que gozaba, se alió con el condestable, que no deseaba tampoco que el rey se casara con una hermana de los señores de Guisa. Se ganaron la voluntad del difunto rey, quien aunque detestaba mortalmente a la duquesa de Valentinois, como quería a la reina, colaboró con ellos para impedir que el rey anulara su matrimonio, y para quitarle del todo la idea de casarse con la reina mi madre, concertaron el matrimonio de ésta con el rey de Escocia, que era viudo de doña Magdalena, hermana del rey, y lo hicieron porque era el que estaba más dispuesto a concluir, y no respetaron los compromisos contraídos con el rey de Inglaterra que la deseaba ardientemente. Faltó poco para que esta ruptura de compromisos provocase una ruptura entre los dos reyes. Enrique VIII no podía consolarse de no haberse casado con la reina mi madre, y por más que se le propusieron otras princesas francesas, siempre decía que ninguna sustuiría jamás a aquella de la que se le había privado.

Bien es verdad que la reina mi madre era de una belleza perfecta, y que no deja de ser extraordinario que viuda de un duque de Longueville, tres reyes hayan deseado casarse con ella[36], pero su mala suerte hizo que se casase con el que menos valía y la puso en un reino en el que no encuentra sino desdichas. Dicen que me parezco a ella, temo parecerme también por mi desgraciado destino, por más felicidad que parezca prepararse para mí, no puedo creer que llegue a gozar de ella[37].

La señorita de Chartres le dijo a la reina que aquellos tristes pensamientos carecían tanto de fundamento, que no los tendría por mucho tiempo, y que no debía temer que su felicidad no fuera a corresponder a las apariencias.

Nadie se atrevía a pensar en la señorita de Chartres por temor a disgustar al rey o pensando fracasar ante una persona que había concebido esperanzas de casarse con un príncipe de sangre. Al señor de Clèves no le detuvo ninguna de estas consideraciones. La muerte del duque de Nevers, su padre, que aconteció por entonces, lo dejó enteramente libre de seguir su inclinación, y, tan pronto como hubo transcurrido el luto, no pensó más que en la manera de casarse con la señorita de Chartres. Era feliz al proponérselo, en un momento en que lo ocurrido había alejado a los demás pretendientes, y en el que estaba casi seguro de que no le negarían su mano. Lo que empañaba su alegría era el temor de no serle agradable, y hubiera preferido la felicidad de gustarle, a la certidumbre de casarse con ella sin ser amado. El caballero de Guisa le había hecho sentirse algo celoso,

---

[36] Pretendida por Enrique VIII de Inglaterra, Enrique II de Francia y Jaime V de Escocia. Casó con este último.

[37] Madame de La Fayette pone en boca de María Estuardo estas frases, que parecen una premonición de su funesto destino que debía llevarla hasta el patíbulo.

pero como sus celos habían sido motivados más por el mérito de este príncipe que por el comportamiento de la señorita de Chartres, pensó solamente en intentar averiguar si era lo bastante feliz como para que ella aprobase[38] sus designios. No la veía más que en los aposentos de las reinas y en las reuniones, y era difícil hablarle en privado. Encontró, sin embargo, la manera de hacerlo, y le habló de sus intenciones y de su amor con todo el respeto imaginable; la instó a que le hiciese conocer sus sentimientos hacia él, y le dijo que los que tenía hacia ella eran de tal naturaleza, que lo harían eternamente desgraciado si obedecía únicamente por deber a la voluntad de su señora madre.

Como la señorita de Chartres tenía un corazón muy noble y muy bueno, agradeció conmovida la manera de proceder del señor de Clèves. Este agradecimiento dio a su respuesta y a sus palabras cierta dulzura que bastaba para dar esperanzas a un hombre tan perdidamente enamorado como el príncipe, de modo que consideró satisfechos parte de sus deseos.

La señorita de Chartres dio cumplida cuenta a su madre de esta conversación, y ella le dijo que había tanta nobleza y tan buenas cualidades en el señor de Clèves, y mostraba tanta discreción para ser un hombre de su edad, que si se sentía inclinada a casarse con él, lo consentiría con alegría. La señorita de Chartres contestó que ella también veía sus cualidades, y que incluso se casaría con él con menos repugnancia que con otro, pero que no sentía por su persona ninguna inclinación especial.

---

[38] Original: *s'il était assez heureux pour qu'elle approuvât*. Sabemos por Valincour que este giro, que Vaugelas había proscrito por considerarlo propio del lenguaje hablado, no había conseguido aún imponerse. El *abbé* de Charmes justifica este empleo diciendo que la princesa de Clèves «es una de las bellas imitaciones que tenemos del lenguaje familiar».

Los ejemplos en este sentido abundan, un aspecto más de su estilo, al menos cuando se trata de discurso indirecto.

Al día siguiente, el príncipe hizo que alguien le hablase a la señora de Chartres; ésta aceptó la proposición que se le hacía, y al darle a su hija el príncipe de Clèves, no temió darle un marido que no pudiese amar. Se concertaron las cláusulas del contrato, le hablaron al rey y todo el mundo se enteró.

El señor de Clèves se sentía feliz sin estar, no obstante, satisfecho. Veía con tristeza que los sentimientos de la señorita de Chartres no iban más allá de la estima y del agradecimiento, y no podía jactarse de que ocultase otros más gratos, puesto que la relación que mantenían le permitía exteriorizarlos sin herir su extrema modestia. No había día en que no se quejase de ello.

—¿Será posible —le decía— que pueda no ser feliz casándome con vos? Sin embargo, la verdad es que no lo soy. No sentís por mí sino una especie de bondad, que no puede satisfacerme; no tenéis ni impaciencia, ni inquietud, ni desazón; mi pasión no os conmueve más de lo que lo haría un vínculo basado únicamente en las ventajas de vuestra fortuna y no en los encantos de vuestra persona.

—Es injusto que os quejéis —le respondió ella—, no sé qué podéis desear además de lo que hago, y me parece que el decoro no permite que haga otra cosa.

—Es verdad —replicó él— que veo en vos ciertas apariencias que me harían muy dichoso si hubiera algo detrás de ellas, pero no es el decoro lo que os retiene; al contrario, es lo único que os hace hacer lo que hacéis. No consigo ganarme ni vuestro afecto ni vuestro corazón, y mi presencia no os produce placer ni turbación.

—No podéis dudar —contestó ella—, que me da alegría veros, y me sonrojo tan a menudo viéndoos, que no podéis dudar tampoco que vuestra presencia me turba.

—No me engaño en lo que se refiere a vuestro rubor —respondió él—, obedece a un sentimiento de modestia y no a un impulso de vuestro corazón y no me enorgullezco de él más de lo que debo.

La señorita de Chartres no sabía qué contestar, y estas sutilezas estaban por encima de sus conocimientos. El señor de Clèves veía claramente cuán lejos estaba de abrigar por él los sentimientos que hubieran podido satisfacerlo, puesto que le resultaba evidente que ni siquiera los entendía.

El caballero de Guisa regresó de su viaje pocos días antes de la boda. Habían surgido tantos obstáculos insuperables a su proyecto de casarse con la señorita de Chartres, que no hubiera podido vanagloriarse de lograrlo, y, sin embargo, se afligió sobremanera al ver que iba a ser la mujer de otro. Este dolor no apagó su pasión, y siguió igual de enamorado. La señorita de Chartres no había ignorado los sentimientos de este príncipe hacia ella. Él le hizo saber a su regreso la causa de la extrema tristeza que se reflejaba en su rostro. Era tanto su mérito y tenía tantos encantos, que era difícil hacerlo desgraciado sin tener compasión de él. Así pues, no podía ella por menos de tenerla, pero esta compasión no la incitaba a otros sentimientos: le contaba a su madre la tristeza que le causaba el afecto de este príncipe.

La señora de Clèves admiraba la sinceridad de su hija y la admiraba con razón, pues jamás nadie ha tenido sinceridad tan grande ni tan espontánea, pero no se admiraba menos de que su corazón permaneciese imperturbable, tanto más cuanto que veía que el príncipe de Clèves, al igual que los otros, no había conseguido enamorarla. Fue este el motivo por el que se esforzó en unirla a su marido y en hacerle comprender lo que debía a la inclinación que había sentido por ella antes de conocerla, y al amor de que había hecho prueba prefiriéndola a otros partidos, en un momento en que nadie osaba pensar en ella.

Se concluyó la boda y la ceremonia se celebró en el Louvre, y por la noche el rey y la reina fueron a cenar a casa de la señora de Chartres con toda la corte, siendo recibidos con una magnificencia extraordinaria. El caballero de Guisa no osó distinguirse de los demás no asistiendo a la ceremonia, pero fue tan incapaz de dominar su tristeza, que era fácil percatarse de ella.

El señor de Clèves no encontró que la señorita de Chartres hubiese cambiado de sentimientos al cambiar de apellido, su condición de marido le dio los mayores privilegios, pero no le dio otro lugar en el corazón de su mujer. De esta suerte, a pesar de ser su marido, no dejó de ser su amante, porque siempre tenía algo que desear además de la posesión, y aunque vivían en perfecta armonía, él no era totalmente feliz. Seguía sintiendo por ella una pasión violenta e inquieta que turbaba su dicha, los celos no tenían parte alguna en esta turbación: nunca un marido ha estado tan lejos de sentirlos, ni una mujer tan lejos de motivarlos. Estaba en medio de la corte, expuesta a todas las miradas, iba todos los días a los aposentos de las reinas y al de Madama. Todos los hombres jóvenes y galantes la veían allí, y en casa del duque de Nevers, su cuñado, cuyos salones estaban abiertos a todo el mundo; pero ella tenía un aire que inspiraba tanto respeto, y que parecía estar tan lejos de todo galanteo, que el mariscal de Saint-Adré, aunque atrevido y apoyado por el favor del rey, estaba prendado de su belleza, sin osar mostrárselo más que por sus atenciones y su cortesía. Varios eran los que estaban en la misma situación, y la señora de Chartres unía a la discreción de su hija una conducta tan de acuerdo con el decoro, que contribuía a hacerla aparecer como una mujer imposible de alcanzar. La duquesa de Lorena, al esforzarse por la paz lo había hecho también para conseguir el matrimonio del duque de Lorena, su hijo, que había sido concluido con doña Claudia de Francia, segunda hija del rey. La boda fue fijada para el mes de febrero.

Durante este tiempo, el duque de Nemours había permanecido en Bruselas totalmente absorbido y ocupado por sus proyectos referentes a Inglaterra. Recibía continuamente correos o los enviaba allí, y sus esperanzas aumentaban de día en día. Por fin, Lignorelles le mandó decir que ya era hora de que su presencia fuese a concluir lo que estaba tan bien comenzado. Recibió esta noticia con toda la alegría que es capaz de sentir un joven ambicioso, que se ve elevado hasta el trono solamente por su reputación. Su mente se había acostumbrado poco a poco a tamaña fortuna, y así como al principio la había desdeñado como algo inalcanzable, las dificultades se habían borrado de su imaginación, y no veía obstáculo alguno.

Mandó con presteza a alguien a París a que diese las órdenes necesarias para preparar un magnífico séquito, a fin de presentarse en Inglaterra con un esplendor a la altura de los designios que lo llevaban allí, y se apresuró a su vez a ir a la corte, para asistir a la boda del señor de Lorena.

Llegó la víspera de los esponsales, y la misma noche de su llegada fue a dar cuenta al rey del estado de su proyecto, y a recibir sus órdenes y sus consejos para lo que le quedaba por hacer, luego fue a los aposentos de las reinas. La señora de Clèves no estaba allí, de suerte que no lo vio, ni supo siquiera que había llegado. Había oído hablar a todo el mundo de este príncipe como del más apuesto y más amable de toda la corte, y sobre todo la delfina se lo había descrito de tal suerte, y le había hablado tanto de él, que había despertado en ella la curiosidad e incluso la impaciencia de verlo.

Pasó todo el día de los esponsales en su casa, acicalándose para asistir por la noche al baile y al festín que iba a celebrarse en el Louvre. Cuando llegó, su belleza y su atavío causaron admiración. Empezó el baile, y cuando ella estaba bailando con el señor de Guisa, se produjo cierto alboroto en la puerta de la sala, como de alguien que entraba y a quien abrían paso. La señora de Clèves acabó de bailar y mientras buscaba con la mirada a alguien que tenía la intención de tomar por pareja, el rey le gritó que tomara al que llegaba. Ella se volvió, y vio a un hombre, que le pareció no podía ser otro que el señor de Nemours, que pasaba por encima de algunos asientos para llegar adonde estaban bailando. Este príncipe era tan apuesto, que era difícil no asombrarse al verlo, cuando se le veía por primera vez, sobre todo aquella noche, en que el esmero que había puesto en ataviarse aumentaba todavía más el aspecto deslumbrante de su persona; pero era difícil también ver por primera vez a la señora de Clèves sin sentirse admirado.

El señor de Nemours quedó tan sorprendido de su belleza, que, cuando estuvo a su lado, y ella le hizo la reverencia, no pudo por menos de mostrarle su admiración. Cuando empezaron a bailar, se levantó en la sala un murmullo de alabanzas. El rey y las reinas recordaron que nunca se habían visto, y les pareció algo singular verlos bailar juntos sin conocerse. Los llamaron, cuando hubieron terminado, sin darles ocasión de hablar a nadie, y les preguntaron si no sentían deseos de saber quién eran y si no lo sospechaban.

—En lo que a mí se refiere, señora —dijo el señor de Nemours—, no me cabe la menor duda, pero como la señora de Clèves no tiene los mismos motivos para adivinar quién soy que yo para conocerla, quisiera que Vuestra Majestad tuviese la bondad de decirle mi nombre.

—Creo —dijo la delfina—, que lo conoce tanto como vos el suyo.

—Os aseguro, señora —replicó la señora de Clèves, que parecía un poco azorada—, que no lo adivino tan bien como suponéis.

—Lo adivináis muy bien —respondió la delfina—, y

hay incluso algo de lisonjero para el señor de Nemours en el hecho de no querer confesar que lo conocéis sin haberlo visto jamás.

La reina los interrumpió para hacer proseguir el baile, y el señor de Nemours tomó por pareja a la reina delfina. Esta princesa era de una belleza perfecta, y tal le había parecido al señor de Nemours antes de ir a Flandes, pero durante toda la noche no pudo admirar sino a la señora de Clèves.

El caballero de Guisa, que seguía adorándola, estaba a sus pies, y lo que acababa de ocurrir le causó un gran dolor. Lo consideró como un presagio de que la fortuna destinaba al señor de Nemours a estar enamorado de la señora de Clèves, y ya sea porque su rostro hubiera mostrado alguna turbación, sea que los celos hicieran ver al caballero de Guisa cosas que no eran del todo exactas, el caso es que creyó que el ver a este príncipe la había impresionado, y no pudo por menos de decirle que el señor de Nemours era muy dichoso, puesto que ella lo había conocido en unas circunstancias que tenían algo de galante y de extraordinario.

La señora de Clèves volvió a su casa con la mente tan llena de todo lo que había pasado en el baile, que, aunque era muy tarde, fue a la habitación de su madre para contárselo, y le ponderó al señor de Nemours con una expresión en el rostro que hizo pensar a la señora de Chartres lo mismo que había pensado el caballero de Guisa.

Al día siguiente se celebró la ceremonia de los esponsales. La señora de Clèves vio allí al duque de Nemours con un porte y una gracia tan admirables que se quedó aún más sorprendida.

Durante los días que siguieron, lo vio en los aposentos de la reina delfina, lo vio jugar a la pelota con el rey, lo vio en las carreras de cintas y lo oyó hablar, pero en todas las ocasiones lo vio superar tanto a los demás, y ha-

Jacobo de Saboya, duque de Nemours

cerse tan dueño de la conversación dondequiera que estuviese, por la apostura de su persona y por el atractivo de su inteligencia, que en poco tiempo causó gran impresión en su corazón.

Bien es verdad que el señor de Nemours sentía por ella una inclinación violenta, que le daba esta dulzura y esta jovialidad que inspiran los primeros deseos de gustar, era aún más amable de lo que acostumbraba a ser, de suerte que viéndose con frecuencia, y viéndose recíprocamente como los seres más perfectos que había en la corte, era difícil que no se gustasen sobremanera.

La duquesa de Valentinois participaba en todas las distracciones, y el rey tenía con ella la misma vivacidad y las mismas atenciones que al principio de su pasión. La señora de Clèves, que estaba en esta edad en la que no se cree que se pueda amar a una mujer cuando ha pasado de los veinticinco años, miraba con gran sorpresa el afecto del rey por esta duquesa que era abuela y cuya nieta acababa de casarse. Hablaba de ello a menudo a la señora de Chartres.

—¿Será posible —le decía— que haga tanto tiempo que el rey está enamorado de ella? ¿Cómo habrá podido encariñarse con una mujer que era mucho mayor que él, que había sido la amante de su padre, y que lo es aún de muchos, por lo que he oído decir?

—Es verdad —respondió ella— que no es ni el mérito ni la fidelidad de la señora de Valentinois lo que ha hecho nacer la pasión del rey, ni lo que la ha mantenido, y es precisamente por esto por lo que no tiene excusa, porque si esta mujer, amén de noble cuna hubiera tenido juventud y belleza, si hubiera tenido el mérito de no haber amado jamás a nadie, y hubiera amado al rey con absoluta fidelidad, si lo hubiera amado sólo por su persona, sin ningún interés de grandeza ni de fortuna, y sin aprovecharse de su poder más que para fines honestos o agradables al propio rey, hay que reconocer que sería difícil abstenerse de alabar a este príncipe por el gran apego que siente por ella. Si no temiera —continuó la señora de Chartres— que vos dijeseis de mí lo que se dice de todas las mujeres de mi edad: que les gusta contar historias de sus tiempos, os informaría de cómo comenzó el amor del rey por esta duquesa, y de varias cosas de la corte del difunto rey que tienen mucha relación con las que ocurren actualmente.

—Lejos de acusaros de repetir historias pasadas —replicó la señora de Clèves—, me quejo de que no me hayáis instruido de las presentes, y que no me hayáis informado de los intereses y las intrigas de la corte. Los ignoro tan completamente, que creía hace aún pocos días que el señor condestable estaba muy a bien con la reina.

—Teníais una idea de la realidad bastante equivocada —contestó la señora de Chartres—. La reina detesta al condestable, y si se le presenta una oportunidad, tendrá él sobrada ocasión de darse cuenta[39].

—Jamás hubiera sospechado ese odio —interrumpió la señora de Clèves—, habiendo visto el interés que ponía la reina en escribirle cuando estaba en prisión, la alegría que ha mostrado a su regreso, y cómo lo llama «amigo mío» lo mismo que al rey.

—Si juzgáis por las apariencias en este capítulo —contestó a la señora de Chartres—, os equivocáis a menudo: las apariencias no corresponden casi nunca a la realidad; pero, para volver a la señora de Valentinois, sabéis que se llama Diana de Poitiers, su casa es muy ilustre, su origen se remonta a los antiguos duques de Aquitania, su abuela era hija natural de Luis XI, y en fin, es de noble cuna por los cuatro costados. Saint-Vallier, su padre, se vio comprometido en el asunto del condestable de

---

[39] Mezeray, en su Historia de Francia: «que le había dicho [al rey] que ninguno de sus hijos se le parecería, excepto su *hija bastarda*».

Borbón, del que habéis debido oír hablar. Lo condenaron a morir decapitado y fue conducido al cadalso. Su hija, cuya belleza era digna de admiración, y que había gustado ya al difunto rey, se esforzó tanto (no sé por qué medios)[40], que consiguió salvar la vida a su padre. Le fueron a comunicar el indulto cuando esperaba el golpe fatal, pero el miedo se había apoderado tanto de él, que había perdido el conocimiento, y murió pocos días después. Su hija apareció en la corte como favorita del rey. El viaje de Italia y la prisión del príncipe interrumpieron esta pasión. Cuando volvió de España y la regenta le salió al paso en Bayona, se llevó con ella a todas sus hijas, entre las cuales estaba la señorita de Pisseleu, que después había de convertirse en duquesa de Etampes, y el rey se enamoró de ella. Estaba por debajo de la señora de Valentinois, por su cuna, por su ingenio y por su belleza, y no tenía más que una ventaja a su favor: la de ser muy joven. Le he oído decir varias veces que había nacido el día en que Diana de Poitiers se casó[41]. Se lo hacía decir el odio y no la verdad; pues, o mucho me equivoco, o la duquesa de Valentinois se casó con el señor de Brézé, gran senescal de Normandía, por la misma época en que el rey se enamoró de la señora de Etampes. Jamás se ha visto odio como el de estas dos mujeres. La duquesa de Valentinois no podía perdonar a la señora de Etampes el que le hubiese quitado el título de favorita del rey, y la señora de Etampes tenía unos celos violentos de la señora de Va-

---

[40] El padre Anselmo dice en *Le Palais de la Gloire* que «el atractivo y la belleza de su hija Diana eran tan poderosos, que toda la corte intercedió por él». Brantôme da otra explicación, que Madame de La Fayette debía conocer: según él, el padre de Diana de Poitiers fue indultado. Se decía que el rey le había concedido la gracia, después de haberle cogido a su hija Diana, de catorce años de edad, lo más valioso que ella tenía.

[41] Según la *Histoire de France* de Pierre Mathieu, la frase que decía la duquesa de Etampes es aún más sarcástica: «no sé cuál es mi edad, pero me dijeron que vine al mundo el día en que se casó Diana de Poitiers»...

lentinois, porque el rey seguía teniendo relaciones con ella. Este príncipe no era de una fidelidad absoluta con sus amantes, había siempre una que tenía el título y los honores, pero las damas que la gente llamaba «la pequeña pandilla» lo compartían alternativamente. La pérdida del delfín, su hijo, que murió en Tournon, y que se creyó había sido envenenado, le produjo una gran aflicción. No sentía la misma ternura ni la misma predilección por su segundo hijo, que reinaba actualmente: encontraba que no tenía bastante desenvoltura, ni bastante vivacidad. Se quejaba un día de ello a la señora de Valentinois, y ella dijo que quería enamorarlo para hacerlo volver más despierto, y más agradable. Como veis, lo consiguió. Hace más de veinte años que dura esta pasión, sin que haya sido alterada ni por el tiempo ni por los obstáculos.

»El difunto rey se opuso en un principio, sea porque estuviese aún lo bastante enamorado de la señora de Valentinois como para estar celoso de ella, o porque se viese empujado por la duquesa de Etampes, que estaba desesperada al ver que el delfín se había enamorado de su enemiga. Lo cierto es que vio esta pasión con una cólera y una tristeza de las que daba muestras todos los días. Su hijo no temía ni su cólera ni su despecho y nada pudo obligarle a disminuir ni a ocultar su apego: el rey tuvo que acostumbrarse a soportarlo. La resistencia que oponía a sus designios lo distanció más de él y lo unió al duque de Orleans, su tercer hijo. Era este un príncipe apuesto, hermoso, lleno de ímpetu y ambición, de una juventud fogosa que necesitaba ser moderada, pero que hubiera hecho de él un príncipe de gran nobleza, si los años hubieran madurado su ingenio.

»El rango de hijo mayor que tenía el delfín, y el favor del rey, de que gozaba el duque de Orleans, establecían entre ellos una especie de rivalidad que iba hasta el odio. Esta rivalidad, que había empezado cuando eran niños, había continuado siempre. Cuando el emperador pasó por Francia, dio una total preferencia al duque de Orleans sobre el delfín, que se quedó tan vivamente dolido, que estando el emperador en Chantilly, quiso obligar al señor condestable a detenerlo[42] sin esperar la orden del rey. El condestable no quiso hacerlo. El rey le reprochó ulteriormente el que no hubiese seguido el consejo de su hijo y, cuando lo alejó de la corte, este motivo fue, en buena parte, el causante de ello.

»La discordia entre los hermanos le hizo pensar a la duquesa de Etampes en buscar el apoyo del duque de Orleans, para que la apoyase ante el rey frente a la señora de Valentinois. Y lo consiguió: este príncipe, si bien no estaba enamorado de ella, no dejó de intrigar a su favor, igual que el delfín lo hacia a favor de la señora de Valentinois. Esto dividió la corte en dos camarillas, tales como podéis imaginarlas, pero estas intrigas no se limitaron únicamente a disputas entre mujeres.

»El emperador, que seguía sintiendo afecto por el duque de Orleans, había ofrecido varias veces regalarle el ducado de Milán. En las propuestas que se hicieron después de la paz, le dejaba esperar que le daría diecisiete provincias y la mano de su hija. El delfín no deseaba ni la paz, ni este matrimonio. Utilizaba al condestable, al que había querido siempre, para hacer comprender al rey la importancia que tenía el no dar a su sucesor un hermano tan poderoso como el que sería el duque de Orleans contando con la alianza del emperador y las diecisiete provincias. El condestable compartió el parecer del delfín, tanto más cuanto que con ello se oponía a los designios

---

[42] Original *arrêter:* 'detener', pero parece que en este caso se le debe dar el sentido más fuerte. Mathieu, al contar este episodio dice que el Delfín le hizo saber al Condestable de Montmorency que estaba decidido a hacer prisionero *(se saisir de)* al emperador, para obtener satisfacción de los perjuicios que el rey le había causado a su padre.

de la señora de Etampes, que era su enemiga declarada, y que deseaba ardientemente el encubrimiento del duque de Orleans.

»El delfín mandaba por entonces en Champagne el ejército del rey, y había reducido el del emperador a tal extremo, que hubiera perecido enteramente si la duquesa de Etampes[43], temiendo que el exceso de ventajas nos hicieran rehusar la paz y la alianza del emperador con el duque de Orleans, no hubiera hecho advertir secretamente a los enemigos que tomasen por sorpresa Epernay y Chateau-Thierry, que estaban repletos de víveres. Así lo hicieron, y gracias a esto salvaron a todo el ejército.

»La duquesa no gozó por mucho tiempo del éxito de su traición, poco después murió el duque de Orleans en Farmoutier, de una especie de enfermedad contagiosa. Amaba a una de las más bellas damas de la corte y era correspondido por ella. No os la nombraré, porque en lo sucesivo ha vivido con tanta discreción, y ha ocultado con tanto cuidado la pasión que sentía por el príncipe, que ha merecido que se conserve intacta su reputación. El azar hizo que recibiese la noticia de la muerte de su marido el mismo día en que se enteró de la del duque de Orleans, de modo que tuvo este pretexto para ocultar el verdadero motivo de su aflicción, sin tener que esforzarse en disimularla.

»El rey sobrevivió por poco tiempo al príncipe su hijo: murió dos años después. Le recomendó al delfín que se hiciese secundar por el cardenal de Tournon y el almirante de Annebauld, y no nombró al condestable, que por entonces estaba relegado en Chantilly. Sin embargo, lo primero que hizo el rey su hijo fue volverlo a llamar, y confiarle el gobierno de sus negocios.

---

[43] En la corte había dos bandos: el bando de la duquesa de Etampes que defendía los intereses del duque de Orleans, para tener un apoyo en este príncipe si el rey faltaba, y el bando de Diana de Poitiers, favorita del joven Enrique.

»La señora de Etampes fue expulsada, y recibió todos los malos tratos que podía esperar de una enemiga poderosa; la duquesa de Valentinois se vengó entonces plenamente, tanto de la duquesa como de todos los que la habían humillado. Su ascendiente sobre el rey pareció más absoluto de lo que parecía cuando era delfín. Hace doce años que subió al trono este príncipe, y desde entonces es dueña absoluta de todas las cosas, dispone de los cargos y de los asuntos del reino, ha hecho expulsar al cardenal de Tournon, al canciller Olivier y a Villeroy. Los que han querido abrirle los ojos al rey en lo que se refiere a su conducta, han perecido en esta empresa. El conde de Taix, gran maestre de la artillería, que la destestaba, no pudo evitar hablar de sus galanteos, y sobre todo del que sostenía con el conde de Brissac, de quien el rey había estado muy celoso, pero ella intrigó con tal habilidad, que el conde cayó en desgracia: le quitaron su cargo y, lo que parece increíble, hizo que se lo dieran al conde de Brissac, al que ha hecho nombrar mariscal de Francia. Sin embargo, los celos del rey aumentaron de tal forma, que no pudo soportar que el mariscal permaneciese en la corte, pero los celos, que son agrios y violentos en los demás, son en él suaves y moderados, debido al extremo respeto que siente por su favorita, de forma que no se atrevió a alejar a su rival, sino con el pretexto de encomendarle el gobierno del Piamonte. Ha pasado allí varios años; volvió el invierno pasado con el pretexto de pedir tropas y otras cosas necesarias para el ejército que mandaba. El deseo de volver a ver a la señora de Valentinois, y el temor de que ella lo olvidase motivaron quizá en buena parte este viaje. El rey lo recibió muy fríamente. Los señores de Guisa que lo odian, pero que no se atreven a demostrarlo a causa de la señora de Valentinois, utilizaron al vidamo, que es su enemigo declarado, para impedir que obtuviera alguna de las cosas que había venido a pedir. No era difícil perjudicarle: el rey lo detestaba, y su presencia le producía inquietud, de forma que se vio obligado a marcharse sin haber sacado ningún provecho de su viaje, salvo el de haber avivado de nuevo en el corazón de la señora de Valentinois unos sentimientos que la ausencia empezaba a apagar. El rey ha tenido ciertamente otros motivos de celos, pero no los ha conocido o no se ha atrevido a quejarse de ellos.

—No sé, hija mía —añadió la señora de Chartres—, si encontráis que os he contado más cosas de las que tenías ganas de saber.

—Estoy muy lejos, señora, de formular esta queja —contestó la princesa de Clèves—, y si no fuera por temor a importunaros, os pediría aún varios detalles que desconozco.

La pasión del señor de Nemours por la señora de Clèves fue al principio tan violenta, que le hizo desinteresarse, e incluso perder el recuerdo, de todas las mujeres a las que había amado y con las que había mantenido relación durante su ausencia. No sólo se esforzó en buscar pretextos para romper con ellas, sino que no tuvo la paciencia de escuchar sus quejas y contestar a sus reproches; la delfina, de la que había estado bastante enamorado, no pudo defender frente a la señora de Clèves el lugar que ocupaba en su corazón. Su impaciencia por el viaje a Inglaterra empezó a disminuir, y no aceleró con tanto ímpetu las cosas necesarias para su marcha. Iba a menudo a los aposentos de la delfina, porque la señora de Clèves iba allí a menudo también, y no le importaba dejar creer que era cierto lo que la gente había imaginado respecto a sus sentimientos por esta reina. La señora de Clèves le parecía de un valor tan inmenso, que decidió preferible no darle muestras de su pasión pasión a arriesgarse a que la gente la conociese. No habló de ella ni siquiera al vidamo de Chartres, que era su íntimo amigo, para el que no tenía ningún secreto. Observó un comportamiento tan prudente y se controló con tanto cuidado que nadie sospechó que estuviera enamorado de la señora de Clèves, excepto el caballero de Guisa, y le hubiera sido difícil percatarse de ello a la propia señora de Clèves si el interés que sentía por el señor de Nemours no hubiese despertado en ella una atención especial que le hacía observar todos sus actos y que le impidió dudar de su amor.

La señora de Clèves no se sintió tan dispuesta a decir a su madre lo que pensaba de los sentimientos del príncipe, como lo había estado al hablarle de los otros pretendientes. Sin tener una intención precisa de ocultárselo, no habló en absoluto de ello. Pero la señora de Chartres lo veía de sobra, así como la inclinación que su hija sentía por él. Esta convicción le causó un gran dolor. Se daba mucha cuenta del peligro que corría esta mujer joven, al ser amada por un hombre como el señor de Nemours, por quien se sentía además atraída. Sus sospechas se vieron enteramente confirmadas por algo que ocurrió pocos días después. El mariscal de Saint-André, que aprovechaba cualquier ocasión para hacer ostentación de su magnificencia, le suplicó al rey, con el protexto de enseñarle su casa, que estaba recién terminada, que le hiciese el honor de ir a cenar con las reinas. El mariscal saboreaba la idea de exhibir, ante los ojos de la señora de Clèves, aquel lujo deslumbrante que llegaba al exceso.

Algunos días antes del que había sido elegido para esta cena, el delfín, que tenía muy mala salud, se había encontrado mal, y no había recibido a nadie. La reina su esposa, había pasado todo el día a su lado. Al anochecer, como se encontraba mejor, hizo pasar a todos los nobles que estaban en la antecámara. La delfina se marchó a sus habitaciones, y encontró allí a la señora de Clèves y a algunas de las damas que gozaban de su intimidad. Como ya era bastante tarde, y no estaba arreglada, no fue a las habitaciones de la reina; mandó decir que no la verían, e hizo traer sus pedrerías para elegir las que llevaría en el baile del mariscal de Saint-André, y para darle unas a la princesa de Clèves, según se lo había prometido. Mientras andaban ocupadas en esto, llegó el príncipe de Condé. Su alcurnia le abría todas las puertas. La delfina le dijo que venía sin duda de los aposentos del rey su marido, y le preguntó lo que allí se hacía.

—Discuten con el señor de Nemours, señora —respondió—, y él defiende con tanto calor la causa que sostiene, que no puede sino tratarse de la suya. Creo que debe tener alguna amante que le causa inquietud cuando está en el baile, puesto que encuentra que es tan enojoso para un enamorado el ver allí a la mujer amada.

—¡Cómo! —contestó la delfina—, ¿el señor de Nemours no quiere que su amante vaya al baile? Yo pensaba que los maridos podían desear que sus mujeres no fuesen, pero, en lo que se refiere a los amantes, no hubiera creído nunca que pudiesen ser de esta opinión.

—El señor de Nemours encuentra —replicó el príncipe de Condé— que el baile es lo más insoportable que existe para los amantes, tanto si son correspondidos como si no lo son. Dice que si son correspondidos tienen la tristeza de serlo menos durante algunos días, que no hay mujer a quien la preocupación por su compostura no le impida pensar en su amante, que están enteramente absorbidas por ella; que se esmeran en componerse, no sólo para el hombre a quien aman, sino para todo el mundo; que cuando están en el baile quieren gustar a todos los que las miran, y que, cuando están satisfechas de su belleza, tienen una alegría en la que interviene muy poco su amante[44]. Dice también que cuando no se es co-

---

[44] Original: *Elles ont une joie dont leur amant ne fait pas la plus grande partie.* Valincour considera esta expresión poco clara.

rrespondido, se sufre todavía más viéndola en una fiesta, que cuanto más la miran los demás, más desgraciado se siente uno de no verse correspondido; que se teme siempre que su belleza haga nacer algún amor más afortunado que el suyo. Encuentra, en fin, que no hay sufrimiento semejante al de ver la mujer amada en el baile, de no ser el de saber que ella está allí y no estar presente.

La señora de Clèves hacía como que no prestaba atención a lo que decía el príncipe de Condé, pero lo escuchaba sin perder palabra. Adivinaba la parte que le correspondía en las consideraciones del señor de Nemours y, sobre todo lo que él decía de la tristeza de no estar en el baile, porque no iba a asistir al del mariscal de Saint-André, y que el rey le mandaba salir al encuentro del duque de Ferrara.

La reina delfina se reía con el príncipe de Condé, y no aprobaba las consideraciones del señor de Nemours.

—Sólo hay una ocasión —le dijo este príncipe— en que el señor de Nemours consiente que su amada vaya al baile: cuando es él quien lo da, y dice que el año pasado en que dio uno en honor a Vuestra Majestad, encontró que su amada le hacía un favor asistiendo, por más que parecía haber ido allí sólo para seguiros; que no dejaba de ser otorgar una merced a un amante el ir a tomar parte en un solaz que él organizaba y que es también grato para el amante que su amada lo vea dueño de una casa en la que está reunida toda la corte y que lo vea desempeñar este papel con desenvoltura.

—El señor de Nemours tenía razón —dijo la reina delfina sonriendo— al aprobar que su amante fuera al baile. Había entonces tal número de mujeres a las que daba éste título, que, si no hubieran asistido, habría habido muy poca gente.

En cuanto el príncipe de Condé había empezado a hablar de las ideas del señor de Nemours sobre el baile, la señora de Clèves había sentido grandes deseos de no asistir al del mariscal de Saint-André. Le costó poco convencerse a sí misma de que una mujer no debía ir a casa de un hombre que la amaba, y se quedó muy satisfecha de que la severidad le diese un pretexto para hacer una cosa que era una merced al señor de Nemours. Se llevó, no obstante, el aderezo que le había dado la delfina, pero, por la noche, cuando se lo enseñó a su madre, le dijo que no tenía la intención de utilizarlo, que el mariscal de Saint-André se esforzaba tanto en mostrar que estaba enamorado de ella, que no dudaba que quería hacer creer que ella participaría en la fiesta que él iba a ofrecer al rey, y que, bajo pretexto de hacer los honores de su casa, tendría con ella atenciones que podían resultarle embarazosas.

La señora de Chartres se opuso, por un momento a la idea de su hija, como si la encontrase muy peregrina, pero viendo que se obstinaba, cedió, y le dijo que convenía que fingiera que estaba enferma, a fin de tener un pretexto para no ir, porque los motivos que se lo impedían no serían aprobados, y que había incluso que evitar que la gente los sospechase. La señora de Clèves aceptó de buen grado pasar algunos días en su casa, por no ir a un lugar donde el señor de Nemours no iba a estar, y él se marchó sin tener el placer de saber que ella no iría.

Regresó al día siguiente del baile, supo que ella no había asistido, pero como no sabía que se hubiese repetido delante de ella la conversación que había sostenido en las habitaciones del delfín, estaba muy lejos de creer que fuese él lo bastante feliz como para haberle impedido ir.

Al día siguiente, cuando estaba en los aposentos de la reina hablando con la delfina, llegaron la señora de Chartres y la señora de Clèves, y se acercaron a esta princesa, la señora de Clèves iba un poco desaliñada, como quien ha estado indispuesta, pero su rostro no correspondía a su manera de vestir.

—Estáis tan hermosa —le dijo la delfina—, que no puedo creer que hayáis estado enferma. Pienso que el príncipe de Condé, al contaros las ideas del señor de Nemours sobre el baile, os ha persuadido de que dispensaríais una merced al mariscal de Saint-André yendo a su casa, y que es esto lo que os ha impedido ir.

La señora de Clèves se sonrojó al ver que la delfina adivinaba tan cabalmente, y que decía delante del señor de Nemours lo que había adivinado.

La señora de Chartres comprendió en aquel momento por qué su hija no había querido ir al baile, y para impedir que el señor de Nemours lo viese tan claro como ella, tomó la palabra con un tono que parecía dictado por la sinceridad.

—Os aseguro, señora —dijo—, que Vuestra Majestad honra a mi hija más de lo que se merece. Estaba verdaderamente enferma, pero creo que si yo no se lo hubiera impedido, no hubiese dejado de seguiros y de mostrarse tan demudada como estaba, sólo por el placer de ver todo lo que ha habido de extraordinario en la fiesta de anoche.

La delfina creyó lo que decía la señora de Chartres, el señor de Nemours lamentó mucho encontrarlo verosímil, sin embargo el rubor de la señora de Clèves le hizo sospechar que lo que la delfina había dicho no estaba totalmente lejos de la verdad. La señora de Clèves había temido que el señor de Nemours tuviese motivos para creer que era él quien la había impedido ir a casa del mariscal de Saint-André, pero después le causó cierta irritación que su madre hubiera alejado totalmente de él esta sospecha.

Aunque la asamblea de Carcamp se había disuelto, las negociaciones por la paz habían proseguido y las circunstancias la prepararon de tal suerte, que, a finales de febrero, se celebró una reunión en Cateau-Cambrésis.

Volvieron a ir los mismos diputados, y la ausencia del mariscal de Saint-André libró al señor de Nemours del rival más peligroso, tanto por la atención con que observaba a cuantos se acercaban a la señora de Clèves, como por los progresos que hubiera podido hacer en su corazón.

La señora de Chartres no había querido dejar adivinar a su hija que conocía sus sentimiento hacia el príncipe, por miedo a despertar sus sospechas respecto a las cosas que deseaba decirle. Un día se puso a hablar del señor de Nemours, le dijo mucho bien de él, dejando caer muchas alabanzas envenenadas sobre la cordura que tenía de ser incapaz de enamorarse, y sobre el hecho de que, en su trato con las mujeres, buscaba únicamente el placer, no un sentimiento profundo.

—No obstante, se sospecha que siente una gran pasión por la reina delfina, veo incluso que va a sus aposentos muy a menudo, y os aconsejo que evitéis todo lo posible hablarle, sobre todo en privado, porque, dado como os trata la delfina, enseguida dirían que sois la confidente de ambos, y ya sabéis lo desagradable que es esta reputación. Soy de la opinión, si continúan estos rumores, de que vayáis un poco menos a los aposentos de la delfina, a fin de no encontraros mezclada en aventuras galantes.

La señora de Clèves no había oído hablar nunca del señor de Nemours y de la delfina, y se quedó sorprendida de lo que le dijo su madre. Creyó ver con tanta claridad hasta qué punto se había equivocado en todo lo que había pensado sobre los sentimientos de este príncipe, que mudó de semblante. La señora de Chartres se percató de ello; en aquel momento llegó gente y la señora de Clèves se fue a casa y se encerró en su gabinete.

No se puede expresar cuál fue su dolor al darse cuenta, por lo que acababa de decirle su madre, del interés que se estaba despertando en ella por el señor de Nemours: no había aún osado confesárselo a sí misma. Vio entonces, que los sentimientos que abrigaba hacia él eran los que tanto le había pedido el señor de Clèves; y juzgó hasta qué punto era vergonzoso sentirlos por otro y no por un marido que los merecía. Se sintió[45] herida y turbada ante el temor de que el señor de Nemours quisiese utilizarla como pretexto para acercarse a la reina delfina, y este pensamiento la decidió a contar a la señora de Chartres lo que todavía no le había dicho.

Al día siguiente fue a su habitación para llevar a cabo lo que había decidido, pero se encontró con que la señora de Chartres tenía un poco de fiebre, de modo que no quiso hablarle. Esta dolencia parecía, no obstante tener tan poca importancia, que la princesa de Clèves no dejó por ello de ir después de cenar a los aposentos de la delfina. Estaba en su gabinete con dos o tres damas que gozaban de su mayor intimidad.

—Hablábamos de señor de Nemours —le dijo la reina al verla—, y admirábamos lo cambiado que está desde su vuelta de Bruselas. Antes de ir tenía innumerables amantes, lo cual era incluso un defecto en él, porque trataba con iguales atenciones a las que tenían mérito que a las que no lo tenían. Desde que ha vuelto, no conoce a las unas ni a las otras; no se ha visto jamás cambio semejante, encuentro incluso que ha cambiado de humor, y que está menos alegre que de costumbre.

La señora de Clèves no contestó, pensaba con vergüenza que habría tomado cuanto se decía de este príncipe como prueba de su amor por ella, si no le hubieran abierto los ojos. Sentía cierta acrimonia por la reina delfina al verla buscar los motivos y sorprenderse de algo de lo que, al parecer, sabía la verdad mejor que nadie. No

---

[45] Una vez más nuestras repeticiones: *sentimientos... sentirlos... «se sintió* herida» están justificadas por el texto: *sentit... sentiments... se sentit.*

pudo resistir la tentación de manifestarle algo a este respecto y, cuando las otras damas se alejaron, se acercó a ella y le dijo por lo bajo:

—¿Os dirigíais también a mí, señora, cuando estabais hablando? ¿Acaso queréis ocultarme que sois vos la que ha hecho cambiar el comportamiento del señor de Nemours?

—Sois injusta —le dijo la delfina—, ya sabéis que no tengo secretos para vos. Es verdad que el señor de Nemours, antes de ir a Bruselas, tuvo, creo, la intención de dejarme entender que no me detestaba, pero desde que ha vuelto, no me ha parecido siquiera que se acordase de las cosas que había hecho, y confieso que siento curiosidad por saber lo que le ha hecho cambiar. Muy difícil será que no lo descubra —añadió— el vidamo de Chartres, que es su amigo íntimo, está enamorado de alguien sobre quien tengo algún ascendiente, y sabré, por este conducto, lo que ha causado tal cambio.

La delfina habló con un tono que convenció a la señora de Clèves, y ésta se sintió, a pesar suyo, más tranquila y apaciguada de lo que estaba anteriormente.

Cuando volvió a casa de su madre, se enteró de que estaba mucho más enferma que cuando la había dejado. La fiebre había subido y durante los días que siguieron aumentó de tal suerte, que resultó evidente que se trataba de una enfermedad grave. La señora de Clèves estaba en extremo afligida, y no se movía de la habitación de su madre. El señor de Cléves pasaba allí casi todo el día, no sólo por el interés que tenía por la señora de Chartres, y para impedir que su mujer se abandonase a la tristeza, sino también para tener el placer de verla, pues su pasión no había disminuido.

El señor de Nemours, que le había tenido siempre mucho afecto, no había dejado de demostrárselo desde su regreso de Bruselas. Durante la enfermedad de la señora de

Chartres, este príncipe encontró la manera de ver varias veces a la señora de Clèves, haciendo como que quería ver a su marido, o que venía a buscarlo para ir de paseo. Lo buscaba incluso a las horas en que sabía muy bien que no estaba, y, con la excusa de esperarlo, permanecía en la antecámara de la señora de Chartres, donde había siempre algunos nobles. La señora de Clèves iba allí a menudo, y no por estar afligida le parecía al señor de Nemours menos hermosa. Le mostraba el gran interés que tomaba por su aflicción, y le hablaba de ello en un tono tan tierno y tan sumiso, que la persuadía con facilidad de que no era precisamente de la delfina de quien estaba enamorado.

La señora de Clèves no podía por menos de turbarse ante su mirada, ni de sentir, no obstante, placer al verlo, pero cuando ya no lo veía, y pensaba que este embeleso que le producía verlo era el propio de una pasión que empieza, faltaba poco para que creyese detestarlo, tal era el dolor que le causaba este pensamiento.

La señora de Chartres empeoró de tal forma, que empezaron a temer por su vida, acogió lo que le dijeron los médicos sobre el peligro en que se hallaba, con una entereza digna de su virtud y de su piedad. Cuando hubieron salido, hizo retirar a todo el mundo y mandó llamar a la señora de Clèves.

—Tenemos que separarnos, hija mía —le dijo tendiéndole la mano—, el peligro en que os dejo, y lo mucho que me necesitáis, aumentan la tristeza que tengo al dejaros. Sentís inclinación por el señor de Nemours, no os pido que me lo confeséis, no estoy ya en condiciones de aprovechar vuestra sinceridad para guiaros. Hace mucho tiempo que me he dado cuenta de esta inclinación, pero no he querido hablaros de ella por miedo a que os dieseis cuenta vos. De sobra la conocéis ahora. Estáis al borde del precipicio, tenéis que hacer grandes esfuerzos y violentaros mucho para conteneros. Pensad en lo que debéis a vuestro marido, pensad en lo que os debéis a vos misma, y pensad que vais a perder esta reputación que os habéis ganado, y que he deseado tanto para vos. Tened fuerza y valor, hija mía, retiraos de la corte, obligad a vuestro marido a que os saque de aquí; no temáis tomar decisiones demasiado duras, ni demasiado difíciles; por terribles que os parezcan al principio, serán más dulces en sus consecuencias que las desdichas de un galanteo. Si además de vuestra virtud y vuestro deber, pudiera haber otras razones para obligaros a hacer lo que deseo, os diría que si algo fuese capaz de turbar la felicidad que espero al dejar este mundo, sería el veros caer como las otras mujeres, pero si esta desgracia debiera ocurriros, recibo la muerte con alegría para no ser testigo de ella.

La señora de Clèves derramaba abundantes lágrimas sobre la mano de su madre, que tenía estrechada entre las suyas, y la señora de Chartres, sintiéndose también emocionada, le dijo:

—Adiós, hija mía, finalicemos una conversación que nos enternece demasiado a las dos, y acordaos, si podéis, de todo lo que os acabo de decir.

Terminadas estas palabras, se volvió del otro lado, y ordenó a su hija que llamase a sus doncellas, sin querer escucharla ni hablar por más tiempo.

La señora de Clèves salió de la habitación de su madre en el estado que se puede imaginar, y la señora de Chartres no pensó sino en prepararse a morir. Vivió aún dos días, durante los cuales no quiso volver a ver a su hija, que era la sola cosa que la retenía en este mundo.

La señora de Clèves estaba en extremo afligida. Su marido no la dejaba ni un momento, y en cuanto la señora de Chartres hubo expirado, se la llevó al campo, para alejarla de un lugar que no hacía sino acerbar su dolor. Jamás se ha visto otro semejante, aunque la ternura y el agradecimiento fuesen las principales causantes; la convicción de que necesitaba a su madre para defenderse del señor de Nemours, contribuía también mucho a su pena. Se sentía desgraciada al verse abandonada a sí misma, en un momento en que era tan poco dueña de sus sentimiento, y en que hubiese deseado tanto tener a alguien que pudiese comprenderla y reconfortarla. El comportamiento que el señor de Clèves tenía para con ella le hacía desear más vivamente que nunca no faltar a ninguno de sus deberes hacia él; por su parte, demostraba también más amistad y más ternura que nunca, no quería que la dejase sola, y le parecía que, a fuerza de encariñarse con él, conseguiría que la defendiese del señor de Nemours.

Este príncipe fue a ver al señor de Clèves al campo. Hizo cuanto pudo para visitar también a la señora de Clèves, pero ella no quiso recibirlo. Dándose cuenta de que no podía dejar de encontrarlo amable, había tomado la firme resolución de privarse de verlo y de evitar todas las ocasiones que dependieran de ella.

El señor de Clèves fue a París para visitar al rey, y le prometió a su mujer que volvería al día siguiente, pero no volvió sino al otro.

—Os esperé todo el día de ayer —le dijo la señora de Clèves cuando llegó—, y debo haceros reproches por no haber venido cuando me lo habíais prometido. Sabéis que, si en el estado en que estoy fuese capaz de sentirme afligida por algo más, lo haría por la muerte de la señora de Tournon, de la que me he enterado esta mañana. Me habría conmovido aun sin conocerla; es siempre digno de compasión que una mujer joven y hermosa como ésta haya muerto en dos días, pero además era una de las personas de la corte que más me placía, y que parecía tener tanta discreción como méritos.

—Lamento no haber vuelto ayer —contestó el señor de Clèves—, pero mi presencia era muy necesaria para el consuelo de un desgraciado, al que me era imposible abandonar. En lo que se refiere a la señora de Tournon, os aconsejo que no estéis afligida por ella, si deploráis su muerte como la de una mujer llena de discreción y digna de vuestra estima.

—Me sorprendéis —dijo la señora de Clèves—, y os he oído decir muchas veces que no había mujer en la corte que estimaseis más.

—Es cierto —respondió él—, pero las mujeres son incomprensibles, y cuando las veo a todas, me siento tan feliz de teneros, que nunca me admiraré bastante de mi felicidad.

—Me estimáis en más de lo que valgo —replicó la señora de Clèves suspirando—, y aún no es hora de que me encontréis digna de vos. Explicadme, os lo suplico, lo que os ha sacado de vuestro error respecto a la señora de Tournon.

—Hace tiempo que me desengañé —replicó él—, y que sé que amaba al conde de Sancerre, al que daba esperanzas de matrimonio.

—No puedo creer —interrumpió la señora de Clèves— que la señora de Tournon, después del desdén que ha demostrado por el matrimonio desde que se quedó viuda, y de las declaraciones públicas que ha hecho de no volver a casarse jamás, haya dado esperanzas a Sancerre.

—Si sólo se las hubiera dado a él —replicó el señor de Clèves—, no habría de qué sorprenderse, pero lo más asombroso es que, al mismo tiempo, le daba también esperanzas a Estouteville. Voy a contaros toda la historia.

SEGUNDA PARTE

S ABÉIS la amistad que existe entre Sancerre y yo, sin embargo, se enamoró de la señora de Tournon hace unos dos años, y me lo ocultó con sumo cuidado, así como a todo el mundo. Yo estaba muy lejos de sospecharlo. La señora de Tournon parecía inconsolable por la muerte de su marido y vivía en un retiro austero. La hermana de Sancerre era casi la única persona a quien veía, y fue en su casa donde éste se enamoró de ella.

»Una noche en que iba a representarse una comedia en el Louvre, cuando sólo esperaban para empezar al rey y a la señora de Valentinois, vinieron a decir que ésta se había encontrado mal y que el rey no vendría. Todos opinaron que la dolencia de la duquesa era algún altercado con el rey. Sabíamos lo celoso que había estado del mariscal de Brissac, mientras éste había permanecido en la corte, pero había vuelto a marcharse al Piamonte desde hacía algunos días, y no podíamos imaginar el motivo de la discusión.

»Cuando estábamos hablando de esto con Sancerre, el señor de Anville llegó a la sala y me dijo, por lo bajo, que el rey se encontraba en un estado de aflicción y de cólera que inspiraba pena, que en una reconciliación con la señora de Valentinois, que había tenido lugar unos días antes, después de una discusión, a propósito del mariscal de

Brissac, el rey le había dado un anillo, y le había rogado que lo llevase; que mientras ella se preparaba para ir a la comedia había advertido que no tenía el anillo, y le había preguntado el motivo. La señora de Valentinois había parecido sorprendida de no tenerlo, y había preguntado a sus doncellas, quienes por desgracia, o por no haber sido suficientemente advertidas, habían contestado que hacía cuatro o cinco días que no lo habían visto.

»Este tiempo coincide precisamente con la marcha del señor de Brissac, y el rey no duda, ni por un momento que ella le ha dado el anillo al decirle adiós. Este pensamiento ha despertado tanto sus celos, que no estaban aún del todo adormecidos, que, contrariamente a lo que acostumbraba, se ha encolerizado y le ha hecho muchísimos reproches. Acaba de volver a sus habitaciones muy afligido, pero ya no sé si lo está más ante la idea de que la señora de Valentinois ha sacrificado su anillo, o por el temor de haberla disgustado con su cólera.

»En cuanto el señor de Anville hubo terminado de contar lo sucedido, me acerqué a Sancerre para comunicárselo, se lo dije como un secreto que acababan de confiarme y del que le prohibía hablar.

»Al día siguiente, fui de mañana a casa de mi cuñada, y encontré a su cabecera a la señora de Tournon. Ésta detestaba a la señora de Valentinois, y sabía que mi cuñada no podía jactarse de lo contrario. Sancerre había estado en su casa al salir del teatro, y le había contado el altercado del rey con la duquesa, y la señora de Tournon había venido a contárselo a mi cuñada, sin saber, o sin haber reflexionado, que era yo quien se lo había dicho a su amante.

»En cuanto me acerqué a mi cuñada, ésta dijo a la señora de Tournon que se me podía confiar lo que acababa de contarle, y sin esperar la autorización de la señora de Tournon, me contó palabra por palabra todo lo que había dicho yo a Sancerre la noche anterior. Ya podéis imaginaros lo sorprendido que me quedé. Miré a la señora de Tournon, me pareció azarada; su turbación me hizo sospechar; yo no había contado lo ocurrido más que a Sancerre, y me había dejado al salir del teatro sin decirme por qué. Recordé haberlo oído alabar sobremanera a la señora de Tournon. Todas estas cosas me abrieron los ojos, y no me fue difícil adivinar que tenía un galanteo con ella, y que la había visto después de dejarme.

»Me indignó tanto el ver que ocultaba esta aventura, que dije varias cosas que hicieron comprender a la señora de Tournon la imprudencia que había cometido. La acompañé a su carroza y le aseguré, al dejarla, que envidiaba la felicidad del que le había contado la discusión del rey y de la señora de Valentinois.

»Me fui al punto a encontrar al señor de Sancerre, le hice algunos reproches, y le dije que conocía su pasión por la señora de Tournon, sin decirle cómo la había descubierto. Se vio obligado a contármela; le expliqué después cómo me había enterado de ella, y me contó a su vez todos los pormenores de su aventura. Me dijo, que si bien era el hijo menor de la casa y estaba muy lejos de poder pretender a tan buen partido, ella estaba decidida a casarse con él. No se puede estar más sorprendido de lo que me quedé. Le dije al señor de Sancerre que concluyese cuanto antes su boda, y que se podía temer cualquier cosa de una mujer capaz de representar a los ojos de todos un papel tan distante de la realidad. Me contestó que había estado verdaderamente afligida, pero que la inclinación que había sentido hacia él, la había ayudado a sobrellevar esta aflicción, y que no había podido dejar traslucir de pronto un cambio tan radical. Me dijo también otros motivos para excusarla, que me permitieron ver hasta qué punto estaba enamorado de ella. Me aseguró que obtendría su consentimiento para informarme del amor que sentía por ella, puesto que en realidad era ella la que me lo había dado a conocer. La obligó, en efecto, a aceptar, aunque con mucho esfuerzo, y desde entonces me hicieron muchas confidencias.

»No he visto una mujer con una conducta tan digna y tan agradable para con su amante, sin embargo me chocaba su afectación por parecer aún afligida. Sancerre estaba tan enamorado y tan contento de la manera que ella lo trataba, que no se atrevía casi a apremiarla para que fijasen la boda, por miedo a que ella creyese que la deseaba más por interés que por verdadera pasión. Le habló de ello no obstante, y ella pareció decidida a casarse con él; empezó incluso a abandonar el retiro en que vivía y a volver al mundo. Iba a casa de mi cuñada a horas en que estaba allí una parte de la corte. Sancerre iba sólo en contadas ocasiones, pero los que estaban todas las tardes y que la veían a menudo, la encontraban muy amable.

»Poco tiempo después de haber empezado a abandonar la soledad, Sancerre creyó ver cierta frialdad en el amor que ella sentía por él. Me habló de ello varias veces sin que yo hallase ningún fundamento a sus quejas, pero, al final, como me dijo que, en lugar de fijar la fecha de la boda, parecía atrasarla, empecé a pensar que no se equivocaba al estar inquieto. Le contesté que aun cuando la pasión de la señora de Tournon hubiese disminuido después de haber durado dos años, no habría que sorprenderse de ello, que aun cuando sin disminuir no fuese lo bastante fuerte como para obligarla a casarse con él, no debería quejarse, pues aquella boda la perjudicaba mucho a los ojos del mundo, no sólo porque no era bastante buen partido para ella, sino por el perjuicio que causaría a su reputación[46], de modo que todo lo que podía desear

---

[46] «su reputación»... ¿De Sancerre? ¿De la señora de Tournon? Igual ambigüedad en el original, si bien parece que se trata de la reputación de esta última.

era que ella no lo engañase y no le hiciese concebir falsas esperanzas. Aún le dije más, que si ella no tenía el valor de casarse con él, o le confesaba que quería a otro, no debía enfadarse ni quejarse, sino seguir sintiendo por ella el mismo aprecio y el mismo agradecimiento.

»Os doy —le dije—, un consejo que yo aceptaría para mí, porque la sinceridad me conmueve de tal forma, que creo que si mi amante o mi mujer me confesasen que alguien les gusta, me afligiría, pero no me dejaría llevar por la irritación. Abandonaría el papel de amante o de marido para aconsejarla y compadecerla.

Estas palabras hicieron sonrojarse a la señora de Clèves, encontró en ellas cierta relación con la situación en que se hallaba que la sorprendió, y le produjo una turbación de la que tardó en reponerse.

»Sancerre habló a la señora de Tournon —prosiguió el señor de Clèves—, le dijo todo lo que yo le había aconsejado, pero ella lo tranquilizó tanto, pareció tan ofendida por sus sospechas, que las disipó totalmente. Retrasó, no obstante, su boda hasta la vuelta de un viaje que él iba a hacer, y que iba a ser bastante largo, pero se comportó tan bien hasta su marcha, y pareció tan afligida por ella, que creí, tanto como él, que lo amaba realmente. El señor de Sancerre se marchó hará unos tres meses; durante su ausencia he visto poco a la señora de Tournon, vos me habéis ocupado por entero, y sólo sabía que Sancerre iba a regresar pronto.

»Anteayer, al llegar a París, me enteré de que estaba muerta; mandé preguntar en casa de Sancerre si habían tenido noticias suyas, y me contestaron que había vuelto la víspera, que era precisamente el día de la muerte de la señora de Tournon. Fui a verlo inmediatamente, suponiendo el estado en que se encontraba, pero su aflicción sobrepasaba con mucho lo que yo había imaginado.

»No he visto jamás dolor tan profundo, y tan tierno.

En cuanto me vio, me abrazó echándose a llorar.

»¡No volveré a verla —me dijo—, no volveré a verla, está muerta!, ¡no era digno de ella, pero pronto la seguiré!

»Después de esto se calló, y luego, de vez en cuando, repitiendo: «¡está muerta, no la veré ya más!», volvía de nuevo a los gritos y a las lágrimas, y permanecía como si hubiera perdido la razón. Me dijo que no había tenido a menudo carta suya durante su ausencia, pero que no se había extrañado, porque la conocía y sabía el esfuerzo que le costaba escribir. No dudaba que se hubiera casado con él a su vuelta, y la miraba como la mujer más digna de amor y más fiel que jamás hubiera existido. Se creía tiernamente correspondido, y la perdía en un momento en que pensaba unirse a ella para siempre. Todos estos pensamientos lo sumían en una violenta desolación, que le abrumaba por completo, y confieso que no podía por menos de sentirme conmovido.

»Me vi, sin embargo, obligado a dejarlo para ir a los aposentos del rey, y le prometí que volvería pronto. Volví, en efecto, y me quedé sorprendidísimo de encontrarlo totalmente cambiado. Estaba de pie en su habitación, con semblante encolerizado, andando de un lado para otro, como si estuviera fuera de sí.

»—Venid, venid —me dijo—, venid a ver al hombre más desesperado del mundo; soy mil veces más desdichado de lo que era hace un rato, y lo que acabo de saber de la señora de Tournon es peor que la muerte.

»Creí que el dolor lo perturbaba totalmente, y no podía imaginar que existiera algo peor que la muerte de una mujer a la que se ama y por la que se es amado. Le dije que mientras su aflicción había tenido límites, le había aprobado, y había participado en ella, pero que dejaría de compadecerlo si se abandonaba a la desesperación y perdía la razón.

»—Me haría completamente feliz haberla perdido, y también mi vida —declaró—. La señora de Tournon me era infiel, y me he enterado de su infidelidad y de su traición al día siguiente de haberme enterado de su muerte, cuando mi alma está embargada y penetrada por el más vivo dolor y el más tierno amor que jamás ha sentido nadie, en un momento en que su recuerdo está en mi corazón como el de la mujer más perfecta que ha existido jamás, y la más perfecta con respecto a mí; descubro que me he equivocado, y que no merece que la llore; sin embargo, su muerte me aflige como si me hubiera sido fiel, y siento su infidelidad como si no hubiera muerto. Si me hubiera enterado de su mudanza antes de su muerte, los celos, la cólera, la rabia se hubieran apoderado de mí, y, hasta cierto punto, me hubieran hecho insensible al dolor de esta pérdida, pero me halló en un estado en que no puedo ni odiarla, ni consolarme de haberla perdido.

»Podéis imaginar si me sorprendió lo que me dijo Sancerre. Le pregunté cómo se había enterado de lo que acababa de decirme. Me contó que, un momento después de salir yo de su habitación, Estouteville, que es su amigo íntimo, pero que, no obstante, no sabía nada de su amor por la señora de Tournon, había ido a verlo; que, en cuanto había estado sentado, se había dicho que le perdonase por haberle ocultado lo que iba a decirle, que le rogaba que tuviese piedad de él, que venía a abrirle su corazón, y que tenía ante sus ojos al hombre más afligido por la muerte de la señora de Tournon.

»Este nombre —me dijo Sancerre—, me ha sorprendido tanto, que aunque mi primer impulso ha sido decirle que estaba más afligido que él por lo ocurrido, no he tenido, no obstante, fuerzas para hablar. Ha continuado y me ha dicho que estaba enamorado de ella desde hacía seis meses; que siempre había querido decírmelo, pero que ella se lo había prohibido de manera expresa y con tanta autoridad que no se había atrevido a desobedecerla; que él le había gustado casi al mismo tiempo en que había empezado a amarla; y que había ocultado su pasión a todo el mundo; que no había estado jamás públicamente en casa de ella, y que había tenido el placer de consolarla de la muerte de su marido. En fin, que iba a hacerla su esposa cuando se había muerto, pero que este matrimonio, que era por amor, hubiera parecido el resultado del deber y de la obediencia; que había convencido a su padre para que se lo ordenara, a fin de que no hubiese un cambio demasiado grande en su manera de comportarse, que había estado tan lejos de un nuevo matrimonio.

»Mientras Estouteville me hablaba —me dijo Sancerre—, he prestado fe a sus palabras porque me han parecido verosímiles, y porque la época en que se me ha dicho que había empezado a amar a la señora de Tournon es precisamente aquella en que me había parecido cambiada, pero un instante después lo he creído un mentiroso o, al menos, un visionario. He estado a punto de decírselo, luego he querido ver claro: lo he interrogado, le he manifestado mis dudas, he hecho tantas cosas, en fin, para asegurarme de mi desdicha, que me ha preguntado si conocía la escritura de la señora de Tournon, y ha puesto sobre mi cama cuatro cartas suyas y un retrato. Mi hermano ha entrado en aquel momento. Estouteville tenía el rostro tan bañado en lágrimas, que se ha visto obligado a salir para que no le viesen. Ha dicho que volvería esta noche a buscar lo que me dejaba y yo he echado a mi hermano bajo pretexto de encontrarme mal, pues estaba impaciente por ver las cartas que me había dejado, esperando encontrar algo en ellas que me persuadiese de que no era verdad lo que Estouteville acababa de decirme. Pero ¡desdichado de mí, no lo he encontrado. ¡Qué ternura!, ¡qué juramentos!, ¡qué promesas de casarse con él!, ¡qué cartas! Jamás me ha escrito a mí otras semejantes. De esta suerte —añadió—, experimento a la vez el dolor de la muerte y el de infidelidad. Son dos males que a menudo han sido comparados, pero que no ha sentido al mismo tiempo la misma persona. Confieso, para mi vergüenza, que sufro más aún de su pérdida que de su mudanza, pero no puedo encontrarla lo bastante culpable como para aceptar su muerte. Si ella viviera, tendría el placer de hacerle reproches y vengarme haciéndole comprender su injusticia, pero no volveré a verla —repetía—, no volveré a verla. De todos los sufrimientos éste es el mayor, quisiera poder devolverle su vida a expensas de la mía. ¡Qué vano deseo! Si ella volviera viviría para Estouteville. ¡Qué feliz era ayer! —exclamó—, ¡qué feliz era! Era el hombre más desdichado del mundo, pero mi desdicha era razonable, y encontraba cierto consuelo en pensar que no debía consolarme jamás. Hoy todos mis sentimientos son injustos: pago a la pasión que ella ha fingido sentir por mí el mismo tributo de dolor que creía deber a una pasión verdadera. No puedo ni odiar su memoria ni amarla; no puedo ni consolarme ni afligirme. Al menos —me dijo volviéndose de pronto hacia mí—, haced que no vuelva a ver a Estouteville, su sólo nombre me produce horror. Bien sé que no tengo ningún motivo para quejarme de él: la culpa fue mía por haberle ocultado que estaba enamorado de la señora de Tournon. Si él lo hubiera sabido, no se hubiera quizá enamorado de ella y ella no me hubiera sido infiel. Me vino a buscar para confiarme su dolor, me inspiraba piedad. Y con razón, exclamaba, amaba a la señora de Tournon, ella lo amaba, y no la volverá a ver. Me doy cuenta, sin embargo, de que no podré reprimir mi odio hacia él, y una vez más os conjuro a que hagáis lo posible para que no vuelva a verlo.

»Sancerre se echó de nuevo a llorar, a deplorar la muerte de la señora de Tournon, a hablarle, a decirle las cosas más tiernas del mundo; después volvió a su odio, a sus lamentaciones, a los reproches y a las imprecaciones contra ella. Como lo vi en un estado de ánimo tan violento, me di cuenta de que necesitaba el auxilio de alguien para que me ayudase a apaciguar su alma. Mandé a buscar a su hermano que acababa de dejar en los aposentos del rey, fui a hablarle en la antecámara antes de que entrase, y le conté el estado en que estaba Sancerre. Dimos las órdenes oportunas para que no viese a Estouteville, y dedicamos parte de la noche a hacerlo entrar en razón. Esta mañana lo he encontrado aún más afligido; su hermano se ha quedado junto a él y yo he vuelto a vuestro lado.

—Me dejáis consternada —dijo entonces la señora de Clèves—, creía a la señora de Tournon tan incapaz de amor como de engaño.

—La habilidad y el disimulo —prosiguió el señor de Clèves— no pueden ir más lejos de lo que ella los ha llevado. Observad que cuando Sancerre creyó que ella había cambiado de actitud, había cambiado verdaderamente y empezaba a amar a Estouteville. Le decía a éste que él la consolaba de la muerte de su marido, y que era la causa de que abandonase su aislamiento, y a Sancerre le parecía que era porque habíamos decidido que dejaría de seguir mostrándose afligida. Le hacía aceptar a Estouteville que ocultasen la relación que había entre ellos y que hiciese creer que se veía obligada a casarse con él por orden de su padre, como una consecuencia de sus desvelos para salvaguardar su reputación, y era para abandonar a Sancerre sin que tuviera motivos para quejarse. Es preciso que me marche —dijo el señor de Clèves— para ir a ver a este desdichado, y creo necesario que vos volváis también a París conmigo. Ya es hora de que veáis gente y recibáis las numerosas visitas de las que no podéis dispensaros.

La señora de Clèves consintió en volver, y regresó al

día siguiente. Se sentía más tranquilizada respecto al señor de Nemours de lo que había estado anteriormente: todo lo que le había dicho la señora de Chartres en su lecho de muerte y el dolor de verla morir habían dejado en suspenso sus sentimientos, lo que le hacía creer que se habían borrado totalmente.

La noche misma de su llegada, la delfina la fue a ver, y después de haberle expresado hasta qué punto había compartido su aflicción, le dijo que, para distraerla de sus tristes pensamientos, quería informarla de todo lo ocurrido en la corte durante su ausencia, y le contó después algunas cosas personales.

—Pero lo que siento más deseos de deciros —añadió—, es que parece seguro que el señor de Nemours está apasionadamente enamorado, y que sus amigos más íntimos, no solamente no han recibido ninguna confidencia suya, sino que no pueden imaginar quién es la mujer de la que está prendado. Sin embargo, su amor es lo bastante violento como para hacerle descuidar, o mejor dicho abandonar, las esperanzas de una corona.

La delfina contó luego todo lo que había ocurrido en Inglaterra.

—Me he enterado de lo que acabo de deciros por el señor de Anville, y me ha dicho esta mañana que el rey mandó llamar ayer noche al señor de Nemours, para hablarle de unas cartas de Longueville, que pide permiso para volver, y que le escribe al rey diciéndole que no puede seguir disculpando ante la reina de Inglaterra la demora del señor de Nemours; que empieza a ofenderse por ella; y que, si bien no había dado una palabra firme, había dicho lo bastante como para arriesgarse a hacer un viaje. El rey leyó esta carta al señor de Nemours, quien, en lugar de hablar seriamente como había hecho al principio, no hizo sino reír, bromear y burlarse de las esperanzas de Lignorelles. Dijo que toda Europa condenaría su imprudencia si se aventuraba a ir a Inglaterra como presunto marido de la reina sin estar seguro de su éxito.

»—Me parece también —añadió—, que perdería el tiempo haciendo este viaje en el momento presente, cuando el rey de España está instando tanto para casarse con esta reina. No sería quizá un rival muy de temer en un galanteo, pero pienso que, tratándose de una boda, Vuestra Majestad no me aconsejará que le dispute a ninguna mujer.

»—Os lo aconsejaría en esta ocasión —prosiguió el rey—, pero no tendréis nada que disputarle, sé que él tiene otros proyectos, y aún cuando no los tuviese, la reina María salió demasiado malparada del yugo de España para que podáis creer que su hermana quiera tomarlo a su vez[47], y que se deje deslumbrar por el esplendor de tantas coronas reunidas.

»—Si no se deja deslumbrar por ellas —replicó el señor de Nemours—, es posible que quiera ser feliz por amor. Estuvo enamorada de Milord Courtenay hace ya algunos años; lo amaba también la reina María, quien se hubiera casado con él, con el consentimiento de toda Inglaterra, de no haber conocido[48] que la juventud y la belleza de su hermana Isabel lo atraían más que la esperanza de reinar. Como sabe muy bien Vuestra Majestad, los celos que tuvo la indujeron a meter a ambos en la cárcel, a exiliar después a Milord Courtenay y finalmente la decidieron a casarse con el rey de España. Creo que Elisabeth, que está ahora en el trono, llamará pronto junto a ella a este lord, y elegirá a un hombre que ha amado, que es muy amable y que ha sufrido tanto por ella, antes que elegir a otro a quien no ha visto jamás.

---

[47] María Tudor, desdichada esposa de Felipe II de España.
[48] Original: *sans qu'elle connut*. Por un comentario de Valincour puede deducirse que una vez más Madame de La Fayette utiliza una expresión de la lengua hablada.

»—Sería de vuestra opinión —respondió el rey— si Courtenay viviese, pero me he enterado hace algunos días de que ha muerto en Padua donde estaba confinado. Bien veo —añadió al despedirse del señor de Nemours— que habría que concertar vuestra boda como si se tratase de la del delfín, y mandar a algún embajador para que se casase con la reina de Inglaterra.

»El señor de Anville y el señor vidamo, que estaban en los aposentos del rey con el señor de Nemours, están persuadidos de que es esta misma pasión que lo domina la que lo aparta de un designio tan alto[49]. El vidamo, que lo ve más de cerca que nadie, ha dicho a la señora de Martigues que este príncipe está tan cambiado que no lo reconoce, y lo que más le sorprende es que no le ve ningún trato con nadie, ni lo ve desaparecer furtivamente a determinadas horas, de modo que cree que no tiene relaciones con la mujer a la que ama, y es lo que hace que el señor de Nemours esté desconocido, porque ama a una mujer que no le corresponde.

¡Qué veneno para la señora de Clèves las palabras de la delfina! ¿Cómo no reconocerse en esta mujer de la que se ignoraba el nombre y cómo no sentirse invadida por el agradecimiento y la ternura, al enterarse por un conducto que no podía serle sospechoso, que este príncipe que conmovía ya su corazón, ocultaba su pasión a todo el mundo, y desdeñaba por amor a ella las esperanzas de una corona? Así pues, no puede expresarse lo que sintió y la turbación que invadió su alma. Si la delfina la hubiera observado, hubiese notado fácilmente que lo que acababa de decirle no la dejaba indiferente, pero como no sospechaba en modo alguno la verdad, siguió hablando sin prestar atención.

---

[49] La ruptura de este proyecto de matrimonio y los motivos que la causaron parecen corresponder a la realidad histórica. Según las crónicas, «otros amores la alejaron de realizarlo».

—El señor de Anville —añadió—, que, como acabo de deciros, me ha informado de todos estos pormenores, me cree mejor instruida que él. Tiene tan elevada opinión de mis encantos, que está convencido de que soy la única mujer capaz de causar tan grandes cambios en el señor de Nemours.

Estas últimas palabras de la delfina causaron a la señora de Clèves una turbación distinta a la que había conocido unos momentos antes.

—No me sería difícil compartir la opinión del señor de Anville —contestó—, que sólo una princesa como vos puede hacer que se desprecie por ella a la reina de Inglaterra.

—Os lo confesaría, si lo supiese —replicó la delfina—, y lo sabría si fuese verdad. Estos amores apasionados no pasan desapercibidos a las que los motivan, son las primeras en darse cuenta. El señor de Nemours no me ha manifestado nunca más que cierta amabilidad, ciertos deseos de complacerme, pero, sin embargo, hay una diferencia tan grande entre su forma de tratarme antes y la forma en que ahora me trata, que puedo aseguraros que no soy la causa de la indiferencia que muestra por la corona de Inglaterra.

»A vuestro lado se me va el santo al cielo, y se me olvidaba que tengo que ir a ver a Madama. Como ya sabéis, casi se ha concluido la paz, pero lo que no sabéis es que el rey de España no ha querido aceptar ningún artículo más que a condición de casarse con esta princesa, en lugar de su hijo, el príncipe don Carlos. Al rey le ha costado mucho decidirse, pero, al fin, ha accedido a ello, y ha ido hace un rato a anunciar la noticia a Madama. Creo que debe estar desconsolada. No es cosa que pueda agradar a nadie el casarse con un hombre de la edad y del carácter del rey de España, y menos a ella, que, además de ser hermosa, tiene toda la alegría que da la primera juventud, y que esperaba casarse con un príncipe joven[50] por quien se siente atraída aun sin haberlo visto. No sé si el rey encontrará en ella la docilidad que desea. Me ha encargado que vaya a verla porque sabe que me quiere, y cree que tendré alguna influencia sobre ella. Después haré una visita muy distinta: iré a regocijarme con Madama, la hermana del rey. Todo está decidido para su boda con el señor de Saboya, que estará aquí dentro de poco tiempo. Ninguna joven de la edad de esta princesa se ha mostrado tan contenta de casarse. La corte va a estar más magnífica y más concurrida que nunca, y a pesar de vuestra aflicción, es preciso que vengáis a ayudarnos para demostrar a los extranjeros que nuestras bellezas no son mediocres.

Después de estas palabras, la delfina dejó a la señora de Clèves, y al día siguiente todos estaban enterados de la boda de Madama.

Durante los días que siguieron, el rey y las reinas fueron a ver a la señora de Clèves. El señor de Nemours, que había esperado su regreso con gran impaciencia, y que deseaba ardientemente poder hablarle a solas, esperó para ir a su casa la hora en que todo el mundo había salido y a la que normalmente no iría nadie más. Logró sus propósitos, y llegó cuando salían las últimas visitas.

La princesa estaba recostada sobre su cama, hacía calor y la vista del señor de Nemours acabó de darle un rubor que acrecentaba su belleza. Se sentó frente a ella con el temor y la timidez que inspira el verdadero amor. Permaneció unos momentos sin poder hablar, y la señora de Clèves no estaba menos cohibida, de modo que guardaron silencio bastante rato. Por fin, el señor de Nemours

---

[50] Una vez más ambigüedad, mayor todavía en el original: *qu'à condition d'épouser cette princesse au lieu de son fils le Prince Carlos*. En un principio se había concertado el matrimonio de Elisabeth con don Carlos, pero según Brantôme, Felipe II, al ver el retrato de la princesa, *en coupa l'herbe sous les pieds à son fils*.

tomó la palabra para darle el pésame por su desgracia. Cómo a la señora de Clèves le era grato seguir conversando sobre este tema, habló largamente de la pérdida que había sufrido, y dijo, en fin, que aunque el tiempo disminuyera la violencia de su dolor, le quedaría para siempre una huella tan honda que su carácter ya no sería el mismo.

—Las grandes desdichas y las pasiones violentas —replicó el señor de Nemours— operan grandes cambios en el alma, y, en lo que a mí se refiere, no soy el mismo desde que he vuelto de Flandes. Muchas personas han notado este cambio e incluso la delfina me hablaba de ello precisamente ayer.

—Es verdad —replicó la señora de Clèves— que lo ha notado, y creo haber oído decir algo a este respecto.

—No me importa, señora, que se haya percatado de ello, pero quisiera que no fuese la única en percatarse. Hay mujeres a las que sólo osamos dar muestras de la pasión que nos inspiran por medio de cosas que no las conciernen, y como no osamos mostrarles que las amamos, quisiéramos, al menos, que viesen que no deseamos ser amados por nadie más. Quisiéramos que supiesen que no hay belleza, sea cual fuere su rango, que no miraríamos con indiferencia, y que no hay corona que quisiéramos conseguir a costa de no volver a verlas. Las mujeres juzgan de ordinario la pasión que sentimos por ellas por lo que nos esmeramos en gustarles y en buscar su compañía, pero esto no es difícil a poco que sean amables, lo que sí es difícil es no abandonarse al placer de seguirlas, es evitarlas por miedo a mostrar a los demás y casi a ellas mismas nuestros sentimientos por ellas. Y lo que demuestra aún mejor un verdadero amor es volverse completamente opuesto a lo que se era, y no tener ambición ni placer, después de haber pasado toda la vida persiguiendo ambas cosas.

La princesa de Clèves entendía perfectamente cuánto la concernían estas palabras. Le parecía que debía contestar a ellas, y no tolerarlas; le parecía también que no debía escucharlas, ni dar muestras de considerar que se referían a ella. Creía que debía hablar, y creía no deber decir nada. El discurso del señor de Nemours le placía casi tanto como la ofendía. Veía en él la confirmación de todo lo que le había hecho pensar la delfina. Lo encontraba galante y respetuoso, pero, al mismo tiempo, un tanto atrevido, y demasiado inteligible. La inclinación que sentía por este príncipe le causaba una turbación que no podía dominar. Las palabras más encubiertas de un hombre que gusta producen mayor agitación que las declaraciones manifiestas de un hombre que no gusta. Permanecía, pues, sin responder, y el señor de Nemours se hubiera dado cuenta de su silencio, que hubiera interpretado tal vez como un buen presagio, si la llegada del señor de Clèves no hubiera interrumpido la conversación y su visita.

Este príncipe venía a dar a su mujer noticias de Sancerre, pero ella no tenía una gran curiosidad por la continuación de aquella historia. Estaba tan absorta con lo que acababa de ocurrir, que apenas si podía ocultar su turbación. Cuando pudo dar libre curso a sus pensamientos, se percató de que se había equivocado al creer que no sentía sino indiferencia por el señor de Nemours. Lo que le había dicho había producido toda la impresión que él podía desear y la había persuadido completamente de su amor. El comportamiento del príncipe estaba demasiado de acuerdo con sus palabras como para dejar duda alguna a la princesa de Clèves. Ya no se jactó de la esperanza de no amarlo, y pensó únicamente en no darle jamás muestras de ello. Era una tarea difícil, de la que conocía ya las dificultades; sabía que el único modo de lograrlo era evitar la presencia del príncipe, y como el luto le permitía vivir más retirada que de costumbre, utilizó este pretexto para no ir a los sitios donde él la pudiera ver. Estaba profundamente triste; la muerte de su madre parecía la causa de ello, y nadie buscaba otra.

El señor de Nemours estaba desesperado de no verla ya casi nunca, y sabiendo que no la encontraría en ninguna reunión, ni en ninguno de los regocijos a los que asistía toda la corte, no podía decirdirse a aparecer en ellos. Simuló una gran afición por la caza, y organizaba cacerías los días en que había reuniones en los aposentos de las reinas. Una ligera enfermedad le sirvió largo tiempo de pretexto para permanecer en su casa, y para evitar ir a todos los lugares donde sabía que la señora de Clèves no estaría presente.

El señor de Clèves cayó enfermo poco más o menos por aquel entonces, y la señora de Clèves no salió de su habitación durante su dolencia, pero cuando se encontró mejor y recibió visitas —entre otras la del señor de Nemours, que bajo el pretexto de estar aún débil pasaba allí la mayor parte del día— consideró que no podía permanecer más en aquel sitio. No tuvo, sin embargo, la fuerza de salir las primeras veces que él fue a visitarles. Hacía demasiado tiempo que no lo había visto para poder decidirse a no verlo. El príncipe encontró la manera de darle a entender, mediante palabras que sólo parecían tratar de temas generales, pero que ella comprendía no obstante, porque guardaban relación con lo que él le había dicho en su casa, que iba de caza para soñar, y que no iba a las reuniones porque ella no estaba.

Por fin llevó a cabo la resolución que había tomado de salir de la habitación de su marido cuando el señor de Nemours estuviera allí, pero fue a costa de un gran esfuerzo. El príncipe se dio cuenta perfectamente de que ella le huía y se entristeció mucho.

El señor de Clèves no prestó atención al principio al

comportamiento de su mujer, pero despúes advirtió que no quería entrar en su habitación cuando había gente. Le habló de esto, y ella le contestó que no creía que el decoro permitiera que estuviese todas las noches con la gente más joven de la corte, que le suplicaba que le permitiese llevar una vida más retirada de lo que tenía por costumbre; que la virtud y la presencia de su madre habían autorizado muchas cosas que una mujer de su edad no podía tolerar.

El señor de Clèves, que normalmente trataba con mucha dulzura a su mujer y era muy complaciente con ella, no lo fue en esta ocasión, y le dijo que no quería en modo alguno que cambiase de comportamiento. La princesa estuvo a punto de decirle que corrían rumores de que el señor de Nemours estaba enamorado de ella, pero no se sintió con fuerzas de nombrarlo. Le avergonzó también utilizar un falso pretexto y disimular la verdad a un hombre que tenía tan buena opinión de ella.

Algunos días después, el rey estaba en los aposentos de la reina a la hora del círculo; se habló de horóscopos y de predicciones. Había diversidad de opiniones sobre el crédito que debía dárseles. La reina tenía mucha fe en ellas, y sostuvo que después de haber visto realizarse tantas cosas como se habían predicho, no se podía dudar de que había algo de cierto en esta ciencia. Otros sostenían que entre este número infinito de predicciones, las pocas que resultaban verdaderas demostraban con toda evidencia que no eran sino un efecto de la casualidad.

—En otro tiempo, sentí mucho curiosidad por conocer el porvenir —dijo el rey—, pero me han dicho tantas cosas falsas y tan pocas verosímiles, que me he convencido de que no se puede saber nada cierto. Hace algunos años vino aquí un hombre muy famoso por sus conocimientos de astrología. Todo el mundo fue a verlo, y yo fui como los demás, pero sin decirle quién era, y llevé conmigo al señor de Guisa, y al señor de Escars, y los hice pasar delante. El astrólogo, sin simbargo, se dirigió primero a mí como considerándome el señor de los otros. Quizá me conocía, pero me dijo algo que, de haberme conocido, no hubiera resultado acertado. Me predijo que me matarían en duelo. Después dijo al señor de Guisa que lo matarían por la espalda, y a Escars que un caballo le quebraría la cabeza de una coz. El señor de Guisa casi se ofendió de esta predicción como si lo hubieran acusado de huir, Escars no quedó nada satisfecho al encontrarse con que iba a acabar su vida de un accidente tan desdichado. En fin, salimos todos muy descontentos del astrólogo. No sé lo que le ocurrirá al señor de Guisa ni a Escars, pero parece poco probable que yo muera en duelo. El rey de España y yo acabamos de firmar la paz, y aunque no la hubiéramos firmado, dudo que nos batiésemos, y que le desafiase como hizo el rey mi padre con Carlos V.

Cuando hubo contado las desgracias que le habían predicho, los que habían defendido la astrología abandonaron su defensa y estuvieron de acuerdo en que no había que prestarle ningún crédito.

—En lo que se refiere a mí —dijo el señor de Nemours—, soy el hombre que menos puede creer en ella —y volviéndose hacia la señora de Clèves, junto a la que estaba, dijo en voz baja—: me habían dicho que sería feliz por las bondades de la mujer que me inspira la más violenta y la más respetuosa de las pasiones, podéis juzgar, señora, si debo creer en los presagios...

La delfina, que creyó, por lo que el señor de Nemours había dicho en voz alta, que lo que decía por lo bajo se refería a algún falso presagio que le habían hecho, preguntó a este príncipe qué decía a la señora de Clèves. Si hubiera tenido menos presencia de espíritu, esta pregunta le hubiera cogido desprevenido, pero, tomando la palabra sin titubear, contestó:

—Le decía, señora, que me han predicho que me vería transportado a una dicha tan grande que no me atrevería siquiera a pretender a ella.

—Si os han predicho eso —replicó la delfina sonriendo—, pensando en el asunto de Inglaterra, no os aconsejo que desacreditéis la astrología, y podríais encontrar motivos para defenderla.

La señora de Clèves comprendió lo que quería decir la delfina, pero entendió también que la dicha a la que hacía referencia el señor de Nemours no era la de ser rey de Inglaterra.

Como hacía ya bastante tiempo que había muerto su madre, era necesario que empezase a aparecer en sociedad, y que fuese a la corte como tenía por costumbre. Veía al señor de Nemours en los aposentos de la delfina, lo veía en los del señor de Clèves, donde iba a menudo con otros nobles de su edad, a fin de no llamar la atención, pero lo veía siempre con una turbación de la que él se daba fácilmente cuenta.

Por más que se esforzase en evitar sus miradas y en hablarle menos que a otro, se le escapaban cosas que provenían de un primer impulso incontrolado y que hacían pensar a este príncipe que no le era indiferente. Un hombre menos suspicaz que él no se hubiera quizá dado cuenta, pero había amado ya tantas veces, que era difícil que no supiese distinguir cuándo le amaban. Sabía que el caballero de Guisa era su rival, y este príncipe no ignoraba que el señor de Nemours era el suyo. Era el único hombre de la corte que había descubierto la verdad, su interés lo había hecho más clarividente que los demás. El conocimiento que tenían de sus respectivos sentimientos les producía una acrimonia que se manifestaba constantemente, sin estallar, no obstante, en ninguna disputa, pero se oponían en todo. Estaban siempre en diferentes campos en las carretas de cintas, en los combates, en las carreras de obstáculos, y en todas las distracciones que ocupaban al rey, y su emulación era tan grande, que no podían ocultarla.

A la señora de Clèves le venía a menudo a la mente el asunto de Inglaterra. Le parecía que el señor de Nemours no resistiría a los consejos del rey y a las instancias de Lignorelles. Veía con preocupación que este último no estaba todavía de vuelta, y lo esperaba con impaciencia. Si se hubiera dejado llevar por sus impulsos, se habría informado minuciosamente de cómo iba este asunto, pero, el mismo sentimiento que despertaba su curiosidad, le obligaba a ocultarlo, y sólo se informaba de la belleza, de la inteligencia y del carácter de la reina Elisabeth. Alguien trajo a los aposentos del rey un retrato suyo, que ella encontró más hermoso de lo que hubiera deseado, y no pudo por menos de decir que estaba favorecido.

—No lo creo así —replicó la delfina que estaba presente—, esta reina tiene fama de ser hermosa y de tener una inteligencia muy por encima de lo normal, y lo sé muy bien, porque toda mi vida me la han puesto como ejemplo. Debe ser digna de ser amada, si se parece a Ana de Bolena, su madre. Ninguna mujer ha tenido tantos encantos, ni tanto atractivo en su persona y en su carácter. He oído decir que había en su rostro un algo que lo hacía muy vivaz y original, y que no se parecía en nada a las otras bellezas inglesas.

—Creo —replicó la señora de Clèves— haber oído decir también que ha nacido en Francia.

—Los que creían esto se equivocaban —replicó la delfina—, y os voy a contar su historia en pocas palabras.

»Pertenecía a una noble casa de Inglaterra, Enrique VIII había estado enamorado de su hermana y de su madre, y se ha sospechado incluso que era hija suya. Vino aquí con la hermana de Enrique VII, que se casó con el rey Luis XII. A esta princesa, que era joven y distinguida, le pesó mucho dejar la corte de Francia después de la muerte de su marido, pero Ana de Bolena, que tenía los mismos gustos que su señora, no pudo decidirse a partir. El difunto rey estaba enamorado de ella, y se quedó como dama de honor de la reina Claudia[51]. Esta reina murió, y doña Margarita, hermana del rey, duquesa de Alençon, que debía ser más tarde reina de Navarra —de la que habéis visto los cuentos[52]—, la tomó a su lado y aprendió junto a la princesa los rudimentos de la nueva religión. Volvió después a Inglaterra y cautivó allí a todo el mundo; cantaba bien, bailaba admirablemente; la hicieron dama de honor de Catalina de Aragón, y el rey Enrique VIII se enamoró locamente de ella.

El cardenal de Wosley, su favorito y primer ministro, había pretendido al pontificado, y descontento del emperador, que no lo había apoyado en esta pretensión suya, decidió vengarse de él y unir el rey su señor a Francia. Convenció a Enrique VIII de que su matrimonio con la tía del emperador era nulo, y le propuso que se casase con la duquesa de Alençon, cuyo marido acababa de morir. Ana Bolena, que era ambiciosa, vio este matrimonio como un camino que podía conducirla al trono. Empezó a inculcarle al rey de Inglaterra las ideas de la religión de Lutero e incitó al difunto rey a que favoreciese en Roma el divorcio de Enrique, con la esperanza del matrimonio con la señora de Alençon. El cardenal de Wolsey consiguió que lo enviasen a Francia bajo otros pretextos, para tratar de este asunto, pero su señor no se decidió a permitir siquiera que se hiciese la propuesta, y le mandó a Calais la orden de no hablar de este matrimonio.

»A su vuelta de Francia, el cardenal de Wolsey fue recibido con honores semejantes a los que se rendían al

---

Claudia de Francia, que contrajo matrimonio con Francisco I.

El Heptamerón. Las ediciones de esta obra: 1558, 1559, aparecieron en la época en que se desarrolla la acción de la princesa de Clèves.

propio rey; jamás un favorito ha llevado el orgullo y la vanidad hasta tal punto. Concertó una entrevista entre los dos reyes que se celebró en Bolonia. Francisco I le dio la mano a Enrique VIII, que no quería tomarla. Se trataron mutuamente con una magnificencia extraordinaria e intercambiaron vestimentas semejantes a las que habían hecho hacer para sí mismos. Recuerdo haber oído decir que las que el difunto rey mandó al rey de Inglaterra eran de satén carmesí, recamado en triángulo con perlas y diamantes y el traje de terciopelo blanco bordado de oro. Después de permanecer algunos días en Bolonia, fueron también a Calais. Ana Bolena estaba instalada en los aposentos de Enrique VIII con un fausto de reina, y Francisco I le hizo los mismos presentes y le rindió los mismos honores que si lo hubiera sido. En fin, después de una pasión que duró nueve años, el rey se casó con ella sin esperar la anulación de su primer matrimonio, que pedía a Roma desde hacía mucho tiempo. El Papa pronunció inmediatamente los anatemas contra él, y Enrique se irritó tanto, que se declaró jefe de la religión, y arrastró a toda Inglaterra al desgraciado cambio en que la veis.

»Ana Bolena no gozó largo tiempo de su grandeza, pues cuando más afianzada la creía por la muerte de Catalina de Aragón, un día en que asistía con toda la corte a las carreras de cintas que celebraba el vizconde de Rochefort, su hermano[53], el rey tuvo tal arranque de celos, que abandonó bruscamente el espectáculo, se marchó a Londres y dejó dada la orden de detener a la reina, al vizconde de Rochefort y a varios más, que creía amantes o confidentes de esta princesa. Aunque estos celos parecieron nacer en aquel momento, hacía ya algún tiempo que le habían sido inspirados por la vizcondesa de Rochefort,

---

[53] El texto quizás no sea totalmente claro, pero las crónicas sí lo son. Según ellas, se sospechó que la princesa de Rochefort había acusado a su marido de tener relaciones lascivas con la reina Ana Bolena, hermana de éste.

que no pudiendo soportar la estrecha amistad de su marido con la reina, se la presentó al rey como una relación culpable, de modo que éste, que por otra parte estaba enamorado de Juana Seymour, no pensó sino en deshacerse de Ana Bolena. En menos de tres semanas mandó celebrar el proceso de la reina y de su hermano, les hizo cortar la cabeza y se casó con Juana de Seymour. Tuvo después varias mujeres a las que repudió o dio muerte, entre otras Catalina Howard de quien era confidente la condesa de Rochefort, y que fue decapitada al mismo tiempo que ella. De esta manera fue castigada por los crímenes de los que habían acusado a Ana Bolena; y Enrique VIII murió víctima de una obesidad monstruosa.

Todas las damas que asistieron al relato de la delfina le dieron las gracias por haberlas informado tan bien sobre la corte de Inglaterra, y entre otras la señora de Clèves, que no pudo por menos que hacerle aún algunas preguntas sobre la reina Elisabeth. La reina delfina mandaba hacer retratos en miniatura de todas las mujeres hermosas de la corte para mandarlos a la reina su madre. El día que terminaban el de la señora de Clèves, la delfina fue a pasar la tarde a su casa. El señor de Nemours se encontraba también allí: no dejaba perder ninguna ocasión de ver a la señora de Clèves, sin dar la impresión, no obstante, de que la buscaba. Estaba tan hermosa aquel día, que se hubiera enamorado de ella de no haberlo estado ya. No osaba tener los ojos fijos en ella mientras la peinaban y temía exteriorizar demasiado el placer que le producía mirarla.

La delfina le pidió al señor de Clèves una miniatura que tenía de su mujer, para verla al lado de la que le estaban acabando; todo el mundo dijo lo que pensaba de uno y otro retrato, y la señora de Clèves ordenó al pintor que retocase algo el peinado del que acababan de traer. El pintor, para obedecerle, sacó el retrato del estuche en que estaba, y después de haber trabajado en él, lo puso sobre la mesa.

Hacía mucho tiempo que el señor de Nemours deseaba poseer un retrato de la señora de Clèves, cuando vio el que pertenecía al señor de Clèves, no pudo resistir el deseo de quitárselo a un marido que se creía tiernamente amado, y pensó que con tantas personas como había allí reunidas, no iban a sospechar de él más que de otros.

La delfina estaba sentada en la cama, y hablaba en voz baja a la señora de Clèves que estaba de pie delante de ella. La señora de Clèves distinguió por una de las cortinas, que sólo estaba medio corrida[54], al señor de Nemours de espaldas junto a la mesa que se hallaba al pie de la cama, y vio que, sin volver la cabeza, cogía hábilmente algo que había sobre la mesa. No le costó mucho adivinar que se trataba de su retrato y se sintió tan turbada, que la delfina notó que no la escuchaba, y le preguntó en voz alta qué estaba mirando. Al oír estas palabras, el señor de Nemours se volvió; su mirada se cruzó con la de la señora de Clèves que estaba aún fija en él, y pensó que era muy posible que hubiese visto lo que acababa de hacer.

La señora de Clèves estaba muy azorada. La razón exigía que pidiese su retrato, pero pedirlo públicamente era como decir a todos los sentimientos de este príncipe hacia ella, y pedírselo en privado era casi incitarlo a hablarle de su amor. Por fin consideró que valía más dejárselo, y estuvo muy contenta de otorgarle una merced que le podía hacer sin que él supiera siquiera que se la hacía. El señor de Nemours, que notaba su azoramiento y que casi adivinaba su causa, se acercó a ella, y le dijo por lo bajo:

—Si habéis visto lo que he osado hacer, tened la bon-

---

[54] Se refiere a una de las cortinas del tornalecho o dosel de la cama. Este dosel era una especie de techo de madera o de tela, sostenido por columnas situadas en los extremos de la cabecera y los pies de la cama, y del que colgaban cortinas que, cuando la cama no estaba ocupada, solían recogerse atándolas a las columnas mediante unas abrazaderas, pero que corridas preservaban la intimidad del que estaba acostado.

dad, señora, de dejarme creer que lo ignoráis. No me atrevo a pediros más —y después de estas palabras, se retiró sin esperar respuesta.

La delfina salió para ir a pasear, seguida de todas las damas, y el señor de Nemours fue a encerrarse en su casa, no pudiendo contener en público la alegría de poseer el retrato de la señora de Clèves. Sentía el mayor gozo que puede hacer sentir el amor, amaba a la mujer más hermosa de la corte, había conseguido que ella lo amase aun a su pesar, y veía en todos sus actos esta especie de turbación y de azoramiento que produce el amor en la inocencia de la primera juventud.

Por la noche buscaron el retrato minuciosamente, y cuando encontraron el estuche en que debía haber estado, no sospecharon que lo hubieran robado, y creyeron que se había caído por casualidad. Al señor de Clèves le afligía esta pérdida, y después de haberlo buscado inútilmente una vez más, le dijo a su mujer, de una manera que daba a entender que no lo pensaba, que tenía sin duda algún amante secreto al que había dado este retrato o que se había apoderado de él, y que nadie más que un amante se hubiera contentado con la pintura sin el estuche.

Estas palabras, aunque dichas riendo, causaron una viva impresión en el alma de la señora de Clèves, y le hicieron sentir remordimientos. Reflexionó sobre la violencia de la atracción que la arrastraba hacia el señor de Nemours, encontró que ya no era dueña de sus palabras ni de su rostro, pensó que Lignorelles había vuelto, que no tenía nada que temer del asunto de Inglaterra, que no abrigaba ya ninguna sospecha en lo que se refería a la delfina y, en fin, que no había ya nada que pudiera defenderla, y que sólo estaría segura alejándose. Pero como no era dueña de alejarse, se encontraba reducida a una situación extrema, y a punto de caer en lo que le parecía la mayor de las desgracias, que era dejar adivinar al señor de Nemours la inclinación que sentía por él. Se acordaba de todo lo que la señora de Chartres le había dicho al morir, y los consejos que le había dado de tomar toda clase de resoluciones, por difíciles que fuesen, antes que dejarse arrastrar a una aventura amorosa. Lo que el señor de Clèves le había dicho respecto a la sinceridad, hablando de la señora de Tournon le vino a la memoria, y le pareció que debía confesarle la inclinación que sentía por el señor de Nemours. Esta idea la ocupó largo rato, después se sorprendió de haberla tenido. La encontró una locura, y cayó de nuevo en el embarazo de no saber qué partido tomar.

Se había firmado la paz, doña Elisabeth, después de una oposición tenaz, se había decidido a obedecer al rey su padre. El duque de Alba había sido designado para venir a casarse con ella en nombre del rey católico y debía llegar pronto. Se esperaba al duque de Saboya, que venía a casarse con Madama, hermana del rey, y cuya boda iba a celebrarse al mismo tiempo. El rey no pensaba más que en hacer célebres estas bodas por las diversiones, en las que mostraría la destreza y la magnificencia de su corte. Se propuso todo lo mejor que hacerse podía en cuanto a ballets y representaciones teatrales, pero estas diversiones le parecieron al rey demasiado íntimas, y quiso otras más deslumbrantes. Decidió celebrar un torneo, al que serían invitados los extranjeros, y al que el pueblo podría asistir. Todos los príncipes y señores jóvenes acogieron con alegría el proyecto del rey, sobre todo el duque de Ferrara, el señor de Guisa y el señor de Nemours, que sobrepasaban a todos los demás en esta clase de ejercicios. El rey los eligió para que fuesen, junto con él, los cuatro mantenedores del torneo.

Se hizo publicar por todo el reino que en la villa de París, sería abierto el paso[55], el quinceavo día de junio por

---

[55] «Los pasos de armas constituían la más vistosa y más viril manifestación

su Cristianísima Majestad y los príncipes Alfonso de Este, duque de Ferrara, Francisco de Lorena, duque de Guisa y Jaime de Saboya, duque de Nemours, para ser defendido contra todos los aventureros, que empezaría el primer combate a caballo en liza[56] en doble pieza y se correrían cuatro lanzas y una para las damas; el segundo combate a espada, uno contra uno o dos contra dos, a voluntad de los maestros de campo; el tercer combate a pie, tres golpes de pica y seis de espada, que los mantenedores proporcionarían las lanzas, espadas y picas a elección de los asaltantes; que el que corriendo diese al caballo sería expulsado de las filas; que habría cuatro maestros de campo para dar las órdenes, y aquellos de los asaltantes que hubiesen roto más lanzas y combatido mejor tendrían un premio, cuyo valor estaría a la discreción de los jueces; que todos los asaltantes, tanto franceses como extranjeros, tendrían la obligación de tocar uno de los escudos, colgados en la grada al extremo de la liza, o varios, según su elección; que allí encontrarían a un oficial de armas, que los acogería para alistarlos según su rango o los escudos que hubieran tocado; que los asaltantes deberían hacer llevar por un gentilhombre su escudo con sus armas, para colgarlo en la grada tres días antes de empezar

---

de la caballería del siglo xv. Un caballero, designado como "mantenedor" del paso, se situaba en un lugar determinado, principalmente un camino muy concurrido y prohibía el "paso" a todos los que querían franquearlo, los cuales eran designados como "caballeros aventureros". Con anterioridad el mantenedor había divulgado por medio de los reyes de armas y heraldos, enviados a las principales cortes, que en determinados días pretendían defender el paso y daban las condiciones y capítulos de él (...) en ellos se precisaba el número de lanzas que había que romper en cada combate o el total que tenían que romper entre mantenedores y aventureros (...). Rene d'Anjou organizó en 1446 el Pas de la Joyeuse Garde, *que* duró 40 días.»

Martín de Riquer, *Historia de la Literatura Catalana*, II, Barcelona, Ariel, 1964, pág. 583. (Hemos traducido del catalán.)

[56] *liza:* campo dispuesto para los combates y por metonimia el mismo combate. Etimológicamente nombre dado a las empalizadas de madera con que se cercaban las plazas o castillos fortificados.

el torneo, que de otra forma no serían recibidos sin la autorización de los mantenedores.

Se hizo construir una gran liza próxima a la Bastilla, que venía desde el castillo de Tournelles, atravesaba la calle de Saint Antoine e iba a parar a las caballerizas reales. Había a ambos lados estrados y graderías con palcos cubiertos que formaban una especie de galerías que hacían muy buen efecto, y en las que cabía gran número de personas. Todos los príncipes y señores ya no se ocuparon sino de disponer todo lo que les era necesario para aparecer con esplendor y para dar cabida en su anagrama o en sus divisas a algún detalle galante que hiciese alusión a las mujeres que amaban.

Pocos días antes de la llegada del duque de Alba, el rey jugó un partido de pelota con el señor de Nemours, el caballero de Guisa y el vidamo de Chartres. Las reinas fueron a verlos jugar, seguidas de todas las damas, entre las que se hallaba la señora de Clèves. Una vez terminado el partido, cuando salían del juego de pelota, Chastelart se acercó a la delfina y le dijo que el azar acababa de ponerle entre las manos una carta de amor que se había caído del bolsillo del señor de Nemours. Esta reina, curiosa siempre de lo que concernía al príncipe, le dijo a Chastelart que se la entregase, la cogió y siguió a la reina su suegra que se marchaba con el rey a ver los preparativos de la liza. Cuando llevaban un rato allí, el rey mandó traer unos caballos que había hecho adquirir hacía poco. Aunque no estaban todavía amaestrados, quiso montarlos, e hizo montar a todos los que lo habían seguido. El rey y el señor de Nemours se encontraron con que habían montado los más fogosos, sus caballos quisieron lanzarse el uno contra el otro, y el señor de Nemours, por miedo a herir al rey, retrocedió bruscamente y su caballo fue a topar contra un pilar del picadero, con tanta violencia que la sacudida le hizo tambalearse. Corrieron hacia él

creyendo que estaba gravemente herido, la señora de Clèves le creyó aún más herido que los demás. El interés que
la inspiraba le hizo sentir un temor y una turbación que
no pensó siquiera en ocultar. Se acercó a él con las reinas,
y su rostro estaba tan demudado, que incluso un hombre
menos enamorado que el caballero de Guisa se hubiera
apercibido de ello. Éste se dio cuenta, pues, fácilmente y
prestó más atención al estado en que estaba la señora de
Cléves que a aquel en que se hallaba el señor de Nemours. El golpe que éste se había dado le produjo tal des-
vanecimiento, que permaneció un rato con la cabeza inclinada sobre los que lo sostenían. Cuando se levantó, lo
primero que vio fue a la señora de Clèves; leyó en su rostro la compasión que sentía por él, y la miró de una manera que le permitiese juzgar hasta qué punto se sentía
conmovido. Luego expresó su agradecimiento a las reinas por la bondad que le manifestaban y se disculpó por
haberse mostrado ante ellas en aquel estado. El rey le ordenó que se marchase a descansar.

La señora de Clèves, después de haberse repuesto del
sobresalto que había tenido, se puso a reflexionar sobre
las muestras que había dado de ello. El señor de Guisa
no le permitió abrigar mucho rato la esperanza de que
nadie se hubiese dado cuenta, le dio la mano para acompañarla fuera de la liza, y le dijo:

—Soy más de compadecer, señora, que el señor de
Nemours. Perdonadme si olvido por un momento el
profundo respeto que siempre he sentido por vos, y si os
muestro el vivo dolor que me produce lo que acabo de
ver; es la primera vez que soy lo bastante osado como
para hablaros y será también la última. La muerte, o al
menos un alejamiento eterno, me sacará de un lugar en el
que no puedo vivir por más tiempo, puesto que acabo de
perder el triste consuelo de creer que cuantos se atreven
a miraros son tan desdichados como yo.

La señora de Clèves contestó con algunas palabras deshilvanadas, como si no hubiera comprendido lo que significaban las del caballero de Guisa. En otra ocasión se hubiera ofendido de que le hablase de sus sentimientos hacia ella, pero en aquel momento sólo sintió la aflicción de ver que él se había percatado de los suyos hacia el señor de Nemours. El caballero de Guisa se quedó tan convencido de ello, y fue presa de tal dolor, que desde aquel día tomó la resolución de no volver a pensar en conseguir el amor de la señora de Clèves. Pero para abandonar esta empresa que le había parecido tan difícil y tan gloriosa, era necesario encontrar otra, cuya grandeza pudiera acaparar su atención, y concibió la idea de tomar Rodas, idea que ya había acariciado alguna vez con anteriodidad; y cuando la muerte se lo llevó de este mundo en la flor de la juventud, en un momento en que había ganado la reputación de ser uno de los más grandes príncipes de su tiempo, su único pesar al dejar esta vida fue el no haber podido llevar a cabo un proyecto tan bello, cuyo éxito consideraba infalible, dados los muchos desvelos que había puesto en él.

La señora de Clèves, al salir de la liza, fue a buscar a la reina, enteramente absorta en lo que había sucedido. El señor de Nemours llegó poco después magníficamente ataviado, como si no se resintiese del accidente que le había ocurrido. Parecía incluso más alegre que de costumbre, y su alegría por lo que creía haber visto le daba un aire que aumentaba aún más su encanto. Todo el mundo se quedó sorprendido cuando entró, y no hubo quien no le preguntase por su salud, excepto la señora de Clèves, que permaneció cerca de la chimenea, sin dar muestras de haberlo visto. El rey salió del gabinete en que se hallaba, y viéndolo entre los demás lo llamó para hablarle de su accidente. El señor de Nemours pasó junto a la señora de Clèves, y le dijo muy quedo:

—Hoy, señora, he recibido muestras de vuestra piedad, pero no se trata de aquellas que merezco más que nadie.

La señora de Clèves sospechaba ya que este príncipe se había dado cuenta de lo que había sentido por él, y estas palabras le demostraron que no estaba equivocada. Le resultaba muy doloroso ver que ya no era dueña de ocultar sus sentimientos y el no haberlos ocultado al caballero de Guisa. Sufría mucho también viendo que el caballero de Nemours los conocía, pero este último dolor no era tan absoluto y se mezclaba con él una especie de dulzura.

La delfina, que estaba en extremo impaciente por saber lo que había en la carta que Chastelart le había dado, se acercó a la señora de Clèves y le dijo:

—Id a leer esta carta. Va dirigida al señor de Nemours, y, según todas las apariencias, es de esta amante por la que ha dejado a todas las demás. Si no podéis leerla ahora, quedaos con ella, venid esta noche a mi habitación para devolvérmela y decirme si conocéis la letra.

Con estas palabras la delfina dejó a la señora de Clèves, y la dejó tan sorprendida, tan pasmada, que se quedó unos momentos sin poderse mover de su sitio. La impaciencia y el estado de turbación en que se hallaba no le permitieron quedarse en los aposentos de la reina, y se marchó a su casa, aunque no fuese la hora en que tenía costumbre de retirarse. Sujetaba la carta con mano temblorosa: sus pensamientos eran tan confusos que no los comprendía, y se encontraba sumida en una especie de dolor insoportable que no conocía y que jamás había sentido. En cuanto estuvo en su gabinete, abrió la carta, y leyó lo que sigue:

Os he amado demasiado como para que podáis creer que el cambio que veis en mí es la consecuencia de mi inconstancia; quiero que sepáis que, por el contrario, vuestra infidelidad es su única causa. Os sorprenderá sin duda que os hable de vuestra infidelidad; me la habíais ocultado tan hábilmente, y he puesto tanto esmero en ocultaros que la sabía, que tenéis motivos para extrañaros de que la conozca. Yo misma me sorprendo de haber podido no dejaros entrever nada. Jamás ha habido dolor semejante al mío. Creía que sentíais por mí una pasión violenta, no os ocultaba la que sentía por vos, y precisamente cuando os la mostraba sin reserva, me enteré de que me engañabais, de que queríais a otra, y de que, por lo que parece, me sacrificabais a vuestra nueva amante. Lo supe el día de la carrera de cintas, y ésta fue la causa de que no asistiese. Fingí estar enferma para ocultar la turbación de mi alma, pero caí enferma en efecto, pues mi cuerpo no pudo soportar una agitación tan violenta. Cuando empecé a encontrarme mejor, fingí aún que estaba muy enferma, a fin de tener un pretexto para no veros y no escribiros. Quise tomarme un tiempo para decidir cuál debía ser mi comportamiento para con vos. Veinte veces tomé y abandoné las mismas resoluciones, pero al fin os encontré indigno de ver mi dolor y decidí no mostrároslo, quise herir vuestro orgullo haciéndoos ver que mi pasión se debilitaba por sí misma. Creí disminuir de esta forma el precio del sacrificio que hacíais de ella; no quise que tuvieseis el placer de mostrar cuánto os amaba para parecer más amable. Me resolví, pues, a escribiros cartas tibias y lánguidas, para hacer creer a aquella a quien las dabais que había dejado de amaros. No quería que tuviese el placer de enterarse de que yo sabía que ella triunfaba, ni aumentar su triunfo con mi desesperación y con mis reproches. Pensé que no os castigaría bastante rompiendo con vos, y que no os causaría sino una leve tristeza si cesaba de amaros cuando ya no me amabais. Encontraba que era necesario que me amaseis, para sentir el dolor de no ser amado que yo experimentaba tan cruelmente. Creí que si algo podía encender los sentimientos que habíais tenido por mí, era el mostraros que los míos habían cambiado, pero mostraros esto fingiendo ocultarlo, y como si no hubiera tenido el valor de confesároslo. Tomé esta resolución, pero ¡qué difícil me fue tomarla!, y, ¡qué imposible me pareció llevarla a cabo cuando volví a veros! Más de cien veces estuve a punto de echarme a llorar y de dar rienda suelta a mis reproches. El estado en que todavía me encontraba, debido a mi salud, me sirvió para disimularos mi turbación y mi tristeza, luego me mantuvo el placer de disimular ante vos, como vos disimulabais ante mí, sin embargo tenía que violentarme tanto para deciros y para escribiros que os amaba, que visteis, más pronto de lo que yo tenía la intención de dejároslo ver, que mis sentimientos habían cambiado. Esto os hirió y os quejasteis de ello. Yo intenté tranquilizaros, pero de una manera tan forzada, que no hacía sino persuadiros más de que ya no os amaba. En fin, hice todo lo que tenía la intención de hacer, y la extravagancia de vuestro corazón os hizo volver a mí a medida que veíais que yo me alejaba de vos. He gozado de todo el placer que puede proporcionar la venganza, me ha parecido que me amabais como nunca me habíais amado, y, por mi parte, os he hecho creer que había dejado de amaros. He tenido motivos para creer que habíais abandonado a aquella por la que me habíais dejado. He tenido también motivos para estar persuadida de que no le habíais hablado nunca de mí, pero ni vuestra vuelta ni vuestra discreción han podido reparar vuestra ligereza. Me habéis hecho compartir vuestro corazón con otra mujer, me habéis engañado, y esto basta para privarme del placer de verme amada por vos, como creía merecer serlo, y para permitirme perseverar en la resolución que he tomado, y que tanto os sorprende, de no volver a veros jamás.

La señora de Clèves leyó y releyó varias veces esta carta, sin saber lo que había leído. Sólo veía que el señor de Nemours no la amaba como ella había creído, y que amaba a otras a las que engañaba igual que a ella. ¡Qué visión y qué descubrimiento para una mujer de su talante, que sentía una pasión violenta, de la que acababa de dar muestras a un hombre a quien consideraba indigno de ella y a otro al que maltrataba por amor al primero! Jamás se ha visto aflicción tan punzante y tan viva. Le parecía que lo que hacía más amarga su desdicha era lo que había ocurrido aquel día, y que, si el señor de Nemours no hubiera tenido motivos para creer que ella lo amaba, no le hubiera preocupado que amase a otra. Pero se engañaba a sí misma, y este dolor que le resultaba tan insoportable eran los celos, con todos los horrores que pueden acompañarlos. Veía por esta carta que el señor de Nemours sostenía, desde hacía mucho tiempo, una relación amorosa. Encontraba que la que había escrito la carta tenía ingenio y cualidades y parecía digna de ser amada; le encontraba más valor del que se encontraba a sí misma, y envidiaba la fuerza de voluntad que había tenido para ocultar sus sentimientos al señor de Nemours. Veía, por el final de la carta, que esta mujer se creía amada, pensaba que la discreción que el príncipe de Nemours había mostrado para con ella y que tanto la había conmovido, no era quizá sino consecuencia de la pasión que sentía por otra mujer a quien temía disgustar. En fin, pensaba todo lo que podía aumentar su desdicha y su desesperación. ¡Cuántas reflexiones sobre su vida pasada! ¡Cuántas reflexiones sobre los consejos que su madre le había dado! ¡Cómo se arrepintió de no haberse obstinado en alejarse del comercio del mundo, mal le pesase al señor de Clèves, y de no haber llevado a cabo la idea que había tenido de confesarle su inclinación por el señor de Nemours! Pensaba que hubiera hecho mejor revelándola a su marido cuya bondad conocía y que habría tenido interés en ocultarla, en lugar de dejarla ver a un hombre que no era digno de ello, que la engañaba, que la sacrificaba quizá, y que no pensaba en ganar su amor sino por un sentimiento de orgullo y de vanidad. En fin, pensó que todos los males que pudieran ocurrirle, y todos los extremos a los que pudiera llegar serían menos graves que el haber dejado entrever al señor de Nemours que ella lo amaba y el saber que él amaba a otras. Lo único que la consolaba era pensar, al menos, que después de haberse enterado de esto no tenía nada que temer de sí misma, y que se vería completamente curada de la inclinación que sentía por el príncipe.

No se acordó en absoluto de la orden que le había dado la delfina de acudir a su habitación, se puso a leer y fingió encontrarse mal, de modo que, cuando el señor de Clèves volvió de los aposentos del rey, le dijeron que estaba dormida, pero estaba muy lejos de la tranquilidad que conduce al sueño, y pasó la noche sin hacer otra cosa que desolarse y leer una y otra vea la carta que tenía entre las manos.

La señora de Clèves no era la única persona cuyo reposo se veía perturbado por esta carta; el vidamo de Chartres, que era quien la había perdido, no el señor de Nemours, estaba inquietísimo a causa de ella. Había pasado toda la velada en casa del conde de Guisa, que daba una gran cena al duque de Ferrara, su cuñado, y a toda la juventud de la corte. El azar quiso que, durante la cena se hablara de cartas bonitas, el vidamo de Chartres dijo que llevaba consigo la más bonita de cuantas se habían escrito. Le incitaron a que la enseñase, y se negó a ello. El señor de Nemours sostuvo que no tenía ninguna, y que sólo lo había dicho para jactarse. El vidamo le contestó que ponía a prueba su discreción, que, no obstante, no enseñaría la carta, pero que leería algunos párrafos que permitirían juzgar que pocos hombres recibían cartas semejantes. Entonces quiso coger la carta y no la encontró. La buscó inútilmente y todos se burlaron de él, pero pareció tan inquieto, que dejaron de hablarle de ello. Se retiró más pronto que los demás, y se marchó a su casa con impaciencia, para ver si había dejado allí la carta que le faltaba. Cuando aún la estaba buscando, un ayuda de cámara de la reina fue a verlo para decirle que la vizcondesa de Uzès había creído necesario advertirle con diligencia de que en los aposentos de la reina se había dicho que se le había caído una carta del bolsillo mientras estaba en el juego de la pelota, que habían contado gran parte de lo que estaba escrito en ella, que la reina había manifestado mucha curiosidad por verla; que la había enviado a pedir a uno de sus gentilhombres, pero que éste había contestado que la había dejado en manos de Chastelart.

El primer ayuda de cámara dijo aun muchas otras cosas al vidamo de Chartres, que acabaron de causarle mucha turbación. Salió inmediatamente para ir a casa de un gentilhombre que era amigo íntimo de Chastelart, y aunque era una hora intempestiva, le hizo levantarse de la cama, para que fuese a pedir la carta sin decir quién era el que la pedía y quién la había perdido. Chastelart, que estaba convencido de que pertenecía al señor de Nemours, y de que este príncipe estaba enamorado de la delfina, no dudó ni por un momento de que era él quien la mandaba buscar, y contestó con un placer maligno que la había entregado a la delfina.

El gentilhombre fue a llevar esta contestación al vidamo de Chartres, contestación que acrecentó la inquietud que él ya tenía, y vino a añadirle otra nueva. Después de permanecer largo tiempo indeciso respecto a lo que debía hacer, pensó que sólo el señor de Nemours podía ayudarlo a salir de la situación embarazosa en que se encontraba. Se dirigió a casa de éste y entró en su habitación cuando apenas empezaba a apuntar el día. El príncipe dormía apaciblemente. Lo que había visto el día anterior en la señora de Clèves no había despertado en él sino ideas agradables. Le sorprendió mucho que lo despertase el vidamo de Chartres, y le preguntó si era para vengarse de lo que le había dicho durante la cena por lo que venía a turbar su reposo. La expresión que vio en el rostro del vidamo le hizo comprender que el tema que lo traía distaba mucho de ser una broma.

—Vengo a confiaros el asunto más importante de mi vida —le dijo—. Sé que no tenéis por qué agradecérmelo, puesto que lo hago en un momento en que necesito de vuestra ayuda, pero sé también que hubiera perdido parte de vuestro aprecio si os hubiera informado de lo que voy a deciros sin que la necesidad me obligase a ello. He dejado caer por descuido esa carta de la que hablaba anoche, tiene para mí capital importancia que nadie sepa que me va dirigida. La han visto muchas personas que estaban en el juego de pelota donde cayó ayer, vos estabais también allí, y os pido por favor que tengáis a bien decir que sois vos quien la ha perdido.

—Debéis de estar muy seguro de que no tengo ninguna amante —replicó el señor de Nemours— para hacerme tal proposición, y para imaginar que no existe una mujer con la que pueda enemistarme, si dejo creer que recibo semejantes cartas.

—Os lo suplico —dijo el vidamo—, escuchadme con seriedad. Si tenéis una amante, cosa que no dudo, aunque no sepa quién es, os será fácil justificaros, y yo os daré medios infalibles para hacerlo, pero aun en el caso de que no os justificaseis ante ella, esto no podría costaros más que un enfado que duraría unos momentos. Pero yo, por este incidente, deshonro a una mujer que me ha amado apasionadamente y que es digna de la mayor estima, y por otra parte, me atraigo un odio implacable que me costará mi fortuna y acaso algo más.

—Soy incapaz de entender todo lo que me decís —contestó el señor de Nemours—, pero me dejáis entrever que los rumores que han corrido respecto al interés que tenía por vos una gran princesa no son totalmente falsos.

—No lo son, en efecto —replicó el vidamo de Chartres—, y pluguiera a Dios que lo fueran. No me encontraría en la situación embarazosa en que me encuentro. Pero tengo que deciros todo lo ocurrido, para que veáis todo lo que puedo temer.

»Desde que estoy en la corte, la reina me ha tratado siempre con mucha deferencia y simpatía, y he tenido motivos para creer que me apreciaba, sin embargo no había ninguna intimidad entre nosotros, y no se me había ocurrido jamás sentir por ella sino un gran respeto. Estaba incluso muy enamorado de la señora de Thémines: es fácil comprender que se la puede amar mucho cuando se es correspondido por ella, y yo lo era. Hará cosa de dos años, cuando la corte estaba en Fontainebleau, tuve dos o tres veces ocasión de conversar con la reina, a horas en las que había muy poca gente. Me pareció que mi ingenio era de su agrado, y estaba de acuerdo en todo lo que yo decía. Un día entre otros, nos pusimos a hablar de la confianza. Le dije que no existía nadie en quien hubiera depositado por entero la mía, que encontraba que se arrepentía uno a menudo de haberlo hecho, y que sabía muchas cosas de las que nunca había hablado a nadie. La reina me dijo que esto acrecentaba el aprecio que sentía por mí, que ella no había encontrado en Francia a nadie capaz de guardar un secreto[57], y que era eso lo que le había resultado más penoso, porque la había privado del placer de depositar en alguien su confianza, que en la vida era necesario tener a alguien con quien poder hablar, sobre todo tratándose de personas de su rango. Durante los días que siguieron abordó varias veces la misma conversación, y me contó incluso cosas bastante íntimas que ocurrían. Me pareció, en fin, que deseaba estar segura de mi discreción y que sentía deseos de confiarme sus secre-

---

[57] Orig. *qui eut du secret.*

tos. Esta idea me acercó a ella y me conmovió la distinción de que me hacía objeto, de modo que le hice la corte con mucha más asiduidad de lo que tenía por costumbre. Una tarde en que el rey y las damas se habían ido a pasear a caballo por el bosque, donde ella no había querido ir porque se encontraba algo indispuesta, permanecí a su lado; descendió al borde del estanque y prescindió[58] de sus escuderos para andar con más libertad. Después de dar algunas vueltas, se acercó a mí y me ordenó que la siguiese.

»—Quiero hablaros —me dijo—, y veréis, por lo que voy a deciros, que soy amiga vuestra.

»Dichas estas palabras, se paró y me miró fijamente.

»—Estáis enamorado —prosiguió—, quizá creéis que, puesto que no os confiáis a nadie, todos ignoran vuestro amor, pero no es así, lo conocen incluso algunas de las personas interesadas. Os observan, saben el lugar donde veis a vuestra amante, y tienen la intención de sorprenderos. No sé quién es ella, ni os lo pregunto, sólo quiero protegeros de los males que os pueden ocurrir.

»Ved, os lo ruego, la trampa que me tendía la reina, y lo difícil que era no caer en ella. Quería saber si yo estaba enamorado, y no preguntándome de quién lo estaba, y no mostrando más que deseos de complacerme, me impedía pensar que me hablaba por curiosidad o con alguna intención.

»Sin embargo, pese a todas las apariencias, vi claramente cuál era la verdad. Estaba enamorado de la señora de Thémines, pero aunque ella me amaba, no era lo bastante afortunado como para tener un lugar donde verla en privado y temer que pudieran sorprenderme allí, y así vi claramente que la reina no podía referirse a ella. Bien es verdad que sostenía una relación galante con otra mu-

---

[58] Orig. *quitta la main de ses écuyers*.

jer menos hermosa y menos severa que la señora de Thémines, y que no era imposible que se hubiese descubierto el lugar en que la veía, pero como me importaba poco, me fue fácil ponerme a cubierto de toda clase de peligros dejando de verla. Así pues, opté por no confesarle nada a la reina, y asegurarle, al contrario, que hacía mucho tiempo que había abandonado el deseo de hacerme amar por las mujeres cuyo amor podía pretender, porque las encontraba a casi todas indignas del afecto de un hombre de bien, y que sólo alguien muy por encima de ellas hubiera podido hacer que me comprometiese.

»—No me contestáis con sinceridad —replicó la reina—. Sé que las cosas son al revés de lo que vos me decís. Mi manera de hablaros os debería obligar a no ocultarme nada. Quiero contaros entre mis amigos —prosiguió—, pero no quiero, al daros este lugar en mi corazón, ignorar cuáles son vuestros afectos. Ved si estáis dispuesto a pagar por él el precio que os pido: que me los deis a conocer. Os dejo dos días para pensar en ello, pero después de este plazo, pensad bien en lo que vais a contestarme, y acordaos de que si, más adelante, descubro que me habéis engañado, no os lo perdonaré en toda mi vida.

»La reina me dejó después de haberme dicho estas palabras, sin esperar mi respuesta. Podéis creer que lo que acababa de decirme ocupó por entero mi mente. Los dos días que me había dado para pensar en ello no me parecieron demasiado largos para tomar una decisión. Veía que ella quería saber si yo estaba enamorado, y que no deseaba que lo estuviese. Veía las consecuencias de la decisión que iba a tomar. Mi vanidad se sentía no poco halagada ante la posibilidad de una relación íntima con una reina, y una reina en extremo atractiva aún como mujer. Por otro lado, amaba a la señora de Thémines, y aunque le era infiel con esta otra mujer de la que os he hablado, no podía decidirme a romper con ella. Veía también el peligro a que me exponía engañando a la reina, y lo difícil que era engañarla; sin embargo, no pude decidirme a desdeñar lo que la fortuna me ofrecía, y tomé el riesgo de exponerme a lo que mi mal comportamiento podía acarrearme. Rompí con esta mujer con la que podían descubrir mi relación y esperé poder ocultar la que sostenía con la señora de Thémines.

»Transcurridos los dos días que la reina me había dado de plazo, cuando entraba en la habitación en que todas las damas estaban reunidas, la reina me dijo en voz alta, con una expresión grave que me sorprendió:

»—¿Habéis pensado en el asunto que os he confiado y conocéis la verdad?

»—Sí señora —le respondí—, y es tal y como se la he dicho a Vuestra Majestad.

»—Venid esta noche a la hora en que suelo escribir —replicó—, y acabaré de daros mis órdenes.

»Hice una profunda reverencia sin contestar nada, y no dejé de acudir a la hora que me había indicado. La encontré en la galería donde estaba su secretario y alguna de sus doncellas. En cuanto me vio, salió a mi encuentro, y me llevó al otro extremo de la galería.

»—¡Cómo! —me dijo— ¿Después de haberlo pensado bien no encontráis nada que decirme? ¿La forma en que os trato no merece que me habléis más sinceramente?

»—Señora —le dije—, si no tengo nada que deciros, es precisamente porque os hablo con sinceridad, y juro a Vuestra Majestad, con todo el respeto que os debo, que no tengo relación alguna con ninguna mujer de la corte.

»—Quiero creerlo así —replicó la reina—, porque así lo deseo, y lo deseo porque quiero que estéis enteramente unido a mí, y sería imposible que vuestra amistad me diese contento si estuvierais enamorado. No se puede tener confianza en los que lo están, no se puede estar seguro de que guardarán un secreto. Están demasiado distraídos, se prodigan demasiado y su amante constituye su principal ocupación, lo cual no concuerda con la forma en que quiero que estéis unido a mí. No olvidéis que, sólo porque me dais vuestra palabra de no tener ningún compromiso, os elijo para depositar en vos mi confianza. No olvidéis que quiero toda la vuestra, y que quiero que no tengáis más amigos ni amigas que aquellos que sean de mi agrado, y que abandonéis todo cuidado salvo el de contentarme. No os haré perder el de vuestra fortuna, por la que velaré con más esmero que vos mismo, y, haga lo que haga por vos, me tendré por recompensada si os veo comportaros conmigo tal como espero. Os elijo para confiaros todas mis tristezas, y para que me ayudéis a aliviarlas. Como podéis suponer, no son pequeñas. Aparentemente soporto sin gran esfuerzo las relaciones del rey con la duquesa de Valentinois, pero me son insoportables. La duquesa domina al rey, lo engaña, me desprecia, y todos mis servidores están de su lado. La reina mi nuera, orgullosa de su belleza y de la influencia de sus tíos, no cumple, en lo que a mí se refiere, ninguna de sus obligaciones. El condestable de Montmorency es dueño del rey y del reino, me odia, y me ha dado pruebas de su odio que no puedo olvidar. El mariscal de Saint-Andre es un joven favorito audaz, que no se porta conmigo mejor que los demás. El detalle de mis desgracias os inspiraría piedad, no he osado hasta ahora depositar mi confianza en nadie, ahora que la deposito en vos, haced que no me arrepienta y sed mi único consuelo.

»Los ojos de la reina se enrojecieron al acabar estas palabras, pensé en caer a sus pies, hasta tal punto me sentí conmovido por la bondad de que me daba muestras. Desde aquel día tuvo una entera confianza conmigo, no hizo ya nada sin consultármelo, y he mantenido con ella una relaciones que duran todavía.

TERCERA PARTE

SIN embargo, por mucho que me colmasen mis nuevas relaciones con la reina, por mucho que me ocupasen, me unía a la señora de Thémines una inclinación natural que no podía vencer. Me pareció que dejaba de amarme, y, si hubiera sido prudente, hubiera aprovechado el cambio que parecía operarse en ella para curar de mi amor, pero en lugar de esto se hizo mucho más intenso, y me comporté con tan poca habilidad, que la reina supo algo de nuestras relaciones. Las gentes de su país son celosas por naturaleza y quizá esta princesa siente por mí un afecto más vivo de lo que ella se cree, el caso es que los rumores de que estaba enamorado le causaron tal inquietud y tal tristeza, que más de cien veces me creí perdido. La tranquilicé, por fin a fuerza de desvelos, de sumisión, de falsos juramentos, pero no hubiera podido engañarla por mucho tiempo si el cambio de actitud de la señora de Thémines no me hubiera separado de ella a pesar mío. Me hizo creer que ya no me amaba, y me quedé tan persuadido de ello que me sentí obligado a no seguir atormentándola y a dejarla en paz. Algún tiempo después me escribió esta carta que he perdido. Me enteré por ella de que había sabido de mis relaciones con esta otra mujer de quien os he hablado, y que ésta era la causa de su cambio. Como ya no tenía nada entonces que me distrajese, la reina estaba bastante contenta de mí, pero dado que mis sentimientos hacia ella no son de tal naturaleza como para hacerme incapaz de toda otra relación, y que no se está enamorado por voluntad propia, me enamoré de la señora de Martigues, por la que había sentido ya mucho afecto cuando se llamaba señorita de Villemontais y era dama de honor de la delfina. Tengo motivos para creer que no me odia, la discreción que le muestro y de la que no conoce todos los motivos, le es agradable. La reina no tiene ninguna sospecha a ese respecto, pero tiene otra que no es menos enojosa. Como la señora de Martigues está siempre en los aposentos de la delfina, yo voy también allí mucho más a menudo que de costumbre, y la reina se ha imaginado que es de esta princesa de quien estoy enamorado. El rango de la delfina, que es igual al suyo, y lo que ésta la aventaja en belleza y juventud, le inspiran unos celos que van hasta el furor y un odio a su nuera que no puede ocultar. El cardenal de Lorena, que me parece aspirar desde hace tiempo a los favores de la reina, y que bien ve que ocupo un puesto que él quisiera desempeñar, bajo el pretexto de reconciliarla con la delfina, ha intervenido en las diferencias que ha habido entre ellas. No dudo que ha descubierto el verdadero motivo de la irritación de la reina, y creo que me perjudica por todos los medios a su alcance, sin dejar traslucir su intención de hacerlo. He aquí cómo están las cosas en el momento en que os hablo. Imaginad el efecto que puede producir la carta que he perdido y que, para mi desgracia, me había metido en el bolsillo a fin de devolvérsela a la señora de Thémines. Si la reina ve esta carta, sabrá que la he engañado, y que, casi al mismo tiempo en que la engañaba con la señora de Thémines, engañaba a la señora de Thémines con otra. Imaginad la opinión que se formará de mí y si podrá alguna vez fiarse de mis palabras. Si no ve esta carta, ¿qué le diré? Sabe que se la han entregado a la delfina, creerá que Chastelart ha reconocido la escritura de esta reina y que la carta es suya, se imaginará que la mujer que inspira estos celos es quizás ella misma; en fin, no hay nada que ella no tenga motivos para pensar, y no hay nada que no deba temer de sus pensamientos. Añadid a esto que estoy vivamente enamorado de la señora de Martigues, que seguramente la delfina le enseñará la carta que creerá escrita hace poco tiempo, de modo que estaré igualmente peleado con la persona que amo más en el mundo y con la persona del mundo a quien más debo temer. Considerad si, después de esto, no tengo motivos para conjuraros que digáis que la carta es vuestra, y para pediros por favor que vayáis a sacarla de las manos de la delfina.

—Bien veo —dijo señor de Nemours— que no se puede estar en una situación más embarazosa que la vuestra, y hay que reconocer que lo merecéis. Me han acusado de no ser un amante fiel y de tener varios galanteos a la vez, pero me aventajáis tanto, que yo no hubiera osado siquiera imaginar las cosas que vos habéis emprendido. ¿Cómo podíais pretender mantener vuestra relación con la señora de Thémines comprometiéndoos con la reina? ¿Acaso esperabais comprometeros con la reina y poder engañarla? Es italiana y es reina y, por lo tanto, en extremo desconfiada, celosa y con mucho orgullo. Cuando vuestra buena suerte, más que vuestra buena conducta, os ha liberado de los compromisos que teníais, habéis contraído otros, y os habéis imaginado que en medio de la corte podríais amar a la señora de Martigues sin que la reina se diese cuenta de ello. Todos vuestros desvelos deberían haber sido pocos para hacerle olvidar la vergüenza de haber dado el primer paso. La reina siente por vos una pasión violenta, vuestra discreción os impide decírmelo, y la mía preguntárselo, pero, en fin, os ama, siente desconfianza y la verdad no está de vuestra parte.

—¿Acaso os corresponde a vos abrumarme con vuestras reprimendas? —respondió el vidamo—, y ¿vuestra experiencia no debería volveros indulgente para con mis faltas? Admito que no tengo razón, pero pensad, os lo suplico, en sacarme del abismo en que me encuentro. Me parece que sería preciso que vieseis a la reina delfina en cuanto esté despierta, para pedirle de nuevo la carta como si la hubieseis perdido.

—Ya os he dicho —replicó el señor de Nemours— que la proposición que me hacéis es un tanto peregrina, y que mi interés personal puede hacerme encontrar dificultades en realizarla, pero además, si han visto caer esta carta de vuestro bolsillo, me parece difícil persuadir a nadie de que se ha caído del mío.

—Creía haberos dicho —respondió el vidamo— que le han dicho a la reina delfina que era de vuestro bolsillo de donde había caído.

—¡Cómo! —replicó bruscamente el señor de Nemours, que en aquel momento cayó en la cuenta de los perjuicios que este malentendido podía causarle en lo que se refería a la señora de Clèves—. ¿Le han dicho a la delfina que soy yo quien ha dejado caer esta carta?

—Sí —replicó el vidamo—, se lo han dicho, y lo que ha causado este malentendido es que había varios gentilhombres de las reinas en una de las estancias del juego de pelota donde estaban nuestros trajes, y que vuestros servidores y los míos los han ido a buscar. En aquel momento la carta se ha caído, y los gentilhombres la han recogido y la han leído en voz alta. Unos han creído que era vuestra y otros mía. Chastelart, que la ha cogido, y a quien acabo de hacerla pedir, ha dicho que se la había dado a la delfina como tratándose de una carta vuestra, y los que han hablado de ello a la reina han dicho, por desgracia, que era mía, de modo que podéis hacer fácilmente lo que deseo, y sacarme del embarazo en que me encuentro.

El señor de Nemours había querido siempre mucho al vidamo de Chartres, y su parentesco con la señora de Clèves hacía que lo apreciase todavía más. Sin embargo, no podía decidirse a correr el riesgo de que oyese hablar de esta carta como de algo que le interesaba. Se puso a reflexionar profundamente, y el vidamo, sospechando el motivo de sus reflexiones, le dijo:

—Bien veo que teméis reñir con vuestra amante, y casi me inclinaría a creer que se trata de la reina delfina, si los pocos celos que veo que tenéis del señor de Anville no me hiciesen rechazar esta idea, pero, en cualquier caso, es justo que no sacrifiquéis vuestra tranquilidad a la mía, y deseo daros los medios de mostrar a aquella a quien amáis que esta carta de dirige a mí y no a vos. He aquí una misiva de la señora de Amboise, que es amiga de la señora de Thémines, y a quien ha contado confidencialmente sus sentimientos hacia mí. En esta misiva me pide la carta de su amiga que he perdido; mi nombre aparece en la misiva, y lo que está escrito en ella da muestra, sin lugar a dudas, de que la carta que se me pide es la misma que han encontrado. Os la entrego y os autorizo a que la enseñéis a vuestra amante para justificaros. Os suplico que no perdáis un momento y que vayáis esta misma mañana a casa de la delfina.

El señor de Nemours se lo prometió al vidamo de Chartres y cogió el mensaje de la señora de Amboise; sin embargo su intención no era ver a la reina delfina, y consideraba que había algo más urgente que hacer. No dudaba que la delfina había hablado ya de la carta a la princesa de Clèves, y no podía soportar que una mujer a la que amaba tan locamente pudiese creer que tenía relaciones con otra.

Fue a sus aposentos a la hora en que creyó que podía estar despierta, y le mandó decir que no solicitaría el honor de verla a una hora tan intempestiva si un asunto de importancia no le obligase a ello. La señora de Clèves estaba aún en la cama, airada y llena de agitación por los tristes pensamientos que había tenido durante la noche, se quedó sorprendidísima cuando le dijeron que el señor de Nemours preguntaba por ella. Dado el estado de irritación en que se hallaba, no dudó en contestar que estaba enferma y que no podía hablarle.

El príncipe no se sintió herido por esta negativa: una muestra de frialdad en un momento en que podía estar celosa no era un mal augurio. Fue al aposento del señor de Clèves, y le dijo que venía del de su señora esposa, que sentía mucho no poder entrevistarse con ella porque tenía que hablarle de un asunto importante para el vidamo de Chartres. Dio a entender en pocas palabras al señor de Clèves las consecuencias de este asunto, y el señor de Clèves lo llevó al punto a la habitación de su esposa. Si ella no hubiera estado en la oscuridad, le hubiera sido difícil ocultar su turbación y su sorpresa al ver entrar al señor de Nemours acompañado de su marido. El señor de Clèves le dijo que se trataba de una carta, y que tenían necesidad de su ayuda para defender los intereses del vidamo, que ella ya vería con el señor de Nemours lo que se podía hacer, y que por su parte se iba a las habitaciones del rey que acababa de mandarlo llamar.

El señor de Nemours permaneció solo junto a la señora de Clèves como era su deseo.

—Vengo a preguntaros, señora —le dijo—, si la delfina os ha hablado de una carta que Chastelart le entregó ayer.

—Me ha dicho algo referente a ella —contestó la señora de Clèves—, pero no veo lo que esta carta tiene que ver con los intereses de mi tío, y puedo aseguraros que no hace mención de él.

—Es verdad —señora—, no hace mención de él, sin embargo le va dirigida y es muy importante para sus intereses que la saquéis de las manos de la delfina.

—Me es difícil comprender —replicó la señora de Clèves—, por qué le importa que alguien vea esta carta, y por qué es necesario pedirla en nombre suyo.

—Si queréis tomaros la molestia de escucharme, señora —dijo el señor de Nemours—, os explicaré la verdad, y os enteraráis de cosas que son tan importantes para al vidamo de Chartres que no las hubiera confiado siquiera al príncipe de Clèves si no hubiese necesitado de su ayuda para tener el honor de veros.

—Pienso que todo lo que pudierais tomaros la molestia de decirme sería inútil —replicó la señora de Clèves con un tono muy seco—, y es mejor que vayáis a encontrar a la delfina y que, sin más rodeos, le digáis el interés que tenéis por esta carta, puesto que le han dicho que es vuestra.

La irritación que el señor de Nemours veía en la señora de Clèves le producía el mayor placer que jamás había conocido y era más fuerte que su impaciencia por justificarse.

—No sé lo que le pueden haber dicho a la delfina, pero no tengo ningún interés por esta carta y va dirigida al vidamo.

—Lo creo —replicó la señora de Clèves—, pero le han dicho lo contrario a la reina delfina, y no le parecerá verosímil que las cartas del vidamo se caigan de vuestros bolsillos. Por lo cual, a menos que tengáis algún motivo que desconozco para ocultar la verdad a la delfina, os aconsejo que se la confeséis.

—No tengo nada que confesar —replicó él—, la carta no va dirigida a mí, y si hay alguien a quien deseo persuadir de ello no es a la delfina. Pero, señora, como en todo esto está en juego la fortuna del vidamo, tened a bien que os cuente algunas cosas que merecen despertar vuestra curiosidad.

La señora de Clèves mostró con su silencio que estaba

dispuesta a escuchar, y el señor de Nemours le refirió, lo más sucintamente posible, todo lo que acababa de saber por el vidamo. Aunque se trataba de cosas sorprendentes y dignas de ser escuchadas con interés, la señora de Clèves las oyó con una frialdad tan grande que parecía que no las creyese verdaderas o que le fuesen indiferentes. Permaneció en esta actitud hasta que el señor de Nemours le habló de la misiva de la señora de Amboise que iba dirigida al vidamo de Chartres y que era la prueba de todo lo que acababa de decir. Como la señora de Clèves sabía que esta mujer era amiga de la señora de Thémines, le pareció verosímil lo que le decía el señor de Nemours, y le hizo pensar que la carta no iba dirigida a él, y este pensamiento disipó de pronto, y a pesar suyo, la frialdad que había mostrado hasta entonces. El príncipe, después de haberle leído esta misiva que lo justificaba, se la enseñó para que la leyese y le dijo que podría reconocer la letra. La señora de Clèves no pudo por menos de cogerla, mirar el encabezamiento para ver si iba dirigida al vidamo de Chartres, y leerla por entero para ver si la carta que reclamaban era la misma que tenía en su poder. El señor de Nemours añadió todo lo que consideró conveniente para persuadirla, y como es fácil persuadir a alguien de una verdad que le es grata, convenció a la señora de Clèves de que no tenía nada que ver con aquella carta.

Entonces empezó a reflexionar con él sobre la situación embarazosa y el peligro en que se encontraba el vidamo, a censurarlo por su mala conducta, a buscar los medios de socorrerlo. Se sorprendió de la manera de proceder de la reina, confesó al señor de Nemours que tenía la carta, en fin, en cuanto lo creyó inocente, se interesó con espíritu abierto y sosegado por las mismas cosas que al principio parecía no dignarse escuchar. Decidieron que no había que devolver la carta a la delfina, por miedo a que se la enseñase a la señora de Martigues, que conocía la letra de la señora de Thémines, y adivinaría fácilmente, dado el interés que tenía por el vidamo, que iba dirigida a él. Les pareció también que no había que confiar a la delfina todo lo que concernía a la reina su suegra. La señora de Clèves, con el pretexto de que se trataba de un asunto de su tío, accedió gustosa a guardar todos los secretos[59] que el señor de Nemours le confiaba.

El príncipe no le hubiera seguido hablando de los intereses del vidamo, y la libertad de hablar con ella en que se hallaba le hubiera dado un atrevimiento que aún no había osado tomarse, si no hubiesen venido a decirle a la señora de Clèves que la delfina le ordenaba que fuese a reunirse con ella. El señor de Nemours se vio obligado a retirarse; fue a encontrar al vidamo para decirle que después de dejarlo había pensado que era más acertado dirigirse a la señora de Clèves, que era su sobrina, que ir a ver directamente a la delfina. No le faltaron los argumentos para hacer aprobar lo que había hecho y dejar esperar que daría buen resultado.

Entretanto, la señora de Clèves se vistió apresuradamente para ir a los aposentos de la reina. En cuanto apareció en su cámara, la reina le mandó acercarse y le dijo en voz baja:

—Hace dos horas que os espero, y jamás me ha resultado tan embarazoso ocultar la verdad como esta mañana. La reina ha oído hablar de la carta que os di ayer, cree que es el vidamo de Chartres el que la ha dejado caer. Ya sabéis que siente cierto interés por él. Han hecho buscar esta carta, la han hecho pedir a Chastelart, él ha dicho que me la había dado a mí, y me la han venido a pedir bajo pretexto de que era una bonita carta que despertaba

[59] Orig. *Entrait avec plaisir à garder tous les secrets...* Valincour comenta que *entrer à* «choca» a la gramática y *entrer à garder tous les secrets* «choca» al significado.

la curiosidad de la reina. No me he atrevido a decir que la teníais, he pensado que ella se imaginaría que la había puesto en vuestras manos a causa del vidamo vuestro tío y que existía una complicidad entre nosotros. Me ha parecido que no veía con buenos ojos que él me visitase a menudo, de modo que he dicho que la carta estaba en el vestido que llevaba ayer, y que los criados que tenían la llave del ropero habían salido. Dadme presto esta carta —añadió—, a fin de que se la mande y de que la lea yo antes de mandársela, para ver si conozco la letra.

La señora de Clèves se encontró en una situación más embarazosa de lo que había imaginado.

—No sé, señora, cómo lo haréis —respondió—, porque el señor de Clèves, a quien la había dado a leer, se la ha devuelto al señor de Nemours que ha venido de mañana a rogarle que os la pidiese. El señor de Clèves ha cometido la imprudencia de decirle que la tenía, y ha tenido la debilidad de ceder a los ruegos del señor de Nemours para que se la devolviese.

—Me ponéis en el mayor aprieto en que me he visto jamás —replicó la delfina—, y habéis hecho mal devolviendo esa carta al señor de Nemours. Puesto que era yo quien os la había dado, no debíais haberla devuelto sin mi permiso. ¿Qué queréis que le diga a la reina y qué se imaginará? Creerá, según las apariencias, que esta carta me concierne, y que existe algo ente el vidamo y yo. Jamás podremos persuadirla de que esta carta es del señor de Nemours.

—Siento mucho —contestó la señora de Clèves— haberos puesto en esta situación. Me doy cuenta de lo grave que es, pero la culpa es del señor de Clèves y no mía.

—La culpa es vuestra —replicó la delfina—, por haberle dado la carta, sois la única mujer del mundo que hace confidencias a su marido sobre todas las cosas que sabe.

—Creo que no he hecho bien —replicó la señora de Clèves—, pero pensad en reparar mi falta, no en examinarla.

—¿Recordáis, poco más o menos, el contenido de esta carta? —dijo entonces la delfina.

—Sí señora —respondió ella—, la recuerdo y la he leído más de una vez.

—Si es así —replicó la delfina—, es preciso que vayáis inmediatamente a hacerla escribir por una mano desconocida, y yo se la mandaré a la reina. Ella no la enseñará a los que la han visto, pero en el caso de que lo hiciese, yo sostendría obstinadamente que es la que Chastelart me ha dado, y no se atrevería a decir lo contrario.

La señora de Clèves aceptó esta solución, tanto más cuanto que pensó que mandaría llamar al señor de Nemours para tener la verdadera carta, a fin de hacerla copiar palabra por palabra y de hacer imitar la letra, y dio por seguro que engañarían infaliblemente a la reina. En cuanto estuvo en su casa, contó a su marido el apuro en que se encontraba la delfina, y le rogó que mandase llamar al señor de Nemours. Lo fueron a buscar y acudió con presteza. La señora de Clèves le dijo todo lo que había contado ya a su marido, y le pidió la carta, pero el señor de Nemours contestó que ya la había devuelto al vidamo de Chartres, quien se había puesto tan contento de tenerla de nuevo y de estar fuera del peligro que había corrido, que la había mandado inmediatamente a la amiga de la señora de Thémines. La señora de Clèves se encontró de nuevo en una situación embarazosa, y, por fin, después de haber deliberado largamente, decidieron escribir la carta de memoria. Se encerraron para trabajar en ella, dieron orden en las puertas de no dejar entrar a nadie, y despidieron a los criados del señor de Nemours. Este aire de misterio y de confianza no le resultaba al príncipe desprovisto de encanto, y lo mismo le ocurría a la señora de Clèves. La presencia de su marido y los intereses del vidamo de Chartres disipaban en cierta forma sus escrúpulos. Sentía sólo el placer de ver al señor de Nemours, esto le producía una alegría pura que nada empañaba y que nunca había sentido. Esta alegría le daba un desparpajo y una jovialidad que el señor de Nemours no le había visto jamás y que acrecentaban su amor. Como no había gozado todavía de momentos tan agradables, su vivacidad se veía aumentada por ellos, y cuando la señora de Clèves quiso comenzar a recordar la carta y a escribirla, el señor de Nemours, en lugar de ayudarla con seriedad, no hacía más que interrumpirla y decirle cosas divertidas. La señora de Clèves se dejó contagiar por este mismo buen humor, de modo que hacía ya largo rato que estaban encerrados, y habían venido por dos veces de parte de la delfina a decirle a la señora de Clèves que se diera prisa, cuando aún no habían escrito la mitad de la carta.

El señor de Nemours estaba muy satisfecho de prolongar unos momentos que le resultaban tan agradables, y olvidaba con ello los intereses de su amigo. La señora de Clèves tampoco se aburría, y olvidaba también los intereses de su tío. En fin, terminaron la carta a duras penas cuando ya eran las cuatro, y estaba tan mal y la escritura con que la hicieron copiar se parecía tan poco a la que habían tenido la intención de imitar, que hubiera hecho falta que la reina no se esforzase en absoluto por aclarar la verdad para que no la descubriese. Así pues, no se dejó engañar, por más que se esforzaron en persuadirla de que la carta iba dirigida al señor de Nemours. Se quedó convencida, no sólo de que era del vidamo de Chartres, sino de que la delfina había intervenido en el asunto, y que los dos estaban de acuerdo. Esta idea acrecentó tanto el odio que tenía a esta princesa, que no se lo perdonó jamás, y la persiguió hasta conseguir que saliera de Francia. En cuanto al vidamo de Chartres, perdió el favor de la reina, y, ya sea porque el cardenal de Lorena se hubiera adueñado de su espíritu o porque el incidente de esta carta, que le permitió ver que había sido engañada, la ayudase a descubrir los otros engaños del vidamo, el caso es que éste no pudo jamás reconciliarse sinceramente con ella. Rompieron las relaciones, y más tarde la reina causó su perdición en la conjuración de Amboise[60], en la que se vio complicado.

Cuando hubieron mandado la carta a la delfina, el señor de Clèves y el señor de Nemours se marcharon. La señora de Clèves se quedó sola, y en cuanto dejó de sentirse transportada por la alegría que produce la presencia del ser amado, fue como si se despertara de un sueño; vio con sorpresa la extraordinaria diferencia entre el estado en que se encontraba por la noche y aquel en que se hallaba entonces, recordó la acrimonia y la frialdad que había mostrado al señor de Nemours mientras había creído que la carta de la señora de Thémines le iba dirigida, y la calma y la dulzura que habían sucedido a esta acrimonia en cuanto se había convencido de que la carta no le concernía. Cuando pensaba que el día anterior se había re-

---

[60] Amboise: uno de los castillos del Valle del Loira. Fue mandado construir (1492) por Carlos VIII, que quería hacer de él un foco de arte desde donde debían irradiar las nuevas tendencias importadas de Italia. A la vez fortaleza y palacio, es una de las más bellas residencias reales. El rey Francisco I vivió allí durante los tres primeros años de su reinado, dando a Amboise una época de gran esplendor, durante la cual se fomentan las artes y se suceden las fiestas. Francisco I hizo ir a Amboise a Leonardo da Vinci y contribuyó a la ampliación del castillo.

La conjuración de Amboise asocia el castillo a un hecho sangriento: el golpe de mano de los hugonotes, a instigación de Condé y dirigido contra un gentilhombre protestante, La Renandie, a fin de sustraer a Francisco II de la influencia de los Guisa. El complot fue descubierto y la represión fue inexorable. Ciertos conjurados fueron ahorcados en el gran balcón del castillo y en las almenas, o arrojados al Loira metidos en sacos, los gentilhombres fueron decapitados y descuartizados. Se ha pretendido que Francisco II, su esposa y Catalina de Médicis asistieron después de la cena al espectáculo.

prochado como un crimen el haberle dado muestras de una ternura que la compasión por sí sola podía haber hecho nacer, y que, con su aspereza había puesto de manifiesto unos celos que eran pruebas evidentes de amor, no se reconocía a sí misma. Cuando pensaba además que el señor de Nemours veía claramente que ella no ignoraba su amor, y que veía también claramente que a pesar de esta certidumbre no lo trataba peor, ni siquiera en presencia de su marido, que, al contrario, no lo había mirado jamás tan favorablemente; que ella era la causante de que el señor de Clèves lo hubiera mandado llamar, y que acababan de pasar una tarde juntos en la intimidad, encontraba que existía una complicidad entre ella y el señor de Nemours, que engañaba al marido que menos merecía ser engañado, y estaba avergonzada de parecer tan poco digna de estima a los ojos mismos del hombre que amaba. Pero lo que le resultaba más penoso de todo era el recuerdo del estado en que había pasado la noche y el dolor punzante que le había causado el pensar que el señor Nemours amaba a otra y ella la engañaba.

Había ignorado hasta entonces las mortales inquietudes de la desconfianza y de los celos; no había pensado sino en vencer su amor por el señor del Nemours y aún no había empezado a temer que amase a otra. Aunque las sospechas que le había infundio esta carta se habían disipado, no dejaron de abrirle los ojos sobre la posibilidad de ser engañada y de inspirarle unos sentimientos de desconfianza y unos celos que jamás había conocido. Se sorprendió de no haber pensado todavía lo poco verosímil que era que un hombre como el señor de Nemours, que había mostrado siempre tanta inconstancia con las mujeres, fuese capaz de un afecto veraz y duradero. Encontró que era casi imposible que ella pudiera estar satisfecha de su amor. «Pero aun en el caso de que pudiera estarlo, se decía, ¿qué es lo que quiero hacer? ¿Voy a tolerar este amor? ¿Voy a corresponder a él? ¿Voy a comprometerme en una aventura amorosa? ¿Voy a faltar al señor de Clèves? ¿Voy a faltarme a mí misma? ¿Voy, en fin, a exponerme a los crueles arrepentimientos y a los sufrimientos mortales que causa el amor? Me veo vencida y dominada por una inclinación que me arrastra a pesar mío. Todas mis resoluciones son inútiles: ayer pensaba lo mismo que pienso hoy y hoy hago todo lo contrario de lo que decidí ayer. Tengo que sustraerme a la presencia del señor de Nemours, tengo que irme al campo, por extraño que pueda parecer mi viaje. Y si el señor de Clèves se obstina en impedirlo, o en querer conocer los motivos de mi decisión, quizá se los diga, aun a costa de hacerle daño y de hacérmelo a mí misma.» Tomó esta resolución y pasó toda la tarde en su casa, sin ir a preguntar a la delfina lo que había ocurrido con la falsa carta del vidamo.

Cuando el señor de Clèves volvió, le dijo que quería ir al campo, que se encontraba mal y que tenía necesidad de tomar el aire. El señor de Clèves, que la encontraba de una belleza que le impedía creer que sus males fuesen de gran importancia, se burló al principio de aquel proyecto de viaje, y le contestó que olvidaba que iban a tener lugar las bodas de las princesas y el torneo, y que no le quedaba mucho tiempo para prepararse y aparecer con la misma magnificencia que las otras mujeres. Los argumentos de su marido no le hicieron cambiar de propósito, le rogó que tuviese a bien que, mientras él iba a Compiegne con el rey, ella fuese a Coulomiers, que era una bella mansión, que mandaban construir con esmero a una jornada de París. El señor de Clèves dio su consentimiento; la princesa se fue allí con la intención de volver, y el rey se marchó a Compiegne, donde sólo debía permanecer unos días.

El señor de Nemours había sentido un profundo pesar al no volver a ver a la señora de Clèves después de aquella tarde que había pasado con ella tan agradablemente y que había acrecentado sus esperanzas. Tenía una impaciencia por volver a verla que no le dejaba un momento de sosiego, de suerte que cuando el rey regresó a París, decidió ir a casa de su hermana la duquesa de Mercoeur, que estaba en el campo bastante cerca de Coulommiers. Le propuso al vidamo que fuese con él, y éste aceptó la proposición de buen grado. El señor de Nemours la formuló con la esperanza de ver a la señora de Clèves y de ir a su casa con el vidamo.

La señora de Mercoeur los recibió con mucha alegría, y no pensó sino en distraerlos y en hacerlos gozar de todos los placeres del campo. Un día en que habían ido de cacería[61], el señor de Nemours se extravió en el bosque y como preguntase el camino que debía tomar para volver, se enteró de que estaba cerca de Coulommiers. Al oír nombrar Coulommiers, sin detenerse a reflexionar, y sin saber cuáles eran sus intenciones, se fue a rienda suelta en la dirección que le habían indicado. Llegó al bosque, y se dejó llevar al azar por los caminos cuidadosamente trazados que pensó conducían al palacio. Al final de aquellos caminos encontró un pabellón, cuya planta baja constaba de dos gabinetes, de los cuales uno daba a un jardín de flores, que sólo estaba separado del bosque por una empalizada, y el otro a una amplia alameda del parque. Entró en el pabellón, y se habría detenido a examinar la belleza de éste, de no haber visto llegar por la alameda a los señores de Clèves acompañados de un gran número de criados. Como no esperaba encontrar al señor de Clèves, a quien había dejado con el rey, instintivamente corrió a ocultarse, y entró en el gabinete que daba al

---

[61] Original: *comme il était à la chasse à courir le cerf*. La frase parece un cruce de *courir le cerf* ('poursuivre à la course', 'chercher à attraper'): 'perseguir el ciervo a la carrera' y *chasse à courre*: caza con perros en la que quedan excluidas las armas. Valincour considera esta frase —*être à courir le cerf*— como baja y popular.

jardín de flores, con la intención de salir por la puerta que conducía al bosque, pero viendo que la señora de Clèves y su marido se habían sentado junto al pabellón, que sus criados permanecían en el parque, y que no podían acercarse a él sin pasar por el sitio donde estaban los señores de Clèves, no pudo sustraerse al placer de ver a la princesa, ni resistir a la curiosidad de escuchar la conversación con un marido que le inspiraba más celos que ninguno de sus rivales.

Oyó que el señor de Clèves le decía a su mujer:

—Pero, ¿por qué no queréis volver a París? ¿Quién puede deteneros en el campo? Tenéis desde hace tiempo un gusto por la soledad que me sorprende y me aflige porque nos separa. Os encuentro incluso más triste que de costumbre, y temo que tengáis algún motivo de aflicción.

—No hay nada que perturbe mi alma —contestó ella algo azorada—, pero el tumulto de la corte es tan grande, y hay siempre tanta gente en vuestra casa, que es imposible que el cuerpo y el espíritu no se cansen, y que no se desee buscar un poco de reposo.

—El reposo —replicó él— no es propio de una mujer de vuestra edad. Estáis en vuestra casa y en la corte de una forma que no debería causaros lasitud, y me temo más bien que os encontréis muy a gusto cuando estáis separada de mí.

—Seríais injusto conmigo si pensaseis esto —replicó ella con un embarazo que iba en aumento—, pero os suplico que me dejéis aquí. Si vos pudierais quedaros me alegraría mucho, con tal de que os quedaseis solo y que tuvieseis a bien no rodearos de ese sinnúmero de personas que casi nunca se separan de vos.

—¡Ah!, señora —exclamó el señor de Clèves—, vuestro tono y vuestras palabras me muestran que tenéis unos motivos que ignoro para desear estar sola. Os suplico que me los digáis.

Estuvo apremiándola largo rato para que se los dijese, sin conseguir obligarla a ello, y, cuando se hubo defendido de una forma que aumentaba cada vez más la curiosidad de su marido, permaneció en un profundo silencio bajando los ojos, luego, de pronto, tomó la palabra mirándolo y dijo:

—No me obliguéis a que os confiese algo que no tengo la fuerza de confesaros, aunque varias veces haya tenido la intención de hacerlo. Pensad sólo que la prudencia no aconseja que una mujer de mi edad y dueña de su conducta permanezca en medio de la corte.

—¿Qué me dejáis entrever, señora? —exclamó el señor de Clèves—. No osaría decíroslo por miedo a ofenderos.

La señora de Clèves no contestó, y su silencio acabó de confirmar a su marido que era verdad lo que había sospechado.

—No me decís nada —replicó—, y esto es como decirme que no me equivoco.

—Pues bien, señor —le respondió la princesa dejándose caer a sus pies—, voy a hacer una confesión que jamás mujer ha hecho a su marido, pero la inocencia de mi conducta y de mis intenciones me dan fuerzas para ello. Es verdad que tengo motivos para alejarme de la corte, y que quiero evitar los peligros en que se encuentran algunas veces las mujeres de mi edad. No he dado nunca ninguna muestra de debilidad, y no temería dar ninguna si me dejarais en libertad de retirarme de la corte, o si tuviera aún a la señora de Chartres para ayudarme a guiar mis pasos. Por peligroso que sea el partido que tomo, lo tomo con alegría para mantenerme digna de ser vuestra. Os pido mil veces perdón si tengo sentimientos que os disgustan, al menos no os disgustaré jamás con mis actos. Considerad que para hacer lo que hago, hay que tener más amistad y más estima por un marido de la que nadie ha tenido jamás; guiadme, tened piedad de mí, y seguid queriéndome, si podéis hacerlo.

El señor de Clèves había permanecido durante todo este tiempo con la cabeza entre las manos, fuera de sí, y no había atinado en hacer levantar a su mujer. Cuando ella acabó de hablar, la miró, y al verla a sus pies con el rostro bañado de lágrimas y tan extraordinariamente hermosa, creyó morir de dolor, y abrazándola y levantándola le dijo:

—Tened piedad de mí vos también, señora, soy digno de ello, y perdonadme si en los primeros momentos de un dolor tan violento como el mío no respondo como debo a una manera de proceder como la vuestra. Me parecéis la mujer más digna de estima y admiración de cuantas ha habido en el mundo, pero, al mismo tiempo, me siento el hombre más desgraciado que jamás ha existido. Me inspiraisteis un amor apasionado desde el primer momento en que os vi. Ni vuestros rigores ni el poseeros han podido apagarlo, y todavía dura. No he podido jamás inspiraros amor, y veo que teméis sentirlo por otro. ¿Quién es, señora, el hombre afortunado que os inspira este temor? ¿Desde cuándo os agrada? ¿Qué ha hecho para agradaros? ¿Qué camino ha encontrado para llegar hasta vuestro corazón? Yo me había consolado hasta cierto punto de no haberlo hecho vibrar con la idea de que era imposible hacerlo. Sin embargo, otro consigue lo que yo no he podido conseguir. Siento, al mismo tiempo, los celos de un marido y los de un amante; pero es imposible tener los de un marido después de un proceder como el vuestro. Es demasiado noble para no inspirarme una entera confianza en vos, me consuela incluso como amante. La confianza y la sinceridad que me demostráis no tienen precio, me estimáis lo bastante como para pensar que no abusaré de esta confesión. Tenéis razón, señora, no abusaré de ella ni será motivo para que os quiera menos. Me hacéis desgraciado con la prueba más grande de fidelidad que jamás mujer alguna ha dado a su marido. Pero, señora, terminad y decidme quién en el hombre al que queréis evitar.

—Os suplico que no me lo preguntéis —respondió ella—, estoy decidida a no decíroslo. Creo que la prudencia aconseja que no diga su nombre.

—No temáis, señora —replicó el señor de Clèves—, conozco demasiado el mundo para ignorar que la consideración que se tiene por un marido no impide que se esté enamorado de su mujer. Debemos detestar a los que lo están, pero no quejarnos de ello, y una vez más, señora, os suplico que me digáis lo que deseo saber.

—Me apremiáis inútilmente —replicó ella—, tengo bastante fuerza como para callar lo que no debo decir. Si os he hecho esta confesión, no ha sido por debilidad: hace falta más valor para confesar esta verdad que para tratar de ocultarla.

El señor de Nemours no perdía una sola palabra de esta conversación, y lo que acababa de decir la señora de Clèves no le inspiraba menos celos que a su marido. Estaba tan perdidamente enamorado de ella, que creía que todo el mundo sentía lo mismo. Tenía, en efecto, varios rivales, pero se imaginaba tener muchos más, y perdía el sentido buscando cuál sería aquel a quien se refería la señora de Clèves. Había creído muchas veces que no le era indiferente, pero había emitido este juicio basándose en razones que le parecieron tan livianas en aquel momento, que no pudo imaginarse haber inspirado una pasión que debía de ser muy violenta para que hubiese que recurrir a un remedio tan extraordinario. Estaba tan fuera de sí, que casi no sabía lo que veía, y no podía perdonar al señor de Clèves que no apremiase más a su mujer para que le dijese el nombre que le ocultaba.

El señor de Clèves hacía, sin embargo, todo lo posible

para averiguarlo, pero ella, después de haberlo dejado insistir inútilmente, le dijo:

—Me parece que debéis estar satisfecho de mi sinceridad, no me pidáis más y no me deis motivos para arrepentirme de lo que acabo de hacer. Contentaos con las promesas que os hago una vez más de que ninguno de mis actos ha dejado entrever mis sentimientos, y que nadie me ha dicho nunca nada que haya podido ofenderme.

—¡Ah!, señora —replicó de pronto el señor de Clèves—, no puedo creeros. Recuerdo lo turbada que estabais el día en que se perdió vuestro retrato. Vos lo habéis dado, señora, vos habéis dado este retrato que tenía en tanta estima y que me pertenecía de manera tan legítima. No habéis podido ocultar vuestros sentimientos, estáis enamorada, y la persona a quien amáis no lo ignora, vuestra virtud os ha puesto a salvo hasta ahora de lo demás.

—¿Es posible —exclamó la princesa— que podáis pensar que existe doblez en una confesión como la mía, que nada me obligaba a haceros? Confiad en mis palabras, pago muy cara esta confianza que os pido. Creed, os lo suplico, que no he dado mi retrato. Es verdad que vi cómo alguien lo cogía, pero no quise darme por enterada por miedo a exponerme a que me dijesen cosas que nadie se ha atrevido aún a decirme.

—¿Cómo os han mostrado que os querían —replicó el señor de Clèves—, y qué muestras de pasión os han dado?

—Evitadme el sufrimiento —replicó ella— de repetiros unos detalles que a mí misma me avergüenza haber notado, y que demasiado me han persuadido ya de mi debilidad.

—Tenéis razón, señora —replicó él—, soy injusto. De ahora en adelante, cada vez que os pregunte cosas semejantes negaos a contestarme, pero no os ofendáis, sin embargo, si os las pregunto.

En aquel momento, varios de los servidores que se habían quedado en las alamedas fueron a advertir al señor de Clèves que un gentilhombre venía a buscarlo de parte del rey, para ordenarle que estuviese aquella noche en París. El señor de Clèves se vio obligado a marcharse y no pudo decir nada a su mujer, salvo que le suplicaba que fuese al día siguiente, y que la conjuraba a creer que, si bien estaba afligido, sentía por ella una ternura y una estima de las que debía estar satisfecha.

Cuando el príncipe se hubo marchado y la señora de Clèves se quedó sola, y pensó en lo que acababa de hacer, sintió tal espanto que apenas pudo imaginar que fuera verdad. Encontró que se había privado ella misma del amor y la estima de su marido, y que había cavado un abismo del que no saldría jamás. Se preguntaba por qué había hecho algo tan peligroso, y encontraba que se había aventurado a ello, sin casi haber tenido el propósito de hacerlo. Lo singular de semejante confesión, de la que no encontraba precedentes, le hacía ver todos sus peligros. Pero cuando se detenía a pensar que este remedio, por violento que fuese, era el único que podía defenderla del señor de Nemours, llegaba a la conclusión de que no debía arrepentirse, y de que todo lo que había arriesgado era poco. Pasó la noche llena de incertidumbre, de turbación, de temor, pero al fin su espíritu recobró la calma. Encontró[62] incluso cierta dulzura en el hecho de haber dado esta prueba de fidelidad a un marido que tanto la merecía y que le profesaba tanta estima y tanta amistad, y que acababa de darle aún muestras de ello por la forma con que había acogido su confesión.

Entretanto, el señor de Nemours había salido del lugar

---

[62] encontró (...) encontraba (...) encontraba (...) encontró: *sic* en el original.

desde donde había oído la conversación que tanto le concernía, y se había adentrado en el bosque. Lo que había dicho la señora de Clèves de su retrato le había devuelto la vida, y le hacía saber que era a él a quien amaba. Se dejó llevar primero por esta alegría, pero no fue por mucho tiempo cuando cayó en la cuenta de que lo mismo que acababa de permitirle saber que había conmovido el corazón de la princesa de Clèves, debía persuadirlo también de que no recibiría jamás ninguna muestra de ello, y que era imposible conseguir el amor de una mujer capaz de recurrir a un remedio tan inusitado. Experimentó, sin embargo, un gran placer por haberla reducido a este extremo. Le pareció un honor el haber conseguido el amor de una mujer tan diferente de todas las de su sexo, en fin, se sintió cien veces feliz y desgraciado al mismo tiempo. La noche lo sorprendió en el bosque, y le costó mucho esfuerzo encontrar el camino de la casa de la señora de Mercoeur. Llegó al despuntar el día, y le resultó un poco embarazoso tener que dar cuenta de lo que lo había retenido, pero salió del paso lo mejor que pudo, y aquel mismo día volvió a París con el vidamo.

El príncipe de Nemours estaba tan dominado por la pasión, y tan sorprendido de lo que había oído, que cometió una imprudencia bastante frecuente, que consiste en hablar en términos generales de los sentimientos propios, y en contar las propias aventuras bajo nombres supuestos. Al volver, sacó a colación el tema del amor, y exageró el placer de estar enamorado de una persona digna de ser amada. Habló de los extraños efectos de esta pasión y, en fin, no pudiendo guardar pasa sí la sorpresa que le causaba el comportamiento de la señora de Clèves, se lo contó al vidamo sin nombrarle la persona de quien se trataba, y sin decirle que él tuviera parte alguna en ello, pero lo contó con tanta admiración, que el vidamo sospechó inmediatamente que esta historia le concernía.

Le instó mucho para que se lo confesase. Le dijo que sabía desde hacía tiempo que tenía una pasión, y que era injusto desconfiar de un hombre que le había confiado el secreto de su vida. El señor de Nemours estaba demasiado enamorado para confesar su amor, y se lo había ocultado al vidamo, aunque era el hombre a quien más quería en la corte. Le contestó que uno de sus amigos le había contado aquella historia, y le había hecho prometer que no hablaría de ella, y que le suplicaba, a su vez, que guardase el secreto. El vidamo le aseguró que no se lo diría a nadie, sin embargo el señor de Nemours se arrepintió de haber ido tan lejos en sus confidencias.

Entretanto, el señor de Clèves había ido a encontrar al rey con el corazón trapasado por un dolor mortal. Jamás marido alguno había sentido una pasión tan violenta por su mujer, ni la había tenido en tanta estima. Lo que acababa de saber no le impedía quererla, pero hacía que la quisiese de una manera distinta de como la había querido hasta entonces. Lo que más lo obsesionaba era el deseo de adivinar quién había sabido enamorarla. Pensó primero en el señor de Nemours como en uno de los hombres más amables de la corte y en el caballero de Guisa y el mariscal de Saint-André como en dos hombres que habían intentado seducirla y que la rodeaban aún de atenciones, de modo que llegó a la conclusión de que tenía que ser uno de los tres. Ya en el Louvre, el rey lo hizo entrar en su gabinete, para decirle que lo había elegido para acompañar a Madama a España[63]; que había pensado que nadie llevaría a cabo esta misión mejor que él, y que nadie honraría tanto a Francia como la señora de Clèves. El señor de Clèves recibió como debía el honor de esta elección, y lo consideró incluso como algo que

---

[63] Una vez más Madame de La Fayette se toma libertades con la historia: la misión de acompañar a España a la princesa Elisabeth le fue encomendada al rey de Navarra.

alejaría a su mujer de la corte, sin dar la impresión de que alteraba sus costumbres. No obstante, el momento de esta marcha era aún demasiado lejano para que pudiera ser un remedio a la situación embarazosa en que se hallaba. Escribió inmediatamente a la señora de Clèves, a fin de comunicarle lo que el rey acababa de decir, y le hizo saber también que quería tajantemente que volviese a París. Ella volvió como se lo ordenaba, y cuando se vieron, se sintieron invadidos por una gran tristeza.

El señor de Clèves le habló como el más perfecto caballero del mundo y el más digno de lo que ella había hecho.

—No tengo ninguna inquietud en lo que se refiere a vuestra conducta —le dijo—, sois más fuerte y más virtuosa de lo que creéis. Tampoco es el temor del porvenir lo que me aflige, estoy afligido únicamente porque os veo tener por otro los sentimientos que no he sido capaz de inspiraros.

—No sé qué contestaros —le dijo ella—, muero de vergüenza al hablar con vos. Evitadme, os lo suplico, tan crueles conversaciones. Dirigid mi conducta y haced que no vea a nadie: es todo cuanto os pido. Pero tened a bien que no os hable de algo que me parece tan poco digno de vos, y que considero tan indigno de mí.

—Tenéis razón, señora —replicó el señor de Clèves—, abuso de vuestra bondad y de vuestra confianza, pero tened también un poco de compasión del estado a que me habéis reducido, y pensad que si bien me habéis dicho mucho, me ocultáis un nombre que despierta en mí una curiosidad con la que no puedo vivir. No os pido que os dignéis satisfacerla, pero no puedo por menos de deciros que creo que el hombre a quien debo envidiar es el mariscal de Saint-André, el duque de Nemours o el caballero de Guisa.

—No os contestaré —le dijo ella sonrojándose— ni os

daré ocasión con mis respuestas de disminuir o acrecentar vuestras sospechas, pero si intentáis confirmarlas observándome, me causaréis un embarazo del que todos se darán cuenta. En nombre de Dios —continuó—, tened a bien que, bajo el pretexto de alguna enfermedad, no vea a nadie.

—No, señora —replicó él—, descubrirían inmediatamente que se trata de un subterfugio, y además no quiero fiarme más que de vos, es el camino que mi corazón me aconseja que tome, y la razón me lo aconseja también. Dado vuestro carácter, dejándoos la libertad os fijo unos límites más estrechos que los que podría prescribiros yo mismo.

El señor de Clèves no se equivocaba: la confianza que demostraba a su mujer la fortalecía más ante el señor de Nemours y le hacía tomar resoluciones más austeras de lo que hubiera podido hacerlo ninguna sujeción. Fue, pues, al Louvre y a los aposentos de la delfina como tenía por costumbre, pero evitaba la presencia y la mirada del señor de Nemours con tanto esmero, que lo privó de casi toda la alegría que le causaba el creerse amado por ella. No veía nada en su comportamiento que no lo convenciese de todo lo contrario, y casi dudaba si lo que había oído no lo habría oído en sueños, tan poco verosímil le parecía. Lo único que le cercioraba de que no estaba equivocado era la extrema tristeza de la señora de Clèves, por más esfuerzos que hiciese ella por ocultarla: quizás las miradas y las palabras obsequiosas no hubieran acrecentado tanto el amor del señor de Clèves como lo hacía esta conducta austera.

Una tarde en que los señores de Clèves estaban en los aposentos de la reina, alguien dijo que corrían rumores de que el rey iba a nombrar todavía a otro gran señor de la corte para ir a acompañar a Madama a España.

El señor de Clèves estaba mirando a su mujer cuando

alguien añadió que sería seguramente el caballero de Guisa o el mariscal de Saint-André, y notó que no se había alterado al oír estos dos nombres, ni tampoco ante la posibilidad de que hiciesen el viaje con ella[64]. Esto le hizo pensar que aquel cuya presencia temía no era ninguno de los dos, y queriendo asegurarse de su suposición, entró en el gabinete de la reina donde estaba el rey. Después de haber permanecido allí un rato, volvió junto a su mujer y le dijo en voz baja que acababa de enterarse de que era el señor de Nemours el que iba con ellos a España.

El nombre del señor de Nemours y la idea de hallarse expuesta a verlo todos los días, en presencia de su marido, durante un largo viaje, causaron tal turbación a la señora de Clèves, que no pudo ocultarla, y queriendo justificarla por otros motivos dijo:

—La elección de este príncipe es para vos muy desagradable. Compartirá todos los honores, y me parece que deberíais intentar que eligiesen a otro.

—No es la vanagloria, señora —replicó el señor de Clèves— la que os hace temer que el señor de Nemours venga conmigo. La tristeza que esto os produce tiene otra causa. Vuestra tristeza me hace saber lo que de tratarse de otra mujer habría sabido por la alegría que habría mostrado. Pero no temáis, lo que acabo de deciros no es verdad, y lo he inventado para cerciorarme de algo que ya mucho me temía.

Después de estas palabras salió, no queriendo aumentar con su presencia la extrema turbación en que veía a su mujer.

El señor de Nemours entró en aquel momento y notó enseguida el estado en que estaba la señora de Clèves. Se le acercó, y le dijo en voz baja que no se atrevía, por res-

[64] «estos dos nombres, ni tampoco ante la posibilidad de que hiciesen el viaje con ella...» idéntica construcción en el original.

peto hacia ella, a preguntarle qué era lo que la hacía estar más pensativa que de costumbre. La voz del señor de Nemours la hizo volver en sí, y mirándole, sin haber oído lo que le acababa de decir, sumida en sus propios pensamientos y temiendo que su marido lo viese junto a ella, le dijo:

—¡Por favor, dejadme en paz!

—¡Ay de mí, señora —respondió él—, demasiado lo hago! ¿De qué podéis quejaros? No me atrevo a dirigiros la palabra, no oso siquiera miraros, no me acerco a vos sino temblando. ¿Qué he hecho para merecer lo que acabáis de decirme, y por qué me dais a entender que tengo parte en la tristeza que veo en vos?

La señora de Clèves deploró haber dado la ocasión al señor de Nemours de que se explicase más claramente de lo que lo había hecho en toda su vida. Lo dejó sin contestarle, y regresó a su casa con el alma más agitada que nunca. Su marido se percató enseguida del aumento de su turbación. Vio que temía que él le hablase de lo que había ocurrido, la siguió a un gabinete al que había entrado y le dijo:

—No me evitéis, señora, no os diré nada que pueda disgustaros. Os pido perdón si antes os he cogido por sorpresa. Bastante castigo tengo ya con lo que he averiguado. El señor de Nemours era el hombre a quien más temía. Veo el peligro que corréis. Sobreponeos por amor a vos misma y, si es posible, por amor hacia mí. No os lo pido como marido, sino como un hombre del que hacéis toda la felicidad, y que os profesa una pasión más tierna y más violenta que aquel a quien vuestro corazón prefiere.

El señor de Clèves se estremeció al pronunciar estas últimas palabras, y le costó terminarlas. Su mujer se sintió conmovida al oírlas, y echándose a llorar lo abrazó con una ternura y un dolor que lo pusieron en un estado semejante al suyo. Permanecieron algún tiempo sin decirse nada y se separaron sin tener la fuerza de hablarse.

Los preparativos para la boda de Madama estaban terminados. El duque de Alba llegó para casarse con ella[64], y fue recibido con toda la magnificencia y todas las ceremonias que podían hacerse en semejante ocasión. El rey mandó por delante al príncipe de Condé, los cardenales de Lorena y de Guisa, los duques de Lorena, de Ferrara, de Aumale, de Bouillon, de Guisa, y de Nemours. Llevaban a varios gentilhombres y gran número de pajes vestidos con sus libreas. El rey esperó en persona al duque de Alba en la puerta principal del Louvre, con los doscientos geltilhombres de su séquito y el condestable a la cabeza de ellos. Cuando el duque estuvo cerca de él, quiso besarle los pies, pero el rey se lo impidió y le hizo andar a su lado hasta los aposentos de la reina y de Madama, a quien el duque de Alba llevó un presente magnífico de parte de su señor. Fue después a los aposentos de doña Margarita, hermana del rey, para presentarle los respetos del señor de Saboya, y asegurarle que éste llegaría a los pocos días. Se hicieron grandes festejos en el Louvre para mostrar las bellezas de la corte al duque de Alba y al príncipe de Orange que lo había acompañado.

La señora de Clèves no osó dejar de ir por más que lo deseara, ante el temor de disgustar a su marido, que había insistido de manera tajante en que fuese. Lo que la decidía todavía más era la ausencia del señor de Nemours. Había salido al encuentro del señor de Saboya, y, cuando este príncipe llegó, se vio obligado a permanecer casi siempre a su lado, para ayudarle en todas las cosas referentes a la ceremonia de sus esponsales. Por este motivo la señora de Clèves no encontró al príncipe tan a menudo como de costumbre, y esto le permitió hallar cierto sosiego.

---

[65] es decir: substituir al rey en un matrimonio celebrado por poderes.

El vidamo de Chartres no había olvidado su conversación con el señor de Nemours. Estaba convencido de que la aventura que este príncipe había contado era la suya, y lo observaba con tanta atención, que quizás hubiera descubierto la verdad de no ser porque la llegada del duque de Alba y del señor de Saboya produjeron un cambio y una agitación en la corte que le impidieron advertir lo que le hubiera permitido ver claro. El deseo de averiguar, o quizás la predisposición natural que hay en nosotros para contar todo lo que sabemos a la persona amada, hizo que repitiese a la señora de Martigues el comportamiento extraordinario de esta mujer que había confesado a su marido la pasión que sentía por otro. Aseguró que era el señor de Nemours quien había inspirado esta violenta pasión, y le suplicó que le ayudase a observar a este príncipe. La señora de Martigues se alegró mucho de enterarse de lo que le dijo el vidamo, y la curiosidad que había visto siempre en la delfina por todo cuanto concernía al señor de Nemours, le dio aún mayores deseos de profundizar en esta aventura.

Pocos días antes del que había sido elegido para la ceremonia de la boda, la delfina daba una cena en honor del rey su suegro y de la duquesa de Valentinois. La señora de Clèves, que se había estado ataviando, fue al Louvre más tarde que de costumbre. Cuando iba hacia allí, encontró a un gentilhombre que venía a buscarla de parte de la delfina, y al entrar en la habitación, esta princesa le gritó desde su cama, sobre la que estaba acostada, que la esperaba con gran impaciencia.

—Creo, señora —le respondió la señora de Clèves—, que no he de daros las gracias por vuestra impaciencia, y que se debe sin duda a otra cosa que al deseo de verme.

—Tenéis razón —le replicó la delfina—; sin embargo, debéis estarme agradecida por ello, quiero contaros una aventura que tengo por seguro os gustará conocer.

La señora de Clèves se puso de rodillas delante del lecho, y por suerte suya no le daba luz en la cara.

—Ya sabéis —le dijo la delfina— el deseo que teníamos de averiguar el motivo del cambio que habíamos observado en el señor de Nemours; creo saberlo, y es algo que os sorprenderá. Está perdidamente enamorado de una de las mujeres más hermosas de la corte y se ve correspondido por ella.

Estas palabras, que la señora de Clèves no podía imaginar que se refiriesen a ella, no creyendo que nadie supiese que amaba al príncipe, le causaron un dolor que es fácil imaginar.

—No veo nada en esto —respondió— que deba sorprender en un hombre de la edad y de la apostura del señor de Nemours.

—Es que no es, en efecto, lo que debe sorprenderos, sino saber que esta mujer que ama al señor de Nemours, no le ha dado ninguna prueba de ello, y que el miedo que ha tenido de no ser siempre dueña de su pasión ha hecho que la confesase a su marido, a fin de que la sacase de la corte, y es el señor de Nemours en persona quien ha contado lo que os he dicho.

La señora de Clèves había sufrido primero ante la idea de que aquella historia no tenía nada que ver con ella, las últimas palabras de la delfina la sumieron en la desesperación, ante la certeza de que la concernían mucho más de lo que ella hubiera querido. No pudo contestar, y permaneció con la cabeza inclinada sobre la cama mientras la reina seguía hablando, tan interesada por lo que decía que no prestaba atención a su embarazo. Cuando la señora de Clèves se hubo sobrepuesto un poco, le contestó:

—Esta historia no me parece en absoluto verosímil, señora, y quisiera saber quién os la ha contado.

—Ha sido la señora de Martigues —replicó la delfina—, que se ha enterado por el vidamo de Chartres. Sabéis que está enamorado de ella, se la ha contado como un secreto, y él la sabía por el propio duque de Nemours. A decir verdad, el duque de Nemours no le ha dicho el nombre de la dama, ni le ha confiado siquiera que fuese él el objeto de este amor, pero el vidamo no tiene ninguna duda al respecto.

Cuando la delfina estaba terminando estas palabras, alguien se acercó al lecho. La señora de Clèves estaba vuelta de manera que le impedía ver quién era, pero no dudó de quién se trataba cuando la delfina exclamó con una expresión de regocijo y de sorpresa:

—Helo aquí en persona, y le voy a preguntar lo que hay de todo esto.

La señora de Clèves comprendió, aun sin volverse, que era el duque de Nemours, como lo era en efecto; se adelantó precipitadamente hacia la delfina y le dijo por lo bajo que había que guardarse bien de hablarle de aquella historia, que se la había dicho confidencialmente el vidamo de Chartres, y que era algo que podía enemistarlos.

La delfina le contestó riendo, que era excesivamente prudente, y se volvió hacia el señor de Nemours. Estaba ataviado para el festejo de la noche, y tomando la palabra con el donaire que le era propio, le dijo:

—Creo, señora, que puedo pensar sin temeridad que hablabais de mí cuando he entrado, que teníais la intención de preguntarme algo, y que la señora de Clèves se opone.

—Es verdad —respondió la delfina—, pero no tendré para con ella la condescendencia que suelo tener. Quiero saber por vos, si una historia que me han contado es verdadera, y si sois vos quien ama y es amado por una mujer de la corte que os oculta su pasión con sumo esmero y que la ha confiado en cambio a su marido.

La turbación y el embarazo de la señora de Clèves habían llegado más allá de lo imaginable, y si la muerte se hubiera presentado para sacarla de aquel trance, le habría parecido agradable, pero el señor de Nemours estaba aún más turbado, si cabe. Las palabras de la delfina, a quien había tenido ocasión de creer que no le era indiferente, dichas en presencia de la señora de Clèves, que era la persona de la corte con la que ella tenía mayor confianza y que la tenía a su vez con la delfina, despertaron en él tal profusión de extraños pensamientos, que le fue imposible dominar la expresión de su rostro. La turbación en que veía a la señora de Clèves por culpa suya, y el pensamiento del justo motivo que le daba para que lo odiase lo sobrecogieron de tal modo que no pudo contestar. La delfina, viendo hasta qué punto estaba desconcertado, le dijo a la señora de Clèves:

—Miradlo, miradlo, y juzgad si esta historia no es la suya.

Sin embargo, el señor de Nemours, sobreponiéndose al primer momento de turbación, y viendo la importancia de salir de un trance tan peligroso, se adueñó de pronto de su espíritu y de su rostro, y dijo:

—Confieso señora, que no se puede estar más sorprendido ni más afligido de lo que estoy por la infidelidad que ha cometido conmigo el vidamo de Chartres al contar la historia de uno de mis amigos, que yo le había dicho confidencialmente. Podría vengarme —prosiguió sonriendo, con un aire tranquilo que casi disipó las sospechas de la delfina—. Me ha confiado cosas que no son de mediana importancia, pero no sé, señora, por qué me hacéis el honor de mezclarme en esta historia. El vidamo no puede decir que me concierne, puesto que le he dicho lo contrario. La condición de hombre enamorado me puede convenir, pero la de hombre correspondido no creo, señora, que podáis atribuírmela.

El príncipe se alegró mucho de decirle a la delfina algo que aludiese a lo que él le había mostrado en otros tiempos, a fin de alejar de su mente las ideas que pudiera tener. Ella creyó, en efecto, comprender lo que quería decir, pero sin contestar a ello prosiguió burlándose de su embarazo.

—Me he sentido turbado —respondió él— a causa de los intereses de mi amigo, y de los reproches justificados que podría hacerme, por haber repetido algo que le es más precioso que su propia vida; sin embargo, sólo me lo ha confiado a medias y no me ha nombrado a la mujer que ama. Sé solamente que es el hombre más enamorado del mundo y el más digno de compasión.

—¿Lo encontráis tan de compadecer —replicó la delfina—, siendo correspondido?

—¿Creéis que lo es, señora? —replicó él—, ¿y que una mujer que sintiera una verdadera pasión podría descubrirla a su marido? Esta mujer no conoce sin duda el amor, y ha tomado por tal un leve agradecimiento debido al interés que sienten por ella. Mi amigo no puede jactarse de ninguna esperanza, pero en medio de su desdicha, es feliz de haber inspirado al menos miedo de amarlo, y no cambiaría su situación por la del más feliz amante del mundo.

—Vuestro amigo siente una pasión muy fácil de satisfacer —dijo la delfina—, y empiezo a creer que no es de vos de quien habláis. Poco me falta para ser de la misma opinión que la señora de Clèves, que sostiene que esta historia no puede ser verdadera.

—No creo, en efecto, que pueda serlo —replicó la señora de Clèves, que no había hablado todavía—, y en el caso de que pudiera serlo, ¿cómo se habría podido saber? No parece verosímil que una mujer capaz de algo tan extraordinario tenga la debilidad de contarlo, y lógicamente tampoco su marido lo habría contado; de otra forma sería un marido muy poco digno del comportamiento que su mujer habría tenido con él.

El señor de Nemours, que vio las sospechas de la señora de Clèves respecto a su marido, estuvo muy satisfecho de acrecentarlas. Sabía que era el rival más peligroso que tenía que vencer.

—Los celos —respondió— y la curiosidad de saber algo más que lo que se le ha dicho pueden hacer cometer imprudencias a cualquier marido.

La señora de Clèves había llegado al límite de sus fuerzas y de su valor, y no pudiendo soportar más la conversación, iba a decir que se encontraba mal, cuando por suerte suya, entró la duquesa de Valentinois, y le dijo a la delfina que el rey iba a llegar, de modo que ésta pasó a su gabinete para vestirse. Cuando la señora de Clèves se disponía a seguirla, el señor de Nemours se acercó a ella y le dijo:

—Daría mi vida, señora, por hablaros un momento, pero entre todas las cosas importantes que quiero deciros, nada me parece serlo tanto como suplicaros que creáis, que si he dicho algo que pudiera aludir a la delfina, lo he dicho por motivos que no la conciernen.

La señora de Clèves hizo como si no oyese al señor de Nemours, lo dejó sin mirarlo, y se puso a seguir al rey que acababa de entrar. Como había mucha gente, se enredó con su traje y dio un paso en falso; aprovechó este pretexto para salir de un lugar donde no se sentía con fuerzas de permanecer, y fingiendo no poder tenerse en pie, se marchó a su casa.

El señor de Clèves fue al Louvre, y le sorprendió no encontrar a su mujer, le contaron el accidente que había tenido, y se volvió a marchar a su casa al punto, para tener noticias suyas. La encontró acostada y supo que su dolencia no tenía importancia. Cuando hubo permanecido algunos momentos a su lado, se dio cuenta de que estaba tan sumamente triste, que se quedó sorprendido.

—¿Qué os ocurre, señora? —dijo—. Me parece que

tenéis algún otro dolor además de aquel del que os quejáis.

—Tengo la mayor aflicción que podría tener —respondió ella—. ¿Qué uso habéis hecho de la confianza extraordinaria, o mejor dicho loca, que he puesto en vos? ¿Acaso no merecía yo el secreto? Y en el caso de no haberlo merecido, ¿vuestro propio interés no os aconsejaba guardarlo? ¿Era preciso que la curiosidad de saber un nombre que no debo deciros, os obligase a confiaros a alguien para intentar averiguarlo? Sólo esta curiosidad puede haberos hecho cometer tan cruel imprudencia. Las consecuencias son tan enojosas como era de esperar; esta historia se conoce en la corte, y me la acaban de contar sin saber lo mucho que me concierne.

—¡Qué me decís, señora! —respondió él—. ¿Me acusáis de haber contado lo que ha ocurrido entre vos y yo, y me decís que la cosa es notoria? No pido disculpas por haberla contado; no podríais creerme, y sin duda habéis tomado como vuestro lo que os han contado de otra persona.

—¡Ah, señor! —replicó ella—, no hay en el mundo otra historia semejante a la mía, no hay otra mujer capaz de lo mismo. El azar no puede haberla hecho inventar, jamás la ha imaginado nadie, y a nadie se le ha ocurrido esta idea más que a mí. La delfina acaba de contarme toda esta historia, se ha enterado de ella por el vidamo de Chartres, que se ha enterado a su vez por el señor de Nemours.

—¡El señor de Nemours! —exclamó el señor de Clèves con una vehemencia que traicionaba su cólera y su desesperación—. ¡Cómo! ¿El señor de Nemours sabe que lo amáis y que yo lo sé?

—Os obstináis siempre en elegir al señor de Nemours antes que a otro —replicó ella—, ya os he dicho que no os contestaré jamás respecto a vuestras sospechas. Ignoro si el señor de Nemours sabe la parte que tengo en esta historia y la que vos le atribuís, pero se la ha contado al vidamo de Chartres y le ha dicho que se había enterado por uno de sus amigos, que no le había dicho el nombre de la mujer en cuestión. Este amigo del señor de Nemours debe serlo también vuestro, puesto que os habéis confiado a él para intentar ver claro.

—¿Acaso alguien tiene un amigo al que quiera hacer tamaña confidencia? —replicó el señor de Clèves—. ¿Quién desearía aclarar sus sospechas a costa de contar a alguien lo que desearía poder ocultarse a sí mismo? Pensad más bien a quién habéis hablado. Es más verosímil que sea a vos a quien se le ha escapado el secreto que a mí. No habéis podido soportar sola la situación embarazosa en que os encontrabais, y habéis buscado alivio quejándoos a alguna confidente que os ha traicionado.

—No acabéis de abrumarme —exclamó la señora de Clèves—, y no tengáis la crueldad de acusarme de una falta que vos habéis cometido. ¿Podéis sospechar esto de mí? ¿Acaso porque he sido capaz de hablaros, soy capaz de hablar a alguien más?

La confesión que la señora de Clèves había hecho a su marido era una prueba tan grande de sinceridad, y negaba con tanta energía que se hubiera confiado a alguien, que el señor de Clèves no sabía qué pensar. Por otro lado, estaba seguro de no haber repetido nada; era algo que no podía haberse adivinado, y, sin embargo, se sabía, así pues tenía que haberse sabido por uno de los dos; pero lo que le causaba un dolor violento era pensar que este secreto estaba en manos de alguien y, aparentemente, sería pronto divulgado.

La señora de Clèves pensaba más o menos las mismas cosas, y le parecía igualmente imposible que su marido hubiera hablado y que no hubiera hablado. Lo que había dicho el señor de Nemours, que la curiosidad podía hacer cometer imprudencias a un marido, le parecía referirse de manera tan precisa al estado del señor de Clèves, que no podía creer que fuera cosa que se hubiera dicho al azar, y esta verosimilitud la llevaba a creer que el señor de Clèves había abusado de la confianza que tenía en él. Estaban tan sumidos el uno y el otro en sus pensamientos, que permanecieron largo rato sin hablar, y sólo rompieron este silencio para repetir las mismas cosas que habían dicho ya varias veces, y permanecieron con el corazón y el alma alterados y más distantes de lo que habían estado nunca.

No es difícil imaginar el estado en que pasaron la noche. El señor de Clèves había agotado toda su constancia en tratar de soportar la desdicha de ver a una mujer que él adoraba enamorada de otro. No le quedaba ya ningún valor. Creía incluso no poder hallarlo en un asunto en que su reputación y su honra estaban tan gravemente mancillados. No sabía ya qué pensar de su mujer, no veía ya qué comportamiento debía hacerle adoptar, ni cómo debía comportarse él mismo, y no hallaba por todas partes sino precipicios y abismos. En fin, después de una gran agitación y una larga incertidumbre, viendo que tenía que marcharse pronto a España, optó por no hacer nada que pudiese aumentar las sospechas o el conocimiento de su desdichada situación. Fue a encontrar a la señora de Clèves, y le dijo que no se trataba de aclarar entre ellos quién había traicionado el secreto, sino que se trataba de aparentar que lo que habían contado era una fábula, con la que ella no tenía nada que ver, que dependía de ella el persuadir de esto al señor de Nemours y a los demás, que no tenía más que comportarse con él con la severidad y la frialdad que debía sentir por un hombre que le daba muestras de estar enamorado de ella. Con esta forma de proceder conseguiría fácilmente que perdiese la convicción de que sentía una inclinación por él, así pues no había que afligirse por todo lo que hubiera podido pensar, porque si en lo sucesivo ella no daba ninguna muestra de debilidad, todos sus pensamientos se desvanecerían fácilmente, y que, sobre todo, era preciso que fuese al Louvre y a los festejos como de costumbre.

Después de estas palabras, el señor de Clèves dejó a su mujer sin esperar su respuesta. Ella encontró muy razonable todo lo que su marido le había aconsejado, y la cólera que sentía hacia el señor de Nemours le hizo creer que le sería también muy fácil llevarlo a cabo, pero le pareció difícil tomar parte en todas las ceremonias de la boda, y aparecer con semblante tranquilo y corazón sereno; sin embargo, como debía llevar la cola a la delfina, y se trataba de algo para lo que había sido preferida a varias otras princesas, no era posible renunciar a este honor sin suscitar muchos comentarios y sin hacer que la gente buscase las razones de este comportamiento. Decidió, pues, hacer un esfuerzo por sobreponerse, y se tomó el resto del día para prepararse a ello y para dar rienda suelta a todos los sentimientos que la agitaban. Se encerró sola en su gabinete. De todos los males, el que asaltaba su imaginación con más fuerza era el de tener motivos de queja del señor de Nemours, y el de no encontrar la manera de disculparlo. No podía dudar que había contado esta historia al vidamo de Chartres, él mismo lo había confesado, y no podía dudar tampoco, por su manera de hablar, que no ignoraba que esta historia la concernía. ¿Cómo excusar tamaña imprudencia? y ¿qué había sido de la extrema discreción de este príncipe, que tanto la había conmovido?

«Ha sido discreto, se decía, mientras creía ser desdichado, pero la idea de una felicidad incluso insegura, ha acabado con su discreción. No ha podido imaginarse que lo amaban sin querer que los demás lo supieran. Ha dicho cuanto podía decir; no ha confesado que era a él a quien amaba, pero lo ha sospechado y ha dejado ver sus sospechas. Si hubiera tenido certidumbres hubiera hecho lo mismo con ellas. He cometido un error al creer que existiera un hombre capaz de ocultar lo que halaga su amor propio. Y es por este hombre, al que he creído tan distinto a los demás hombres, por quien me hallo como las demás mujeres, estando tan lejos de parecerme a ellas. He perdido el corazón y la estima de un marido que debía hacer mi felicidad, y pronto me mirarán todos como una mujer que tiene una loca y violenta pasión. Aquel por quien la siento ya no lo ignora, y es para evitar estas desgracias por lo que he puesto en peligro todo mi sosiego y toda mi vida.»

Estas tristes reflexiones iban seguidas de un torrente de lágrimas, pero, por muchos que fuesen los dolores que la abrumaban, se daba cuenta de que hubiera tenido la fuerza de soportarlos, si hubiera estado satisfecha del señor de Nemours.

Este príncipe, por su parte, no estaba más tranquilo. La imprudencia que había cometido de hablar al vidamo de Chartres, y las crueles consecuencias de esta imprudencia, le causaron un mortal descontento. No podía rememorar sin sentirse abrumado el embarazo, la turbación y la tristeza en que había visto a la señora de Clèves. No podía consolarse de haber dicho ciertas cosas sobre esta historia que, aunque galantes por sí mismas, le parecían en aquel momento groseras y poco corteses, puesto que le habían dado a entender a la señora de Clèves que no ignoraba que era ella aquella mujer que sentía una pasión violenta, y que era él aquel por quien la sentía[66]. Todo lo que hubiera podido desear hubiera sido tener una conversación con ella, pero encontraba que debía temerla más que desearla.

---

[66] que (...) aunque (...) puesto que (...) que (...) que (...) que, etc. No hemos evitado estas homofonías que existen también en el original. No se culpe pues a la traductora sino a la autora.

«¿Qué podría decirle?, exclamaba, ¿le mostraré acaso lo que demasiado le he dado ya a entender?, ¿le haré comprender que sé que me ama, cuando ni siquiera he osado nunca decirle que la amaba? ¿Empezaré a hablarle abiertamente de mi pasión, a fin de parecerle un hombre a quien la primera esperanza ha hecho volver atrevido? ¿Puedo tan sólo pensar en acercarme a ella? ¿Y me atreveré a causarle la turbación de soportar mi vista? ¿Cómo podría justificarme? No tengo excusa, soy indigno de ser mirado por la señora de Clèves y, en consecuencia, no espero que me mire jamás. Le he dado por mi culpa unos medios para defenderse de mí, mejores que todos los que ella buscaba y que hubiera buscado quizá inútilmente. Pierdo, por mi imprudencia, la felicidad y la gloria de conseguir el amor de la mujer más amable del mundo y la más digna de estima, pero si hubiera perdido esta felicidad sin que ella hubiera sufrido, y sin causarle un dolor mortal, esto sería para mí un consuelo, y siento más en este momento el daño que le he causado que el que me he causado a sus ojos.»

El señor de Nemours estuvo largo tiempo lamentándose, pensando en las mismas cosas. El deseo de hablar a la señora de Clèves le venía constantemente a la imaginación. Se preguntó cómo encontrar la manera de hacerlo, pensó en escribirle, pero llegó a la conclusión de que después de la falta que había cometido y dado el estado de ánimo en que ella se hallaba, lo mejor que podía hacer era testimoniarle un profundo respeto por su aflicción y por su silencio; hacer que viese incluso que no osaba presentarse ante ella, y esperar que el tiempo, el azar y la inclinación que ella sentía por él hiciesen algo en su favor. Decidió también no hacer ningún reproche al vidamo de Chartres por la infidelidad que había cometido, por temor a acrecentar sus sospechas.

Los esponsales de Madama que se celebraban al día siguiente, y la boda, que se celebraba un día después, ocupaban tanto a toda la corte que la señora de Clèves y el señor de Nemours ocultaron fácilmente su tristeza y su turbación. La delfina no habló ni de pasada a la señora de Clèves de la conversación que habían tenido con el señor de Nemours, y el señor de Clèves tuvo a bien no volver a hablar a su mujer de todo lo ocurrido, de modo que no se encontró en una situación tan apurada como había imaginado.

Los esponsales se hicieron en el Louvre, y después del festín y del baile, toda la casa real fue a dormir al obispado como era costumbre. Por la mañana, el duque de Alba, que vestía con mucha sencillez, se puso un traje de brocado de oro combinado con color de fuego, amarillo y negro, cuajado de piedras preciosas y llevaba en la cabeza una corona cerrada[67]. El príncipe de Orange, vestido también suntuosamente, con sus lacayos y todos los españoles seguidos de los suyos fueron a recoger al duque de Alba al hotel de Villeroi, donde estaba alojado, y se marcharon andando de cuatro en cuatro, para ir al obispado. En cuanto llegaron, fueron por orden a la iglesia: el rey acompañaba a Madama, que ostentaba también una corona cerrada y le llevaban la cola las señoritas de Montpensier y de Longueville. La reina venía detrás, pero sin corona, después de ella venían la delfina, Madama, hermana del rey, la señora de Lorena y la reina de Navarra, y eran princesas las que les llevaban la cola. Las reinas y las princesas tenían todas sus damas de honor magníficamente ataviadas, con los mismos colores con que ellas iban vestidas: de suerte que se sabía de quién eran las damas de honor por el color de sus trajes. Subieron todos al estrado que estaba dispuesto en la iglesia y se celebró la ceremonia de las bodas. Después volvieron a

---

[67] Corona cerrada: es la corona rematada con ornamentos que cubren la cabeza. Solamente la corona real y la imperial son cerradas.

cenar al obispado y hacia las cinco se marcharon de allí para ir al palacio donde se celebraba el festín, al que estaban invitados el parlamento, las cortes soberanas y el ayuntamiento. El rey, las reinas, los príncipes y las princesas comían en la mesa de mármol, en la sala grande del palacio, el duque de Alba sentado junto a la nueva reina de España. Al pie de las gradas de la mesa de mármol, y a mano derecha del rey había una mesa para los embajadores, los arzobispos y los caballeros de la Orden, y al otro lado una mesa para los señores del parlamento. El duque de Guisa, vestido con un traje de paño frisado, hacía las veces de gran maestre del rey; el príncipe de Condé, de panadero; y el duque de Nemours, de escanciador. Cuando hubieron levantado las mesas, empezó el baile, que fue interrumpido por los ballets y por representaciones extraordinarias; continuó luego, y, por último, después de media noche, el rey y toda la corte regresaron al Louvre.

Por triste que estuviera la señora de Clèves, no dejó de parecer a cuantos la miraban y sobre todo al señor de Nemours, de una belleza incomparable. El duque no se atrevió a hablarle, por más que la confusión de esta ceremonia le dio varias ocasiones de hacerlo; pero le mostró tanta tristeza y un temor tan respetuoso de acercarse a ella, que ya no lo encontró tan culpable, si bien no le había dicho nada para justificarse. Adoptó la misma actitud los días que siguieron, y esta actitud produjo el mismo efecto en el corazón de la señora de Cléves.

Por fin, llegó el día del torneo, las reinas fueron a las galerías y a los estrados que se les habían destinado. Los cuatro mantenedores aparecieron al extremo de la liza, con gran número de caballos y de lacayos, que constituían el mayor espectáculo que jamás se había visto en Francia. El rey no llevaba otros colores que el blanco y el negro, que lucía siempre a causa de la señora de Valentinois, que era viuda. El señor de Ferrara y todo su séquito llevaban el amarillo y el rojo. El señor de Guisa apareció con el encarnado y el blanco. No se sabía al principio por qué motivo llevaba estos colores, pero luego recordaron que eran los de una hermosa mujer, a la que había amado cuando era soltera y a quien amaba todavía aunque no osaba mostrárselo. El señor de Nemours llevaba el amarillo y el negro[68]. Todos buscaron inútilmente el motivo, mas la señora de Clèves lo adivinó sin esfuerzo: se acordó de haber dicho delante de él que le gustaba el amarillo y que sentía ser rubia porque no podía vestir de aquel color. El príncipe creyó poder aparecer de amarillo, sin pecar de indiscreción: puesto que la señora de Clèves no lo llevaba nunca, nadie podía sospechar que fuese su color preferido.

Jamás se ha visto destreza semejante a la que mostraron los cuatro mantenedores, aunque el rey fuese el mejor jinete de su reino no se sabía a quién dar la preferencia. El señor de Nemours tenía un encanto en todos sus gestos, que podía hacer inclinarse en su favor a personas menos interesadas que la señora de Clèves. En cuanto lo vio aparecer en el extremo de la liza, sintió una emoción extraordinaria, y a cada carrera de este príncipe, le era difícil ocultar su alegría si la llevaba a cabo felizmente.

Al atardecer, cuando todo estaba casi terminado, y la gente se disponía a retirarse, el rey, para desgracia del estado, quiso aún romper una lanza. Ordenó al conde de Montgomery, que era extremadamente hábil, que saliese a la palestra. El conde suplicó al rey que lo dispensase, y alegó todas las excusas que se le ocurrieron, pero el rey, casi encolerizado, le hizo saber categóricmaente que así lo quería. La reina mandó decir al rey que le rogaba que no

---

[68] Según Brandôme los colores del señor de Nemours histórico eran en efecto el amarillo y el negro, símbolos de fuerza y firmeza.

corriese más, que había combatido tan bien que tenía motivos para estar contento, y que le suplicaba que fuese a su lado. El rey le respondió que era por amor hacia ella por lo que iba a correr una vez más y entrar en el palenque. Ella le mandó al señor de Saboya, para rogarle por segunda vez que volviese, pero todo fue inútil. Empezó la carrera, se quebraron las lanzas y una astilla de la del conde de Montgomery le dio en un ojo al rey, y se le quedó clavada. Cayó derribado por el golpe, sus escuderos y el señor Montmorency, que era uno de sus mariscales de campo, corrieron hacia él. Se quedaron sorprendidos de verlo tan herido, pero el rey no se sorprendió. Dijo que no era nada y que perdonaba al conde de Montgomery. Es fácil imaginar la turbación y la tristeza que produjo un accidente tan funesto en un día destinado a la alegría. En cuanto hubieron llevado al rey a su cama, los cirujanos examinaron la herida, y la encontraron muy grave. El condestable se acordó en aquel momento de que le habían predicho al rey que lo matarían en un combate singular, y no dudó que la predicción fuera a realizarse.

El rey de España, que estaba entonces en Bruselas, al ser advertido de este accidente mandó a su médico, que era un hombre de gran fama, pero dio al rey por perdido.

Una corte tan dividida y tan llena de intereses encontrados no podía sino vivir unos momentos de gran agitación en vísperas de un acontecimiento tan importante; sin embargo, todas las tensiones permanecían ocultas, y todos parecían preocupados únicamente por la salud del rey. Las reinas, los príncipes y las princesas no salían casi de su antecámara.

La señora de Clèves, sabiendo que su obligación era estar allí, que vería al señor de Nemours y que no podría ocultar a su marido la turbación que le causaba verlo, sabiendo también que la sola presencia de este príncipe bastaba para justificarlo a sus ojos y destruir todas sus resoluciones, optó por fingir que estaba enferma. La corte andaba demasiado ocupada para prestar atención a lo que ella hacía y para aclarar si su enfermedad era verdadera o fingida. Tan sólo su marido podía saber la verdad, pero no le importaba que la supiese. Así pues, permaneció en su casa, poco preocupada por el gran cambio que se preparaba, dominada por sus propios pensamientos era completamente dueña de abandonarse a ellos. Todo el mundo estaba en las habitaciones del rey. El señor de Clèves iba a determinadas horas a darle noticias. Seguía teniendo con ella la misma forma de proceder que siempre había tenido, excepto que, cuando estaban solos, había en él cierta frialdad y se le veía algo cohibido. No le había vuelto a hablar de lo ocurrido y ella no había tenido la fuerza de reanudar aquella conversación, ni siquiera lo había juzgado oportuno.

El señor de Nemours, que había esperado encontrar algún momento para hablar a la señora de Clèves, se quedó muy sorprendido y muy triste de no tener siquiera la alegría de verla: La herida del rey resultó ser tan grave que al septimo día los médicos lo dieron por perdido. Recibió la noticia de su muerte inminente con una firmeza extraordinaria, y tanto más admirable cuanto que perdía la vida por un accidente tan desafortunado, que moría en la flor de la juventud, feliz, adorado por su pueblo y amado por una favorita a la que amaba locamente. La víspera de su muerte hizo que se celebrase el matrimonio de Madama, su hermana, con el señor de Saboya, sin ceremonia alguna. Puede juzgarse en qué estado se encontraba la duquesa de Valentinois. La reina no permitió que viese al rey, y le mandó pedir los sellos reales y las pedrerías de la corona, de los que tenía la custodia. La duquesa se informó de si el rey había muerto, y como le respondieron que no, contestó.

—Siendo así, no tengo aún ningún dueño, y nadie

puede obligarme a devolver lo que su confianza ha depositado en mis manos.

En cuanto el rey hubo expirado en el castillo de Tournelles, el duque de Ferrara, el duque de Guisa y el Duque de Nemours llevaron al Louvre a la reina madre, al rey y a su mujer la reina. El señor de Nemours acompañaba a la reina madre. Ésta, cuando empezaron a andar, retrocedió algunos pasos y dijo a la reina su nuera que le correspondía a ella pasar la primera, pero era fácil ver que había en este cumplido más acrimonia que deferencia[69].

---

[69] Madame de La Fayette interpreta esta anécdota a su manera. Pierre Mathieu, en cambio, se refiere de forma que pone de manifiesto la entereza de Catalina de Médicis, pese al dolor que la embargaba.

CUARTA PARTE

EL cardenal de Lorena se había hecho dueño absoluto de la voluntad de la reina madre; el vidamo de Chartres no gozaba ya de su favor, y su amor por la señora de Martigues y por la libertad le había impedido sentir esta pérdida todo lo que hubiera debido sentirla. El cardenal, durante los diez días de la enfermedad del rey, había tenido la ocasión de hacer sus proyectos y de incitar a la reina a tomar resoluciones de acuerdo con lo que él había proyectado, de suerte que, en cuanto el rey hubo muerto, la reina ordenó al condestable que permaneciese en las Tournelles, junto al cuerpo del difunto rey, para celebrar las ceremonias ordinarias. Esta encomienda lo alejaba de todo y le quitaba toda libertad de acción. Mandó un correo al rey de Navarra para que acudiese inmediatamente, a fin de oponerse juntos al encumbramiento que veía iban a alcanzar los señores de Guisa. Dieron el mando de los ejércitos al duque de Guisa, y las finanzas al cardenal de Lorena. La duquesa de Valentinois fue expulsada de la corte; hicieron volver al cardenal de Tournon, enemigo declarado del condestable, y al canciller Olivier, enemigo jurado de la duquesa de Valentinois. En fin, la corte cambió completamente de aspecto. El duque de Guisa ocupó el mismo rango que los príncipes de sangre, llevando el manto al rey en la ceremonia de los funerales. Él y sus hermanos se hicieron totalmente los dueños, no sólo por el ascendiente del cardenal sobre la voluntad de la reina, sino porque ésta creyó que podría alejarlos si le inspiraban desconfianza, y, en cambio, no podría alejar al condestable, que estaba apoyado por los príncipes de sangre.

Cuando hubieron terminado las ceremonias de los funerales, el condestable fue al Louvre y el rey lo recibió con mucha frialdad. Quiso hablarle en privado, pero el rey llamó a los señores de Guisa y le dijo delante de ellos que le aconsejaba que descansara, que las finanzas y el mando de las armas habían sido atribuidos, y que cuando tuviera necesidad de sus consejos lo llamaría a su lado. La reina madre lo recibió aún más friamente que el rey, y le reprochó haber dicho al difunto rey que sus hijos no se le parecían. Llegó el rey de Navarra y no fue mejor recibido. El príncipe de Condé, menos tolerante que su hermano, se quejó abiertamente, sus quejas fueron inútiles y lo alejaron de la corte bajo pretexto de mandarlo a Flandes a firmar la ratificación de la paz. Al rey de Navarra le enseñaron una falsa carta del rey de España que lo acusaba de haber hecho incursiones en sus plazas, le hicieron temer por sus tierras, en fin, le sugirieron que se marchase a Bearn. La reina le proporcionó los medios de hacerlo, encargándolo de acompañar a doña Elisabeth, y lo obligó incluso a partir antes que la princesa. Así no quedó nadie en la corte que pudiese hacer vacilar el poder de la casa de Guisa.

Aunque fuese penoso para el señor de Clèves no acompañar a doña Elisabeth, no obstante no pudo quejarse, dado la alcurnia del que había sido preferido a él, pero deploraba verse privado de esta misión, menos por el honor que le hubiera reportado, que porque era algo que alejaba a su mujer de la corte, sin que se notase que tuviera la intención de alejarla de allí.

Pocos días después de la muerte del rey, se decidió ir a

Reims para la coronación[70]. En cuanto se habló de ello, la señora de Clèves, que durante todo este tiempo había permanecido en su casa fingiendo estar enferma, rogó a su marido que tuviese a bien que no siguiese a la corte, y que fuese a Coulommiers a tomar el aire y cuidar de su salud. Él le contestó que no quería profundizar si la salud era el verdadero motivo que le impedía emprender el viaje, pero que consentía que no lo realizase. No le costó ningún esfuerzo consentir algo que había ya decidido. Por muy buena opinión que tuviera de la virtud de su mujer, bien veía que la prudencia no aconsejaba que la expusiese por más tiempo a las miradas de un hombre del que estaba enamorada.

Pronto se enteró el señor de Nemours de que la señora de Clèves no seguiría a la corte; no pudo decidirse a marcharse sin verla, la víspera de la marcha fue a su casa lo más tarde que permitía el decoro, a fin de encontrarla sola. La fortuna favoreció sus intenciones: cuando entraba en el patio, encontró al señor de Nevers y a la señora de Martigues que salían, y le dijeron que la habían dejado sola. Subió con un desasosiego y una turbación sólo comparables a las que sintió la señora de Clèves cuando le dijeron que el señor de Nemours venía a verla. El temor de que le hablase de su pasión, el recelo de contestarle demasiado favorablemente, la inquietud que esta visita podía causar a su marido, la dificultad de darle cuenta de todas estas cosas o de ocultárselas, se agolparon en un momento en su espíritu, y le causaron tal embarazo que tomó la decisión de evitar lo que más deseaba en el mundo. Envió a una de sus doncellas para que dijese al señor de Nemours, que estaba en su antecámara, que aca-

---

[70] Reims, ciudad del Norte de la Champaña y principal centro de elaboración del vino de esta región. Clovis fue bautizado allí por San Remi. La catedral de Reims tuvo desde entonces la prerrogativa de ser el lugar donde se coronaban los reyes de Francia.

baba de encontrarse mal y que lamentaba no poder aceptar el honor que deseaba hacerle. ¡Qué dolor para este príncipe no ver a la señora de Clèves, y no verla porque ella no quería que la viese! Se marchó al día siguiente: no tenía ya nada que esperar del azar. No le había dicho nada desde aquella conversación en casa de la delfina, y tenía motivos para creer que la falta de haberle hablado al vidamo había destruido todas sus esperanzas. En fin, se iba sumido en todos los pensamientos que pueden hacer más amargo un vivo dolor.

En cuanto la señora de Clèves se sobrepuso de la turbación que le había causado la idea de la visita del príncipe, todos los motivos que se la habían hecho rehusar desaparecieron, encontró incluso que había cometido un error y, si hubiera osado, o si hubiera estado aún a tiempo, lo habría hecho llamar.

La señora de Nevers y la señora de Martigues, al salir de su casa, fueron a casa de la delfina. El señor de Clèves estaba allí. La princesa les preguntó de dónde venían, ellas le dijeron que venían de casa de la señora de Clèves, donde habían pasado parte de la tarde con muchas otras personas, y que habían dejado allí al señor de Nemours. Estas palabras, que creían indiferentes, no lo eran para el señor de Clèves. Aunque hubiera debido imaginar que el señor de Nemours podía encontrar a menudo ocasiones de hablar a su mujer, sin embargo, la idea de que estaba en su casa, que estaba solo y que podía hablarle de su amor, le pareció en aquel momento una cosa tan inusitada y tan insoportable, que los celos se encendieron en su corazón con más violencia de lo que lo habían hecho hasta entonces. Le fue imposible permanecer en los aposentos de la reina, y volvió a su casa, no sabiendo siquiera por qué regresaba ni si tenía la intención de ir a interrumpir al señor de Nemours. En cuanto estuvo cerca de su casa, miró por si veía algo que le permitiera saber si el príncipe estaba aún allí. Sintió alivio viendo que ya no estaba, y le fue grato pensar que no podía haber permanecido allí mucho tiempo. Se imaginó que quizá no era el señor de Nemours aquel de quien debía estar celoso; aunque no dudaba de ello, intentaba ponerlo en duda, pero eran tantas las cosas que hubieran podido persuadirlo, que no permanecía por mucho tiempo en esta incertidumbre que deseaba. Fue primero a la habitación de su mujer, y después de haberle estado hablando un rato de cosas indiferentes, no pudo por menos de preguntarle qué había hecho y a quien había visto. Como veía que al darle cuenta de ello no le nombraba al señor de Nemours, le preguntó temblando si no había visto a nadie más, a fin de darle la ocasión de nombrar a este príncipe y de no tener el dolor de que ella le hablase taimadamente. Como ella no lo había visto, no se lo nombró, y el señor de Clèves, tomando la palabra en un tono que expresaba su aflicción, le dijo:

—¿Y el señor de Nemours, no lo habéis visto, o lo habéis olvidado?

—No lo he visto, en efecto —respondió ella—, me encontraba mal y he enviado a una de mis doncellas a pedirle que me disculpase.

—Por lo visto no os encontrabais mal más que para él —replicó el señor de Clèves—, puesto que habéis visto a todo el mundo. ¿Por qué estas distinciones con el señor de Nemours? ¿Por qué no es para vos como otro cualquiera? ¿Por qué tenéis que temer verlo? ¿Por qué le dejáis adivinar que lo teméis? ¿Por qué hacéis que sepa que utilizáis el poder que su pasión os da sobre él? ¿Osaríais rehusar verlo si no tuvieseis por seguro que distingue vuestros rigores de la descortesía? ¿Pero, por qué tenéis que mostraros rigurosa con él? Viniendo de vos, señora, todo son mercedes excepto la indiferencia.

—No creía —replicó la señora de Clèves—, por sospechas que tengáis del señor de Nemours, que pudieseis hacerme reproches por no haberlo visto.

—Os los hago, sin embargo, señora —replicó el señor de Clèves—, y son justificados. ¿Por qué no verlo, si no os ha dicho nada? Pero, señora, os ha hablado, si sólo su silencio os hubiese testimoniado su pasión, no hubiera causado en vos tanta impresión. No es posible que me hayáis dicho toda la verdad, me habéis ocultado la mayor parte; os habéis arrepentido incluso de lo poco que me habéis confesado, y no habéis tenido la fuerza de proseguir. Soy más desdichado de lo que había creído, soy el más desdichado de los hombres. Sois mi mujer, os quiero como a una amante, y os veo amar a otro. Este otro es el más digno de amor de toda la corte, os ve todos los días y sabe que lo amáis. ¡Ay!, ¡y pensar que he podido creer —exclamó— que venceríais la pasión que sentís por él! Tengo que haber perdido la razón para creer que era posible.

—No sé —replicó tristemente la señora de Clèves— si habéis cometido un error al juzgar favorablemente una manera de proceder tan excepcional como la mía, pero no sé tampoco si me he equivocado al creer que seríais justo conmigo.

—No lo dudéis —replicó el señor de Clèves—, os habéis equivocado. Habéis esperado de mí cosas tan imposibles como las que yo esperaba de vos. ¿Cómo podíais esperar que no perdiese el juicio? ¿Habíais olvidado acaso que os amaba locamente y que era vuestro marido? Una de las dos cosas basta para llevar a los peores arrebatos: ¿qué no pueden hacer las dos juntas? Y esto no es todo —continuó—, no tengo más que sentimientos violentos y confusos de los que no soy dueño. No me considero ya digno de vos y no me parecéis ya digna de mí. Os adoro y os odio, os ofendo y os pido perdón, os admiro y me avergüenza admiraros. En fin, he perdido completamente la paz y el juicio. No sé cómo he podido vivir desde que me hablasteis en Coulommiers y desde el día en que os enterasteis por la delfina de que se conocía vuestra historia. Soy incapaz de comprender cómo ha podido saberse, y lo que ocurrió entre el señor de Nemours y vos a este respecto. Vos no me lo explicaréis jamás, y no os pido que me lo expliquéis, sólo os pido que recordéis que habéis hecho de mí el hombre más desdichado del mundo.

Después de estas palabras, el señor de Clèves salió de la habitación de su mujer, y al día siguiente se marchó sin verla, pero le escribió una carta llena de profunda tristeza, de bondad y de ternura. Ella le contestó de manera tan conmovedora y tan llena[71] de promesas sobre lo que había sido su conducta pasada y la que observaría en el futuro, que como sus promesas se fundaban en la verdad y correspondían, en efecto, a sus sentimientos, esta carta produjo una honda impresión en el señor de Clèves, y le dio algo de sosiego. Venía a añadirse a esto que el señor de Nemours salía al encuentro del rey al igual que él, de modo que tenía la tranquilidad de saber que no estaría en el mismo lugar que la señora de Clèves. Cada vez que esta princesa hablaba a su marido, el amor que él le mostraba, la nobleza de su proceder, la amistad que le profesaba y lo que le debía producían una impresión en su corazón que atenuaba el recuerdo del señor de Nemours, pero sólo por algún tiempo, y este recuerdo volvía pronto, más vivo y más tenaz que antes.

Los primeros días después de la marcha del duque, apenas si notó su ausencia, después le pareció cruel. Desde que lo amaba, no había pasado ningún día sin que temiese o esperase encontrarlo, y le produjo una gran tristeza pensar que no estaba ya en manos del destino el hacer que ella lo encontrase.

---

[71] llena... llena. *Idem* en el original.

Se marchó a Coulommiers, y al irse se ocupó de hacer llevar allí unos cuadros muy grandes, que había mandado copiar de unos originales que la señora de Valentinois había mandado hacer para su hermosa residencia de Anet. Todos los hechos señalados que habían ocurrido durante el reinado del difunto rey se hallaban en aquellos cuadros. Había, entre otros, el sitio de Metz, y todos los que se distinguieron en él estaban pintados con mucho parecido. El señor de Nemours figuraba entre ellos, y era quizá lo que había despertado en la señora de Clèves el deseo de tener estos cuadros.

La señora de Martigues, que no había podido marcharse con la corte, le prometió ir a pasar algunos días a Coulomiers. El favor de la reina, que compartían, no había sido para ellas motivo de envidia, ni las había alejado la una de la otra. Eran amigas, sin confiarse, no obstante, sus sentimientos. La señora de Clèves sabía que la señora de Martigues amaba al vidamo, pero la señora de Martigues no sabía que la señora de Clèves amaba al señor de Nemours, ni que fuese correspondida. Su condición de sobrina del vidamo hacía que la señora de Clèves le resultase más grata a la señora de Martigues, y la señora de Clèves la quería como persona que, al igual que ella, sentía una gran pasión y la sentía por el amigo íntimo de su amante.

La señora de Martigues fue a Coulommiers como se lo había prometido a la señora de Clèves, y la encontró llevando una vida muy solitaria. La princesa había incluso buscado la forma de permanecer en una absoluta soledad y de pasar las tardes en los jardines sin ir acompañada de sus criados. Iba al pabellón en que el señor de Nemours había escuchado su confesión, y entraba en el gabinete que daba al jardín. Sus doncellas y sus criados permanecían en el otro gabinete bajo el pabellón, y no acudían sin que las llamase. La señora de Martigues no había visto nunca Coulommiers, se quedó sorprendida de todas las bellezas que allí encontró y sobre todo del encanto de aquel pabellón. La señora de Clèves y ella pasaban allí todas las veladas. La libertad de hallarse solas de noche en el lugar más hermoso del mundo hacía interminable la conversación entre estas dos mujeres jóvenes que albergaban en sus corazones pasiones violentas, y aunque no se hiciesen ninguna confidencia a este respecto, hallaban un gran placer en hablarse. A la señora de Martigues le hubiera costado dejar Coulommiers, de no ser porque tenía que dejarlo para ir a un lugar donde estaba el vidamo. Se marchó a Chambord[72], donde residía por entonces la corte.

La ceremonia de la coronación había sido oficiada en Reims por el cardenal de Lorena. La reina mostró una gran alegría al volver a ver a la señora de Martigues, y tras muchas manifestaciones de afecto, le pidió noticias de la señora de Clèves y de lo que hacía en el campo. El señor de Nemours y el señor de Clèves estaban entonces en los aposentos de la reina. La señora de Martigues, que había encontrado Coulommiers admirable, habló de todas sus bellezas, y se extendió ampliamente en la descripción del pabellón del bosque, y en lo que le complacía a la señora de Clèves pasar allí sola una parte de la noche. El señor de Nemours, que conocía el lugar lo bastante como para comprender lo que decía la señora de Martigues, pensó que no era imposible que pudiese ver a la señora de Clèves sin ser visto por ella. Hizo algunas preguntas a la señora de Martigues, para informarse todavía más, y el señor de Clèves, que lo había estado mirando

---

[72] Chambord: uno de los más bellos castillos del Loira y el mayor de ellos. Es una construcción grandiosa que cuenta con 440 habitaciones. Son dignos de mencionarse la hermosa escalera, la terraza y el inmenso parque, que era un maravilloso coto de caza. Francisco I lo hizo construir y Enrique II continuó la obra.

constantemente mientras la señora de Martigues hablaba, creyó ver en aquel instante lo que le pasaba por la imaginación. Las preguntas que hizo este príncipe vinieron a confirmar lo que había pensado, de suerte que estuvo seguro de que tenía la intención de ir a ver a su mujer. No se equivocaba en sus sospechas: este proyecto se adueñó con tanto ímpetu de la mente del señor de Nemours, que después de haber pasado la noche pensando en los medios de llevarlo a cabo, al día siguiente por la mañana, se despidió del rey para ir a París, bajo algún pretexto inventado.

El señor de Clèves no tuvo dudas respecto al motivo de este viaje, y decidió informarse del comportamiento de su mujer y no permanecer en una cruel incertidumbre. Sintió deseos de marcharse al mismo tiempo que el señor de Nemours, y de ir él mismo en secreto a descubrir el resultado de aquel viaje, pero temiendo que su partida pareciese anormal, y que el señor de Nemours, informado de ella, tomase otras medidas, decidió confiarse a un gentilhombre que estaba a su servicio y del que conocía la fidelidad y el ingenio. Le contó la situación embarazosa en que se hallaba, le dijo cuál había sido hasta entonces la virtud de la señora de Clèves, y le ordenó marcharse siguiendo los pasos del señor de Nemours, observarlo minuciosamente y ver si iba a Coulommiers, y si entraba por la noche en el jardín.

El gentilhombre, que era muy capaz de llevar a cabo tal misión, la cumplió con toda exactitud. Siguió al señor de Nemours hasta un pueblo a media legua de Coulommiers, donde el príncipe se paró y el gentilhombre supuso acertadamente que era para esperar la noche. No creyó indicado esperar también allí, cruzó el pueblo, y fue al bosque, al lugar por donde suponía que el señor de Nemours podía pasar. No se equivocó en nada de lo que había pensado. En cuanto llegó la noche, oyó pasos, y aunque estaba oscuro, reconoció fácilmente al señor de Nemours. Le vio dar la vuelta al jardín, como para escuchar si oía a alguien y para elegir el lugar por donde podría pasar más fácilmente. Las empalizadas eran muy altas, y había otras detrás para impedir que se pudiese entrar, de suerte que era bastante difícil abrirse paso. El señor de Nemours lo consiguió sin embargo, y en cuanto estuvo en el jardín no tuvo ninguna dificultad para averiguar dónde estaba la señora de Clèves. Vio muchas luces en el gabinete, todas las ventanas estaban abiertas, y deslizándose a lo largo de las empalizadas, se acercó con una turbación y una emoción que son fáciles de imaginar. Se puso detrás de una de las ventanas que servían de puerta, para ver lo que hacía la señora de Clèves. Vio que estaba sola, pero la vio tan extremadamente hermosa que le fue difícil dominar el embeleso que le causó esta visión. Hacía calor, y sólo cubrían su cabeza y su pecho los cabellos desordenadamente recogidos. Estaba recostada en una meridiana[23] y tenía delante una mesa, en la que había varios cestillos llenos de cintas; eligió algunas y el señor de Nemours advirtió que eran de los mismos colores que él había lucido en el torneo. Vio que con ellas hacía lazos en una caña de Indias muy rara, que él había llevado algún tiempo y que había dado a su hermana, a quien la señora de Clèves se la había cogido haciendo como que no sabía que había pertenecido al señor de Nemours. Cuando hubo terminado su labor, con una gracia y una delicadeza que derramaban en su rostro los sentimientos que llevaba en el corazón, cogió un candelabro, y se acercó a una mesa grande, frente al cuadro del sitio de Metz en el que estaba el retrato del señor de Nemours; se sentó, y se puso a contemplar el retrato con una atención y una ensoñación como sólo el amor puede inspirarlas.

---

[23] Lecho de reposo.

No se puede expresar lo que sintió el señor de Nemours en aquel momento. Ver, en medio de la noche, en el lugar más hermoso del mundo a una mujer a la que adoraba, verla sin que ella supiese que la veía, y verla enteramente ocupada en cosas relacionadas con él y con el amor que ella le ocultaba, es algo que no ha sido jamás saboreado ni imaginado por ningún otro amante.

El príncipe estaba en consecuencia tan fuera de sí, que permanecía inmóvil mirando a la señora de Clèves, sin pensar que aquellos momentos no tenían precio[74].

Cuando se hubo sobrepuesto un poco, reflexionó que debía esperar para hablarle a que ella saliera al jardín, creyó que podría hacerlo con mayor seguridad porque estaría más lejos de sus doncellas, pero viendo que permanecía en el gabinete, tomó la decisión de entrar. Cuando quiso llevarla a cabo ¡qué turbación!, ¡qué temor de disgustarla!, ¡qué miedo de hacer mudar aquel rostro en el que veía tanta dulzura y de verlo volverse severo y lleno de ira!

Encontró que había sido una locura, no el venir a ver a la señora de Clèves sin ser visto, sino el pretender que ella lo viese. Vio lo que no había aún considerado. Le pareció una extravagancia, además de un atrevimiento, el venir a sorprender en plena noche a una mujer a quien nunca había hablado todavía de amor. Pensó que no podía pretender que ella accediese a escucharlo, y que sentiría una justa cólera, dado el peligro a que la exponía por los contratiempos que podían surgir. Perdió todo su aplomo y estuvo varias veces dispuesto a tomar la resolución de volverse sin dejarse ver. Empujado, sin embargo, por el deseo de hablarle, y tranquilizado por las esperanzas que le daba todo lo que había visto, adelantó unos pa-

---

[74] *que les moments lui étaient précieux.* ¿Que disponía de muy poco tiempo, porque corría el peligro de ser sorprendido, o que aquellos momentos eran preciosos porque no se volverían a repetir?

sos, pero con tanta turbación, que un echarpe que llevaba se le enredó en la ventana de suerte que hizo ruido. La señora de Clèves volvió la cabeza y, ya sea porque estuviese absorta pensando en el duque, ya sea porque él estuviese en un lugar en que la luz daba lo suficiente para que ella pudiese distinguirlo, el caso es que creyó reconocerlo, y sin titubear, ni volverse del lado en que él estaba, entró en el lugar donde se hallaban sus doncellas. Entró allí con tanta turbación, que se vio obligada, para ocultarla, a decir que se encontraba mal, y lo dijo también para ocupar a sus criados y para dar tiempo al señor de Nemours a retirarse. Cuando hubo reflexionado un poco, pensó que se había equivocado y que el creer haber visto al señor de Nemours era una imaginación suya. Sabía que estaba en Chambord, no le parecía posible que hubiese emprendido algo tan temerario. Varias veces estuvo tentada de entrar en el gabinete y de ir a ver si había alguien en el jardín. Quizá deseaba, tanto como temía, encontrar al señor de Nemours, pero en fin, la razón y la prudencia pudieron más que todos los otros sentimientos, y estimó que era mejor quedarse en la duda en que se hallaba que arriesgarse a salir de ella. Tardó mucho en decidirse a abandonar un lugar del que pensaba que el príncipe estaba quizás muy cerca, y era casi de día cuando volvió al palacio.

El señor de Nemours permaneció en el jardín mientras vio luz. No había perdido la esperanza de volver a ver a la señora de Clèves, aunque estaba convencido de que lo había reconocido y sólo había salido para evitarlo, pero viendo que cerraban las puertas, comprendió que no cabía esperar nada más. Fue a coger su caballo cerca del lugar donde esperaba el gentilhombre del señor de Clèves. Este gentilhombre lo siguió hasta el mismo pueblo del que había salido por la noche. El señor de Nemours decidió pasar allí todo el día, a fin de volver por la noche a

Coulommiers, para ver si la señora de Clèves tendría la crueldad de huir de él o la de no exponerse a ser vista. Aunque sentía un gran gozo por haberla encontrado tan embelesada en su recuerdo, estaba, sin embargo, muy afligido por haber visto en ella una reacción tan espontánea de huirle.

No ha existido jamás pasión tan tierna y tan violenta como la que sentía entonces el duque de Nemours. Se fue bajo los sauces, a lo largo de un arroyo que corría detrás de la casa en que estaba escondido. Se alejó lo más que pudo para no ser visto ni oído por nadie, y se abandonó a los arrebatos de su amor. Su corazón estaba tan angustiado, que no pudo por menos de derramar algunas lágrimas. Pero estas lágrimas no eran de las que el dolor sólo hace derramar, había en ellas también una mezcla de ternura y de este encanto que únicamente se halla en el amor.

Se puso a rememorar todos los actos de la señora de Clèves desde que estaba enamorado de ella. ¡Qué rigor honesto y recatado le había mostrado siempre aunque lo amaba! «Porque, en fin, me quiere, se decía, me quiere, no puedo dudarlo: las más grandes promesas y los mayores dones no son pruebas tan seguras como las que yo he tenido. Sin embargo, me veo tratado con el mismo rigor que si me odiase. He esperado que el tiempo la haría cambiar, no debo esperar más de él: la veo defenderse siempre igual de mí y de sí misma. Si no me amase, pensaría en gustarle, pero le gusto, me quiere y me lo oculta. ¿Qué esperanzas puedo tener y qué cambio debo esperar en mi destino? ¡Cómo! ¿Será posible que me ame la mujer más amable del mundo, y que no goce de este exceso de amor que da la primera certidumbre de ser amado sino para sentir mejor el dolor de verme maltratado? No me ocultéis que me amáis, bella princesa, exclamó, no me ocultéis vuestros sentimientos. Con tal de saberlos por vos una vez en mi vida, consiento en que volváis para siempre a estos rigores con que me abrumáis. Miradme al menos con los mismos ojos con que os he visto esta noche mirar mi retrato. ¿Cómo podéis haberlo mirado con tanta ternura y haber huido de mí tan cruelmente? ¿Qué teméis? ¿Por qué mi amor os inspira tanto miedo? Me amáis y me lo ocultáis inútilmente. Vos misma me habéis dado pruebas involuntarias de ello. Conozco mi dicha, permitidme gozar de ella y dejad de hacerme desgraciado. ¿Es posible, volvió a decir, que la señora de Clèves me ame y que sea yo desgraciado? ¡Qué hermosa estaba esta noche! ¿Cómo he podido resistir al deseo de caer a sus pies? Si lo hubiera hecho, le hubiera quizás impedido huir de mí: mi respeto la hubiera tranquilizado, pero quizás no me ha reconocido; me aflijo más de lo que debo, y la vista de un hombre a una hora tan intempestiva la ha atemorizado.»

Estos pensamientos ocuparon todo el día al señor de Nemours; esperó la noche con impaciencia, y cuando llegó, emprendió de nuevo el camino hacia Coulommiers. El geltilhombre del señor de Clèves, que se había disfrazado a fin de pasar más desapercibido, lo siguió hasta el lugar donde lo había seguido la noche anterior, y lo vio entrar en el mismo jardín. Pronto supo el príncipe que la señora de Clèves no había querido correr el riesgo de que intentase verla otra vez: todas las puertas estaban cerradas. Dio vueltas por todas partes, para ver si distinguía alguna luz, pero fue en vano.

La señora de Clèves, sospechando que el señor de Nemours podía volver, había permanecido en su habitación. Había temido no tener siempre la fuerza de huir de él, y no había querido exponerse a hablarle de una manera tan poco conforme al comportamiento que había adoptado hasta entonces.

Aunque el señor de Nemours no tenía ninguna esperanza de verla, no pudo decidirse a salir tan pronto de un lugar en el que ella estaba a menudo. Pasó la noche entera en el jardín, y encontró algún consuelo en ver al menos los mismos objetos que ella veía todos los días. Había salido el sol antes de que él pensase en retirarse, pero al fin, el temor a que le descubriesen le obligó a marcharse.

Le fue imposible alejarse sin ver a la señora de Clèves; y se marchó a casa de la señora de Mercoeur, que estaba entonces en la quinta que tenía próxima a Coulommiers. Se quedó en extremo sorprendida de la llegada de su hermano. Éste inventó un motivo para su viaje, lo bastante verosímil como para engañarla, y orientó tan hábilmente lo que se había propuesto, que la obligó a que por iniciativa propia le propusiese ir a casa de la señora de Clèves. Realizaron esta proposición aquel mismo día, y el señor de Nemours le dijo a su hermana que la dejaría en Coulommiers para volver rápidamente junto al rey. Proyectó separarse de ella en Coulommiers, con la idea de dejarla marchar primero, y creyó haber encontrado un medio infalible de hablar a la señora de Clèves.

Cuando llegaron, la encontraron paseando por una gran alameda que bordeaba el macizo de flores; la visita del señor de Nemours le produjo una gran turbación, y no le permitió seguir dudando que fuese él a quien había visto la noche anterior. Esta certeza le produjo un movimiento de cólera, por el atrevimiento y la imprudencia que había a su juicio en lo que había emprendido, y el príncipe notó en su rostro una frialdad que le causó profundo dolor. Hablaron de cosas indiferentes y, sin embargo, tuvo la habilidad de mostrar en la conversación tanto ingenio, tanta admiración por la señora de Clèves y tantos deseos de complacerla, que disipó en ella, aun a pesar suyo, parte de la frialdad que había mostrado en un principio.

Cuando el señor de Nemours se hubo tranquilizado

respecto a los temores que había tenido en un principio, mostró una gran curiosidad por ir a ver el pabellón del bosque. Hablo de él como del más agradable lugar del mundo, y lo describió incluso con tanta precisión, que la señora de Mercoeur le dijo que debía haber estado allí varias veces para conocer tan bien todas sus bellezas.

—No creo, sin embargo —replicó la señora de Clèves—, que el señor de Nemours haya entrado nunca; es un edificio que está terminado desde hace poco.

—No hace mucho, en efecto, que estuve —contestó el señor de Nemours mirándola—. Y no sé si no debo alegrarme sobremanera de que hayáis olvidado haberme visto allí.

La señora de Mercoeur, que miraba la belleza de los jardines, no prestaba atención a lo que decía su hermano. La señora de Clèves se sonrojó y bajando los ojos sin mirar al señor de Nemours, dijo:

—No recuerdo haberos visto allí, y si habéis estado, ha sido sin que yo lo supiese.

—Es cierto, señora —replicó el señor de Nemours—, que he estado sin vuestro permiso, y he pasado allí los momentos más dulces y más crueles de mi vida.

La señora de Clèves comprendía muy bien lo que decía el príncipe, pero no respondió; pensó en impedir que la señora de Mercoeur fuese al gabinete, porque estaba allí el retrato del señor de Nemours y no quería que ella lo viese. Hizo de manera que el tiempo transcurrió sin que se diesen cuenta, y la señora de Mercoeur habló de marcharse. Cuando la señora de Clèves vio que el señor de Nemours y su hermana no se iban juntos, se dio cuenta del riesgo a que iba a verse expuesta, se encontró en la misma situación embarazosa en que se había encontrado en París, y tomó también la misma decisión. El temor de que esta visita pudiese ser además una confirmación de las sospechas que tenía su marido, contribuyó no poco a decidirla, y, para evitar que el señor de Nemours permaneciese solo con ella, le dijo a la señora de Mercoeur que iba a acompañarla hasta el lindero del bosque, y ordenó que su carroza la siguiese. El dolor que sintió el príncipe, al encontrar todavía en la señora de Clèves la misma perseverancia en la frialdad, fue tan violento, que palideció súbitamente. La señora de Mercoeur le preguntó si se encontraba mal, pero él miró a la señora de Clèves sin que nadie se diese cuenta, y le hizo comprender por su mirada que no tenía otro mal que la desesperación. No obstante, tuvo que dejarlas marchar sin atreverse a seguirlas, y, después de lo que había dicho no podía volverse con su hermana, de modo que regresó a París, de donde partió al día siguiente.

El gentilhombre del señor de Clèves, que lo había estado observando, volvió también a París, y como vio que el señor de Nemours había salido hacia Chambord, tomó la silla de postas, a fin de llegar antes que él y de dar cuenta de su viaje. Su señor esperaba su regreso como algo que iba a decidir su desgracia para toda su vida.

En cuanto lo vio comprendió, por su cara y por su silencio, que no tenía que comunicarle sino cosas enojosas. Permaneció un rato sumido en la tristeza, con la cabeza baja y sin poder hablar. Por fin hizo un gesto con la mano para indicarle que se retirase.

—Marchaos —le dijo—, veo lo que tenéis que decirme, pero no tengo fuerzas para escucharlo.

—No tengo nada que comunicaros —le contestó el gentilhombre— en lo que pueda basarse un juicio seguro. Lo cierto es que el señor de Nemours ha entrado dos noches seguidas en el jardín del bosque, y que ha estado al día siguiente en Coulommiers con la señora de Mercoeur.

—¡Basta!, ¡basta! —replicó el señor de Clèves indicándole una vez más que se retirase—, no necesito mayores aclaraciones.

El gentilhombre se vio obligado a dejar a su señor sumido en la desesperación. No ha habido quizá nunca otra más violenta, y pocos hombres tan valerosos y con un corazón tan apasionado han sentido al mismo tiempo el dolor que causa la infidelidad de una amante y la vergüenza de verse engañados por una esposa.

El señor de Clèves no pudo resistir el estado de postración en que se hallaba, la fiebre se apoderó de él aquella misma noche, y con tales consecuencias, que, desde aquel momento su enfermedad pareció muy grave. Le dieron la noticia a la señora de Clèves y regresó con presteza. Cuando llegó estaba todavía peor. Lo vio tan frío, tan glacial[75] con ella, que se quedó extremadamente sorprendida y triste. Le pareció incluso que aceptaba con enojo los servicios que ella le prestaba, pero pensó que era quizá a causa de su enfermedad.

Cuando la señora de Clèves llegó a Blois[76], donde se

---

[75] Glacial: *sic* en el original.

[76] El castillo de Blois es el más importante del Valle del Loira. Fortaleza medieval de los condes de Blois en 1498; se convirtió en residencia real al subir al trono Luis XII. Este rey construyó una bonita mansión de ladrillo y de piedra; su sucesor Francisco I la enriqueció con un ala renacentista, famosa por su monumental escalera calada y su fachada a la italiana.

Gaston de Orleans, exiliado en Blois por su hermano el rey Luis XIII hizo edificar por François Mansart una obra de arte de un clasicismo sobrio y majestuoso.

El castillo de Blois es célebre por su pasado cargado de historia. Enrique III hizo asesinar allí en 1588 al duque de Guisa, jefe de la liga católica y a su hermano el cardenal de Lorena. También tiene un pasado literario: el delicioso poeta Charles d'Orleans, fue uno de los dueños del castillo, y a su regreso a Francia, después de veinticinco años de cautiverio en Inglaterra, hizo de él su morada predilecta. Parece ser que fue en este castillo donde se celebró el certamen literario que tenía por tema *Je meurs de soif en conté auprès de la fontaine* (muero de sed junto a la fuente). Todas las poesías debían tener como *incipit* este verso que se prestaba a evocar la situación del amante que languidece en vano junto a la dama esquiva, por más que parece ser que el verso venía sugerido por el estado de la fuente del castillo, temporalmente seca... Participaron en este certamen, además de otros poetas, el propio Charles d'Orleans y François Villon. Las poesías de este certamen se hallan recogidas en la edición de las poesías de Charles d'Orleans por Pierre Champion, París, Champion, 1971, I, págs. 182, 191-203).

[251]

hallaba entonces la corte, el señor de Nemours no pudo por menos de alegrarse, al saber que estaba en el mismo sitio que él. Intentó verla, e iba todos los días a casa del señor de Clèves, con el pretexto de preguntar por su salud, pero fue inútil, la señora de Clèves no salía de la habitación de su marido y le producía un inmenso dolor el estado en que lo veía. El señor de Nemours estaba desesperado al verla tan afligida, y bien advertía hasta qué punto su tristeza acrecentaba la amistad que la unía a su marido, y hasta qué punto esta misma amistad la desviaba peligrosamente de la pasión que anidaba en su corazón. Este pensamiento le causó una tristeza mortal durante algún tiempo, pero la gravedad de la dolencia del señor de Clèves le abrió la puerta a nuevas esperanzas. Vio que la señora de Clèves sería quizá libre de seguir su inclinación y que podría hallar en el futuro una sucesión de dichas y de placeres duraderos. No podía soportar esta idea, tantas eran las turbaciones y los arrebatos que le causaba, y la apartaba de su imaginación por temor a sentirse doblemente desgraciado si no se cumplían sus esperanzas.

Entretanto, los médicos casi habían desahuciado al señor de Clèves. Uno de los últimos días de su enfermedad, después de haber pasado una noche muy penosa, dijo de madrugada que quería descansar. La señora de Clèves permaneció sola en su habitación, le pareció que en lugar de descansar estaba muy inquieto, se acercó y fue a ponerse de rodillas delante de su cama con el rostro bañado en lágrimas. El señor de Clèves había decidido no darle muestras de lo encolerizado que estaba con ella, pero los cuidados que ella le prodigaba, y su tristeza, que le parecía a veces sincera, y que veía también algunas veces como una prueba de doblez y de perfidia, despertaban en él sentimientos tan opuestos y tan dolorosos que no pudo guardarlos para sí.

—Derramáis muchas lágrimas, señora —le dijo—, por una muerte de la que sois causante y que no puede produciros el dolor que mostráis. No estoy ya en condiciones de haceros reproches —continuó con una voz debilitada por la enfermedad y por el dolor—, pero muero del cruel sinsabor que me habéis causado. ¿Por qué una acción tan extraordinaria como la que realizasteis al hablarme en Coulommiers había de ir seguida de tan poca perseverancia? ¿Por qué informarme de la pasión que sentíais por el señor de Nemours, si vuestra virtud no tenía más firmeza para resistirse a ella? Os amaba hasta tal punto, que era muy fácil engañarme, lo confieso para mi vergüenza, he echado de menos la falsa tranquilidad de la que me habéis sacado. ¿Por qué no me dejabais en esa ceguera apacible de la que gozan tantos maridos? Quizá hubiera ignorado toda mi vida que amabais al señor de Nemours. Moriré —añadió—, pero sabed que me hacéis la muerte grata, y que después de haberme privado de la estima y la ternura que sentía por vos, la vida me daría horror. ¿Qué sería de mi vida —continuó—, si había de pasarla junto a una mujer a la que tanto he amado y por la que me he visto engañado tan cruelmente, o vivir separado de esta misma mujer y llegar a un escándalo y a violencias tan opuestas a mi carácter y a la pasión que sentía por vos? Ha ido más allá de lo que habéis visto, señora, os he ocultado la mayor parte de ella, por temor a importunaros, o a perder algo de vuestra estima con unos modales que no fuesen los propios de un marido. En fin, merecía vuestro corazón; una vez más, muero sin pesar, puesto que no he podido obtenerlo y que ya no puedo desearlo. Adiós, señora, algún día echaréis de menos a un hombre que os amaba con una pasión verdadera y legítima. Sentiréis la tristeza que encuentran las mujeres sensatas en esta clase de devaneos, y conoceréis la diferencia que existe entre ser amada como yo os amaba o serlo por

[...]í que, aun testimoniándoos amor, no persigue sino [...]or de seduciros. Pero mi muerte os deja en libertad —añadió—, y podéis hacer feliz al señor de Namours sin que sea a costa de infidelidades. ¡Pero qué importa —añadió— lo que ocurra cuando yo no exista, por qué tendré la debilidad de pensar en ello!

La señora de Clèves estaba tan lejos de imaginar que su marido pudiera sospechar de ella, que escuchaba estas palabras sin comprenderlas, y sin pensar otra cosa sino que le reprochaba su inclinación por el señor de Nemours. Al fin, saliendo de pronto de su ceguera, exclamó:

—¡Infidelidades[77] yo! No las he cometido ni con el pensamiento. La virtud más austera no puede inspirar otro comportamiento que el que he tenido, y no he cometido jamás una acción de la cual no hubiera deseado que vos fueseis testigo.

—¿Hubieseis deseado —replicó el señor de Clèves, mirándola con desdén— que lo fuese de las noches que habéis pasado con el señor de Nemours? ¡Ah!, señora, ¿será posible que me refiera a vos al hablar de una mujer que ha pasado noches con otro hombre?

—No señor —replicó ella—, no es de mí de quien habláis. No he pasado jamás noches con el señor de Nemours, ni siquiera momentos. No me ha visto nunca a solas, jamás le he consentido nada, ni siquiera lo he escuchado, y estoy dispuesta a jurarlo cuantas veces sea necesario.

—No digáis más —interrumpió el señor de Clèves—, unos juramentos falsos me serían quizá igualmente penosos que una confesión.

La señora de Clèves no podía responder, sus lágrimas y su dolor le impedían hablar, por fin, haciendo un esfuerzo dijo:

---

[77] Orig. *crimes* (crímenes).

—Miradme al menos, escuchadme. Si sólo se tratase de mi interés soportaría estos reproches, pero se trata de vuestra vida. Escuchadme por amor a vos mismo: es imposible que con la verdad no pueda persuadiros de mi inocencia.

—¡Ojalá pudieseis persuadirme de ella! —exclamó—, pero ¿qué podéis decirme? ¿Acaso el señor de Nemours no ha estado en Coulommiers con su hermana? ¿No había pasado las dos noches anteriores con vos en el jardín del bosque?

—Si ésta es mi infidelidad —replicó ella—, me es fácil justificarme. No os pido que me creáis, pero creed a vuestros criados, y sabréis si fui al jardín del bosque la víspera del día en que el señor de Nemours vino a Coulommiers, y si no salí de allí la noche anterior dos horas antes de lo que tenía por costumbre.

Le contó después cómo había creído ver a alguien en el jardín, y le confesó que había creído que se trataba del señor de Nemours. La habló con tanta firmeza, y la verdad tiene tal poder de persuasión incluso cuando no es verosímil, que el señor de Clèves quedó casi convencido de su inocencia.

—No sé —le dijo— si debo ceder a mi deseo de creeros. Me siento tan cerca de la muerte, que no quiero ver nada que pueda hacerme echar de menos la vida. Me habéis hecho ver claro demasiado tarde, pero, de todas formas, será un alivio para mí el irme pensando que sois digna de la estima que siento por vos. Os ruego que me permitáis también tener el consuelo de creer que respetaréis mi memoria, y que, de haber dependido de vos, hubieseis sentido por mí el amor que sentís por otro.

Quiso continuar, pero un desfallecimiento lo dejó sin habla. La señora de Clèves hizo llamar a los médicos: lo encontraron casi sin vida. Languideció, sin embargo, aún algunos días, y murió, al fin, con una entereza admirable.

La señora de Clèves se quedó sumida en una aflicción tan violenta, que a punto estuvo de perder el juicio. La reina fue a verla con solicitud, y la llevó a un convento sin que ella supiese adónde la conducían. Sus cuñadas volvieron a traerla a París cuando no estaba todavía en condiciones de sentir claramente su dolor. Cuando empezó a tener la fuerza de mirarlo de frente, y vio qué marido había perdido, cuando consideró que ella había causado su muerte, y que la había causado por haberse enamorado de otro hombre, sintió tal horror de sí misma y del señor de Nemours, que sería imposible describirlo.

El duque no osó al principio prodigarle otras atenciones que las que exige la cortesía. Conocía a la señora de Clèves lo bastante como para pensar que una mayor asiduidad le sería desagradable, pero lo que averiguó después le hizo comprender que debía observar largo tiempo la misma conducta.

Un escudero que tenía le contó que el gentilhombre del señor de Clèves, que era su amigo íntimo, le había dicho en medio de su dolor por la pérdida de su amo, que el viaje del señor de Nemours a Coulommiers había sido la causa de su muerte. El señor de Nemours se quedó en extremo sorprendido al oír estas palabras, pero después de haber reflexionado sobre ello, adivinó parte de la verdad, y comprendió cuál sería al principio el estado de ánimo de la señora de Clèves y qué animadversión sentiría hacia él, si creía que la enfermedad de su marido había sido motivada por los celos. Creyó que, por el momento, no era siquiera conveniente que le recordase su existencia, y siguió esta norma de conducta por penosa que le resultase.

Hizo un viaje a París, y no pudo por menos de ir a su puerta para pedir noticias suyas. Le dijeron que nadie podía verla, y que había incluso prohibido que le dieran cuenta de quiénes iban a visitarla. Quizá estas órdenes tan precisas habían sido dadas con vistas a este príncipe y para no oír hablar de él. El señor de Nemours estaba demasiado enamorado de la señora de Clèves para poder vivir tan totalmente privado de verla. Decidió encontrar los medios, por difíciles que fuesen, para salir de una situación que le parecía insoportable.

El dolor de la princesa rayaba en la locura. No podía apartar de su mente la imagen de su marido moribundo, muriendo a causa de ella y mostrándole tanta ternura. Rememoraba incesantemente todo lo que le debía, y le parecía un crimen no haber estado enamorada de él, como si se tratase de algo que hubiera dependido de su voluntad. No encontraba consuelo más que pensando que lloraba su pérdida tanto como él merecía que la llorase, y que no haría durante el resto de su vida sino lo que a él, de haber vivido, le hubiera agradado que hiciese.

Había pensado varias veces en cómo se habría enterado de que el señor de Nemours había ido a Coulommiers. No sospechaba que el príncipe hubiera podido contarlo, y le era incluso indiferente que lo hubiese repetido, hasta tal punto se creía curada y muy lejos de la pasión que había sentido por él. Sin embargo, le producía un dolor intenso imaginar que era él la causa de la muerte de su marido, y recordaba con tristeza el temor que el señor de Clèves le había manifestado al morir, de que ella se casase con él; pero todas estas penas se confundían con la que le causaba la pérdida de su marido, y creía no tener otra.

Transcurridos algunos meses, salió de esta violenta aflicción en que se hallaba, y pasó a un estado de tristeza y de languidez. La señora de Martigues hizo un viaje a París y durante su estancia la fue a ver con solicitud. Le habló de la corte y de todo lo que allí ocurría, y aunque a la señora de Clèves no parecía interesarle, la señora de Martigues no dejaba de hablarle de ello para distraerla.

Le dio noticias del vidamo, del señor de Guisa, y de todos los que se distinguían por su persona o su mérito.

—En cuanto al señor de Nemours —le dijo—, no sé si los negocios han ocupado en su corazón el lugar reservado a la galantería, pero está mucho menos alegre que de costumbre, y parece muy apartado del trato de las mujeres. Hace frecuentes viajes a París y creo incluso que está aquí en este momento.

El nombre del señor Nemours sorprendió a la señora de Clèves y la hizo sonrojar. Cambió la conversación, y la señora de Martigues no se dio cuenta de su embarazo.

Al día siguiente, la princesa, que buscaba ocupaciones apropiadas a su estado, fue, cerca de su casa, a ver a un hombre que hacía trabajos de seda de una manera muy peculiar, con el propósito de hacer unos semejantes. Cuando se los hubieron mostrado, vio la puerta de una habitación en la que creyó que había más trabajos, y dijo que se la abriesen. El artesano respondió que no tenía la llave, y que estaba ocupada por un hombre que iba allí algunas veces durante el día para dibujar las hermosas casas y los jardines que se veían desde las ventanas.

—Es el hombre más apuesto que he visto —añadió—, no tiene en absoluto aspecto de verse reducido a ganarse la vida. Siempre que viene aquí, lo veo mirar las casas y los jardines, pero nunca lo veo trabajar.

La señora de Clèves escuchaba estas palabras con gran atención. Lo que le había dicho la señora de Martigues de que el señor de Nemours estaba alguna vez en París se unió en su imaginación a lo que oía de este hombre apuesto que iba cerca de su casa, e hizo surgir ante ella la imagen del señor de Nemours, y de un señor de Nemours esforzándose en verla que le produjo una confusa turbación de la que ignoraba la causa. Se acercó a las ventanas para ver adónde daban, y se encontró con que desde allí se veía su jardín y la fachada de su casa. Y cuando estuvo en su habitación distinguió fácilmente la ventana a la que le habían dicho que se asomaba aquel hombre. La idea de que se trataba del señor de Nemours hizo cambiar por completo su estado de ánimo; salió de aquel estado indefinido de triste sosiego, que empezaba a saborear, y se sintió inquieta y agitada. Finalmente, no pudiendo permanecer sola consigo misma, fue a tomar el aire al jardín fuera de los arrabales, donde pensaba estaría sola.

Creyó, al llegar, que no se había equivocado: no vio indicios de que hubiese allí nadie, y paseó durante largo rato. Después de haber atravesado un bosquecillo, distinguió en el extremo de un sendero, en el sitio más alejado del jardín, una especie de gabinete abierto por todos los lados, adonde dirigió sus pasos. Cuando estuvo cerca, vio a un hombre acostado en un banco, que parecía sumido en una profunda ensoñación, y reconoció en él al señor de Nemours. Esta visión la hizo detenerse inmediatamente, pero sus criados, que la seguían, hicieron algún ruido que sacó al señor de Nemours de sus sueños. Sin mirar quién había causado el ruido que había oído, se levantó de su sitio para evitar al grupo de personas que venía hacia él, y dio la vuelta por otro paseo, haciendo una reverencia tan profunda que le impidió incluso ver a los que saludaba.

Si hubiera visto a quién evitaba ¡con qué ardor hubiera vuelto sobre sus pasos!, pero siguió el sendero y la señora de Clèves lo vio salir por una puerta trasera donde lo esperaba una carroza. ¡Qué efecto produjo esta rápida visión en el corazón de la señora de Clèves! ¡Qué pasión dormida se encendió de nuevo[78] en su corazón, y con qué violencia! Fue a sentarse al mismo sitio de donde venía el señor

---

[78] «dormida se encendió de nuevo». Expresión que merece el comentario de Valincour, que hace notar que una pasión dormida se «despierta», se «aviva», no se enciende de nuevo.

de Nemours, y permaneció allí anonadada. El príncipe irrumpió en su imaginación, más amable que nadie en el mundo, amándola desde hacía mucho tiempo con una pasión llena de respeto y de fidelidad, despreciándolo todo por ella, respetando incluso su dolor, pensando en verla sin pensar en ser visto, abandonando la corte, de la que hacía las delicias, para ir a mirar los muros que la encerraban, para venir a soñar a un lugar donde no podía pretender encontrarla, en fin, un hombre digno de ser amado aun sólo por sus atenciones, y por el cual ella sentía una inclinación tan violenta que lo hubiera amado aunque él no la amara; y además un hombre de rancia nobleza como correspondía a la suya. Ningún deber, ninguna virtud se oponían ya a sus sentimientos; todos los obstáculos habían desaparecido, y no quedaba de su situación pasada más que la pasión del señor de Nemours hacia ella y la que ella sentía por él.

Todas estas ideas eran nuevas para la princesa. La aflicción por la muerte del señor de Clèves la había ocupado lo suficiente como para impedir que se detuviese a examinarlas. La presencia del señor de Nemours las trajo en tropel a su mente, pero cuando estuvo del todo invadida por ellas, y se acordó también de que este hombre, a quien miraba como un posible esposo, era aquel que había amado en vida de su marido, y que había sido la causa de su muerte, que incluso este mismo marido, en su lecho de muerte, le había expresado su temor de que se casase con él, su austera virtud se sintió tan herida, que no le pareció menos culpable casarse con el señor de Nemours de lo que le había parecido amarlo en vida de su marido. Se abandonó a estas reflexiones tan contrarias a su felicidad, y las reforzó aún más con varios motivos que concernían a su reposo y a los males que preveía si se casaba con el señor de Nemours. Al fin, después de haber permanecido dos horas en el lugar donde estaba, volvió a su casa, convencida de que debía huir las ocasiones de verlo como algo enteramente opuesto a su deber.

Pero esta convicción, que era el resultado de sus razonamientos y de su virtud, no arrastraba su corazón, que seguía encadenado al señor de Nemours con una violencia que la ponía en un estado digno de compasión, y que no le dejó ningún reposo. Pasó una de las noches más crueles que jamás había pasado. Por la mañana, lo primero que hizo fue ir a ver si había alguien en la ventana que daba a su casa, se acercó y vio al señor de Nemours. Esta visión la sorprendió, y se retiró con una presteza que hizo pensar al príncipe que lo había reconocido. Había deseado a menudo que fuese así, desde que su pasión le había hecho encontrar la manera de ver a la señora de Clèves; y cuando no esperaba tener este placer, iba a soñar al jardín donde ella lo había encontrado.

Cansado al fin de una situación tan desdichada e incierta, decidió buscar algún medio para poner en claro cuál sería su destino. ¿Qué pretendo esperar?, se decía; hace mucho tiempo que sé que me ama, es libre, no puede oponerme resistencia en nombre de ningún deber. ¿Por qué limitarme a verla sin ser visto y sin hablarle? ¿Será posible que el amor me haya privado hasta tal punto de razón y de atrevimiento, y que me haya vuelto tan distinto del que he sido en las otras pasiones de mi vida? He hecho lo que debía al respetar el dolor de la señora de Clèves, pero lo estoy respetando demasiado tiempo y le estoy dando la ocasión de apagar la inclinación que siente por mí.

Después de estas reflexiones, pensó en qué medios pondría en práctica para verla. Creyó que no había ya nada que pudiese obligarle a ocultar su pasión al vidamo de Chartres, y decidió hablarle y decirle las intenciones que tenía respecto a su sobrina.

El vidamo estaba entonces en París: todo el mundo

había ido allí para dar órdenes a su séquito y a sus lacayos, a fin de seguir al rey que debía acompañar a la reina de España. El señor de Nemours fue, pues, a casa del vidamo, y le hizo una confesión sincera de todo lo que le había ocultado hasta entonces, excepto de los sentimientos de la señora de Clèves, de los que no quiso parecer informado. El vidamo escuchó todo lo que él le dijo con mucha alegría, y le aseguró que, sin conocer sus sentimientos, había pensado a menudo, desde que la señora de Clèves se había quedado viuda, que era la única persona digna de él. El señor de Nemours le rogó que le diese la ocasión de hablarle y de saber así cuáles eran sus intenciones.

El vidamo le propuso llevarlo a su casa, pero el señor de Nemours temió que ella se ofendiese, porque no veía aún a nadie. Decidieron que era preciso que el vidamo la invitase a ir a la suya bajo algún pretexto, y que el señor de Nemours fuese allí por una escalera secreta, a fin de que nadie lo viese. Llevaron a cabo todo esto tal como lo habían decidido: la señora de Clèves llegó, el vidamo la fue a recibir y la llevó a un gran gabinete al fondo de su aposento, un rato después llegó el señor de Nemours como si fuese por casualidad. La señora de Clèves se quedó en extremo sorprendida al verlo, se sonrojó e intentó ocultar su rubor. El vidamo habló primero de distintas cosas, y luego salió dando a entender que tenía que dar alguna orden. Le dijo a la señora de Clèves que le rogaba que hiciese los honores de la casa y que iba a volver al cabo de un momento.

Sería difícil expresar lo que sintieron el señor de Nemours y la señora de Clèves al encontrarse por primera vez solos, y en circunstancias que les permitían hablarse. Permanecieron algún tiempo sin decir nada; por fin, el señor de Nemours, rompiendo el silencio, dijo:

—¿Perdonaréis al señor de Chartres el haberme dado

la ocasión de veros y de hablar con vos, algo de lo que tan cruelmente me habéis privado siempre?

—No puedo perdonarle —respondió ella— el haber olvidado el estado en que estoy y a qué expone mi reputación.

Habiendo pronunciado estas palabras, quiso marcharse, pero el señor de Nemours, reteniéndola, replicó:

—No temáis nada —señora—, nadie sabe que estoy aquí y no hay que temer ningún peligro. Escuchadme, señora, escuchadme, si no es por bondad que sea al menos por amor a vos misma y para libraros de las extravagancias a las que me llevaría infaliblemente una pasión de la que ya no soy dueño.

La señora de Clèves cedió por primera vez a la inclinación que sentía por el señor de Nemours, y mirándolo con los ojos llenos de dulzura y de encanto, le dijo:

—Pero ¿qué podéis esperar del favor que me pedís? Os arrepentiréis quizás de haberlo obtenido, y yo me arrepentiré con toda seguridad de habéroslo otorgado. Merecéis un destino más feliz que el que habéis tenido hasta ahora, y que el que podéis hallar en el futuro, a menos que lo busquéis en otra parte.

—¡Yo, señora —le dijo él—, buscar la felicidad en otra parte! ¿Existe otra felicidad que la de ser amado por vos? Aunque no os haya hablado nunca, no puedo creer señora que ignoréis mi amor, y que no lo tengáis por el más verdadero y el más violento que ha existido jamás. ¡A qué pruebas se ha visto sometido por causas que desconocéis! ¡A qué pruebas lo habéis sometido con vuestros rigores!

—Puesto que queréis que os hable, y que me decido a ello —respondió la señora de Clèves sentándose—, lo haré con una sinceridad que hallaréis difícilmente en las personas de mi sexo. No os diré que no he visto el interés que tenéis por mí, quizás no me creeríais si os lo dijera. Os confieso, pues, no solamente que lo he visto, sino que lo he visto tal como podéis desear que se haya mostrado a mis ojos.

—Si lo habéis visto, señora —respondió él—, ¿es posible que no os hayáis sentido conmovida? ¿Me atreveré a preguntaros si ha causado alguna impresión en vuestro corazón?

—Habéis podido juzgarlo por mi conducta, pero quisiera saber qué habéis pensado de ello.

—Tendría que hallarme en más dichoso estado para osar decíroslo —respondió él—, y desgraciadamente mi destino se parece muy poco a lo que os diría. Todo lo que puedo aseguraros, señora, es que hubiera deseado ardientemente que no hubieseis confesado al señor de Clèves lo que me ocultabais y que le hubieseis ocultado lo que me hubieseis permitido ver.

—¿Cómo habéis podido descubrir —replicó ella sonrojándose— que había confesado algo al señor de Clèves?

—Lo supe por vos misma, señora —respondió él—, pero para perdonarme el atrevimiento que tuve al escucharos, recordad si he abusado de lo que he oído, si mis esperanzas se han acrecentado y si he tenido más atrevimiento para hablaros.

Empezó a contarle cómo había oído su conversación con el señor de Clèves, pero ella le interrumpió antes de que hubiera terminado.

—No me digáis más —le dijo—, ahora veo cómo habéis estado tan bien informado. Asaz me lo parecisteis en los aposentos de la delfina, que se había enterado de esta aventura por aquellos a quienes se la habíais confiado.

El señor de Nemours le contó cómo había ocurrido el hecho.

—No os disculpéis —replicó la señora de Clèves—, hace mucho tiempo que os he perdonado sin que me hubieseis dado ninguna explicación. Pero, puesto que habéis sabido por mí misma lo que había tenido la intención de ocultaros toda mi vida, os confieso que me habéis inspirado sentimientos que me eran desconocidos antes de haberos visto, y de los que tenía tan poca idea, que me causaron al principio una sorpresa que aumentaba aún la turbación que siempre los acompaña. Os hago esta confesión con menos recato, porque la hago en un momento en que puedo hacerla sin culpa, y que vos habéis visto que mi conducta no ha sido dictada por mis sentimientos.

—¿Creéis, señora —le dijo el señor de Nemours— echándose a sus pies, que no expiro postrado ante vos de alegría y de emoción?

—No os digo —contestó ella sonriendo— sino lo que ya sabíais de sobra.

—¡Ay, señora! —replicó—, ¡qué diferencia entre enterarme por un capricho del azar y enterarme por vos misma y ver que aceptáis que lo sepa!

—Es verdad —le dijo ella— que quiero que lo sepáis, y que me es grato decíroslo. En realidad, no sé si os lo digo más por amor a mí misma que por amor a vos. Porque, en fin, esta declaración no tendrá consecuencias y seguiré las reglas austeras que mi deber me impone.

—Ni lo penséis, señora —respondió el señor de Nemours—, ya no existe ningún deber que os ate, sois libre; si me atreviese, os diría incluso que depende de vos el que hagáis de modo que vuestro deber os obligue un día a conservar los sentimientos que tenéis por mí.

—Mi deber —replicó ella— me prohíbe pensar jamás en nadie, y en vos menos que en nadie, por motivos que desconocéis.

—Quizás no los desconozco, señora —replicó el señor de Nemours—, pero no son verdaderas razones. Creo saber que el señor de Clèves me ha creído más dichoso de lo que era en realidad, y que ha imaginado que habíais aprobado las extravagancias que la pasión me ha hecho cometer sin vuestro consentimiento.

—No hablemos de esta aventura, no soy capaz de soportar su recuerdo; me avergüenza, y, al mismo tiempo, me es en extremo dolorosa por las consecuencias que ha tenido. Desgraciadamente, es bien cierto que habéis sido la causa de la muerte del señor de Clèves. Las sospechas que le ha inspirado vuestra conducta insensata le han costado la vida, como si se la hubierais quitado con vuestras propias manos. Considerad lo que debería hacer si hubieseis llegado a estos extremos, y hubiese ocurrido la misma desgracia. Ya sé que no es lo mismo a los ojos del mundo, pero a los míos no hay ninguna diferencia, puesto que sé que ha muerto por culpa vuestra y que soy yo la causa.

—¡Ah, señora —le dijo el señor de Nemours—. ¿Qué deber imaginario oponéis a mi felicidad? ¡Cómo! Señora, ¿un pensamiento vano y sin fundamento os impediría hacer feliz a un hombre que no os es indiferente? ¡Cómo! ¿Será posible que haya concebido la esperanza de pasar mi vida junto a vos, mi destino me habría llevado a amar a la mujer más digna de estima que hay en el mundo, habría visto en ella todo lo que puede constituir una adorable amante, no me destestaría y habría encontrado en su conducta todo lo que se puede desear de una esposa?[79]... Porque, en fin, señora, sois quizá la única persona del mundo en quien estas dos cualidades se encuentran en el grado en que se dan en vos. Todos los que se casan con una amante[80] por la que se saben amados, tiemblan al casarse con ella, y recuerdan con temor, pensando en los demás, el comportamiento que han tenido con ellos, pero

---

[79] Frase truncada en el original. Para evitar la confusión que se sigue de ello, nos hemos permitido añadir unos puntos suspensivos.

[80] Original *amantes*, pero al repetir el plural en la traducción, la frase resulta confusa.

en vos, señora, no hay nada que temer, y no se encuentran sino motivos de admiración. ¿Será posible, digo, que no haya yo imaginado una felicitad tan grande sino para veros a vos misma ponerle obstáculos? ¡Ah, señora! ¿Olvidáis que me habéis distinguido del resto de los hombres, o, más bien, no me habéis jamás distinguido de ellos? Vos os habéis equivocado y yo me he hecho ilusiones.

—No os habéis hecho ilusiones vanamente —respondió la señora de Clèves—, mi deber no me parecería quizá un motivo tan poderoso sin esta preferencia que adivináis, y es ella la que me hace prever que seré desdichada si me uno a vos.

—No tengo nada que objetar cuando me decís que teméis ser desdichada, pero os confieso que, después de lo que habéis tenido a bien decirme, no me esperaba encontrar un motivo tan cruel.

—Es tan lisonjero para vos, que me cuesta mucho decíroslo.

—¡Ay!, señora —replicó el señor de Nemours—. ¿Qué podéis temer que me halague, después de lo que me acabáis de decir?

—Quiero seguiros hablando con la misma sinceridad con que he empezado a hacerlo —replicó la señora de Clèves—, y voy a pasar por alto toda la reserva y toda la discreción que debiera observar en una primera conversación, pero os suplico que me escuchéis sin interrumpirme.

»Creo deber a vuestro interés por mí la débil recompensa de no ocultaros ninguno de mis sentimientos y de mostrarlos cuáles son. Será, sin duda, la única vez en mi vida que me permitiré la libertad de mostrarlos; no obstante, no puedo confesaros sin rubor que la certidumbre de que dejaríais de amarme como me amáis ahora me parece una desgracia tan horrible, que aun cuando no tuviese, en lo que atañe al deber, unos motivos tan perentorios, dudo que pudiera decidirme a exponerme a ella. Sé que sois libre, que yo lo soy también, y que las cosas son de tal suerte que la gente no tendría quizá motivos para censurarnos ni a vos ni a mí si nos uniéramos para siempre, pero ¿la pasión de los hombres sigue viva en estos compromisos eternos? ¿Debo esperar un milagro en mi favor, y puedo exponerme a ver cesar sin remisión esta pasión en la que yo cifraría toda mi felicidad? El señor de Clèves era quizá el único hombre del mundo capaz de conservar el amor en el matrimonio. Mi destino no ha permitido que haya podido gozar de esta felicidad. Puede ser también que su pasión subsistiera únicamente porque no había hallado pasión en mí, pero no tendría el mismo medio para conservar la vuestra; creo incluso que los obstáculos han sido la causa de vuestra constancia. Habéis encontrado los suficientes como para incitaros a vencer, y mis acciones involuntarias, o las cosas que el azar ha permitido que supieseis, os han dado bastante esperanza como para no desalentaros.

—¡Ah!, señora —replicó el señor de Nemours—, no puedo guardar el silencio que me imponéis, sois demasiado injusta conmigo. Bien veo, por lo que me decís, cuánto distáis de hallaros bien dispuesta para conmigo.

—Confieso —respondió la señora de Clèves— que puedo dejarme llevar por las pasiones, pero que no son capaces de cegarme. Nada me impide comprender que habéis nacido con toda suerte de disposiciones para la galantería, y con todas las cualidades necesarias para llevarla a buen fin. Habéis conocido ya varias pasiones, conoceríais otras: yo dejaría de haceros feliz y os vería ser para otra lo que habéis sido para mí. Esto me causaría un dolor mortal, y no estaría siquiera al abrigo de sufrir la desdicha de los celos. Os he dicho demasiado como para ocultaros ahora que me los habéis hecho ya conocer, y que sufrí tan cruel tormento la tarde en que la reina me dio aquella carta de la señora de Thémines que decían os iba dirigida, que me ha quedado de ellos un recuerdo que me hace pensar que son el peor de los males. Por vanidad o por gusto, todas las mujeres desean atraeros. Pocas hay a quienes no gustéis, y mi experiencia me inclina a creer que no hay ninguna a quien no podáis gustar. Os creería siempre enamorado y correspondido, y a menudo no me equivocaría. En este estado, sin embargo, no podría elegir más que el sufrimiento, no sé siquiera si me atrevería a quejarme. Se hacen reproches a un amante, pero no se le hacen a un marido cuando lo único que se le puede reprochar es haber dejado de amar. Y aun cuando pudiera acostumbrarme a esta clase de desgracia, ¿podría acostumbarme a la de creer siempre estar viendo al señor de Clèves acusándoos de su muerte, reprochándome el haberos amado, el haberme casado con vos, y haciéndome notar la diferencia entre su amor y el vuestro? Es imposible —prosiguió— pasar por alto razones tan poderosas: es preciso que permanezca en el estado en que estoy, y que mantenga la resolución que he tomado de no salir jamás de él.

—¡Oh! ¿Creéis poder hacerlo, señora? —exclamó el señor de Nemours—. ¿Pensáis que vuestras resoluciones se mantendrán frente a un hombre que os adora y que tiene la dicha de agradaros? Es más difícil de lo que pensáis, señora, resistir a alguien que nos place y que nos ama. Vos lo habéis hecho gracias a una virtud austera casi sin precedentes, pero esta virtud no se opone ya a vuestros sentimientos, y espero que os dejaréis llevar por ellos aun a pesar vuestro.

—Sé muy bien que no hay nada más difícil que lo que me propongo —replicó la señora de Clèves—, y en medio de mis razonamientos desconfío de mis fuerzas. Lo que creo deber a la memoria del señor de Clèves sería poca cosa de no estar apoyado por lo que me interesa mi tranquilidad, y el deseo de preservar mi tranquilidad necesita verse apoyado por el de cumplir con mi deber. Pero aunque desconfío de mí, creo que no venceré jamás mis escrúpulos, como no espero tampoco dominar la inclinación que siento por vos. Esta inclinación me hará desgraciada, y renunciaré a veros, por más esfuerzos que me cueste. Os suplico, por todo el ascendiente que tengo sobre vos, que no busquéis ninguna ocasión de verme. Me hallo en un estado que convierte en culpable todo lo que en otros momentos podría permitírseme, y el mero decoro prohíbe toda relación entre nosotros.

El señor de Nemours se echó a sus pies, y se abandonó a las distintas emociones que agitaban su alma. Le mostró, con sus palabras y con su llanto, la más violenta y la más tierna de las pasiones que jamás han conmovido un corazón. El de la señora de Clèves no era insensible, y mirando al señor de Nemours, con los ojos un poco dilatados por las lágrimas, exclamó:

—¿Por qué tendré que poder acusaros de la muerte del señor de Clèves? ¿Por qué no os habré conocido después de ser libre, o por qué no os habré conocido antes de estar comprometida? ¿Por qué el destino interpone entre nosotros un obstáculo tan invencible?

—No hay ningún obstáculo, señora —replicó el señor de Nemours—, vos sola os oponéis a mi felicidad; vos sola os imponéis una ley que ni la virtud ni la razón podrían imponeros.

—Es cierto —replicó la señora de Clèves— que sacrifico mucho a un deber que sólo subsiste en mi imaginación. Esperad a que el tiempo decida. El señor de Clèves acaba de expirar, y este acontecimiento funesto es demasiado reciente para ver las cosas con claridad y lucidez. Tened la satisfacción de haber sido amado por una mujer que no habría amado a nadie de no haberos conocido a vos. Tened por seguro que los sentimientos que albergo hacia vos serán eternos, y perdurarán de todas formas haga lo que haga. Adiós, esta conversación me avergüenza, dadle cuenta de ella al vidamo, os lo permito y os lo ruego.

Habiendo dicho estas palabras, salió sin que el señor de Nemours pudiera retenerla. Halló al vidamo en la habitación contigua. La vio tan turbada que no se atrevió a hablarle y la acompañó a su carroza sin decirle nada. Volvió junto al señor de Nemours, que estaba tan lleno de alegría, de tristeza, de asombro y de admiración, de todos los sentimientos en fin que puede inspirar una pasión llena de temor y de esperanza, que había perdido el juicio. El vidamo tardó en conseguir que le diese cuenta de la conversación. Lo hizo al fin, y el señor de Chartres, sin estar enamorado, no sintió menos admiración de la que había sentido el señor de Nemours por la virtud, el ingenio y el mérito de la señora de Clèves. Consideraron lo que el príncipe podía esperar del destino, y, por más que su amor le inspirase muchos temores, estuvo de acuerdo con el vidamo en que era imposible que la señora de Clèves permanerciera firme en la resolución que había tomado. Convinieron, no obstante, en que había que seguir sus órdenes, por temor a que, si la gente se daba cuenta del interés que sentía por ella, hiciera declaraciones y adquiriera compromisos frente al mundo que sostendría después por temor a que creyesen que lo había amado en vida de su marido.

El señor de Nemours se decidió a seguir al rey. Era un viaje del que no podía en realidad dispensarse y decidió partir sin intentar ver siquiera a la señora de Clèves desde aquella ventana por la que la había visto alguna vez. Rogó al vidamo que le hablase. ¡Qué no le recomendó que le dijese! ¡Qué número infinito de argumentos para persuadirla a que venciese sus escrúpulos! En fin, había pasado una parte de la noche antes de que el señor de Nemours pensase en dejarlo en paz.

La señora de Clèves no estaba en estado de hallar esta paz. Era algo tan nuevo para ella el haber salido de la reserva que se había impuesto, el haber tolerado por primera vez que alguien le dijese que estaba enamorado de ella, y el haber dicho a su vez que amaba, que no se conocía a sí misma. Estaba sorprendida de lo que había hecho: se arrepintió de ello, se alegró. Todos sus sentimientos estaban llenos de turbación y de pasión. Analizó una vez más los motivos que su deber oponía a su felicidad, le causó dolor encontrarlos tan poderosos, y se arrepintió de haberlos manifestado tan claramente al señor de Nemours. Si bien la idea de casarse con él le había venido a la imaginación en cuanto lo había vuelto a ver en el jardín, no le había hecho la misma impresión que acababa de hacerle la conversación que habían sostenido, y había momentos en que le era difícil comprender que pudiera ser desgraciada casándose con él. Hubiera querido poder decirse a sí misma que no tenían fundamento ni sus escrúpulos sobre el pasado ni sus temores respecto al porvenir. La razón y su deber le hacían ver en otros momentos cosas totalmente opuestas, que la llevaban rápidamente a la decisión de no volver a casarse y de no ver jamás al señor de Nemours. Pero era muy arduo imponer esta decisión a un corazón tan conmovido como el suyo y entregado por primera vez a los encantos del amor. En fin, para encontrar algún sosiego, pensó que aún no era necesario que se forzase a tomar una resolución. El decoro le dejaba un tiempo considerable para decidirse, pero hizo el propósito de permanecer firme y no sostener ninguna relación con el señor de Nemours. El vidamo fue a verla y abogó por la causa del príncipe con todo el ingenio y el empeño imaginables: no consiguió hacerle cambiar ni su línea de conducta ni la que había impuesto al señor de

Nemours. Le dijo que su intención era permanecer en el estado en que se encontraba, que reconocía que era difícil llevarla a cabo, pero que esperaba tener fuerzas para ello. Le hizo ver de manera tan patente hasta qué punto la turbaba la idea de que el señor de Nemours había causado la muerte de su marido, y lo persuadida que estaba de que casándose con él faltaría a su deber, que el vidamo temió que iba a ser difícil disuadirla. No dijo al príncipe lo que pensaba al darle cuenta de esta conversación, y le dejó todas las esperanzas que la razón permite tener a un hombre enamorado que se sabe correspondido. Ambos partieron al día siguiente y fueron a reunirse con el rey. El vidamo escribió a la señora de Clèves, a instancias del señor de Nemours, para hablarle de él, y en una segunda carta, que siguió pronto a la primera, el señor de Nemours añadió algunas líneas de su puño y letra. Pero la señora de Clèves, que no quería salir de las normas que se había impuesto, y que temía los incidentes que pueden ocurrir con las cartas, le hizo saber al vidamo que no recibiría más las suyas si seguía hablándole del señor de Nemours, y se lo dijo tan enérgicamente, que el príncipe le rogó incluso que no lo nombrase.

La corte fue a acompañar a la reina de España hasta Poitou. Durante esta ausencia la señora de Clèves se quedó a merced de sí misma, y a medida que se alejaba del señor de Nemours y de todo lo que podía recordárselo, evocaba la memoria del señor de Clèves, que le parecía una cuestión de honor mantener viva. Los motivos que tenía para no casarse con el señor de Nemours le parecían de peso en lo que se refería a su deber e insuperables en lo que hacía a su sosiego. El fin del amor de este príncipe, y los sufrimientos de los celos que creía infalibles en el matrimonio le hacían imaginar una desdicha segura a la que iba a precipitarse, pero veía también que emprendía algo imposible al resistir en presencia al hombre más amable del mundo, a quien amaba y del que era amada, y al resistirle en algo que no ofendía ni a la virtud ni a la decencia. Pensó que sólo la ausencia y el alejamiento podían darle algo de fuerza; le pareció que la necesitaba, no sólo para mantenerse firme en su decisión de no comprometerse, sino para guardarse de ver al señor de Nemours, y decidió hacer un viaje bastante largo para pasar todo el tiempo que el decoro la obligaba a vivir retirada. Unas tierras que tenía hacia los Pirineos le parecieron el lugar más adecuado que podía elegir. Se marchó pocos días antes de que volviese la corte, y al marcharse escribió al vidamo para rogarle encarecidamente que no intentase tener noticias suyas ni escribirle.

El señor de Nemours se afligió tanto por este viaje como otro lo hubiera hecho por la muerte de la mujer amada. La idea de verse privado durante largo tiempo de la vista de la señora de Clèves le producía un gran dolor, sobre todo en un momento en que había experimentado el placer de verla y de verla conmovida por su amor. Sin embargo, no podía hacer otra cosa que afligirse, pero su aflicción aumentó considerablemente. La señora de Clèves que había vivido con el alma agitada por tantas emociones, cayó gravemente enferma en cuanto llegó a sus tierras. El señor de Nemours estaba desconsolado: su dolor llegaba hasta la desesperación y la extravagancia. Al vidamo le costó muchos esfuerzos impedir que mostrase su pasión ante la gente, y le costó mucho también retenerlo y disuadirlo de ir en persona a pedir noticias de la señora de Clèves. El parentesco y la amistad del vidamo sirvieron de pretexto para mandar varios correos, y supieron, por fin, que había salido de la extrema gravedad en que había estado, pero permaneció en una languidez enfermiza, que no permitía concebir grandes esperanzas de que viviese.

El haber visto la muerte tan largamente y tan de cerca,

le hizo contemplar a la señora de Clèves las cosas de esta vida con ojos muy distintos de aquellos con que se la ve cuando se está sano. La muerte ineluctable de la que se veía tan cerca la acostumbró a despegarse de todas las cosas, y la languidez de su enfermedad hizo que esta costumbre se convirtiera en hábito. Cuando se repuso de este estado, encontró, sin embargo, que la imagen del señor de Nemours no se había borrado de su corazón, pero apeló en su ayuda, para defenderse de él, a todos los motivos que creía tener para no ser jamás su esposa. Se produjo un gran combate en su alma. Por fin, venció lo que quedaba de aquella pasión, debilitada ya por los sentimientos que la enfermedad había hecho nacer en su alma. El pensamiento de la muerte había avivado en ella el recuerdo del señor de Clèves. Este recuerdo que era conforme a su deber se imprimió fuertemente en su corazón. Las pasiones y los compromisos del mundo le parecieron tal y como parecen a las personas que tienen miras más elevadas y más lejanas. Su salud, que quedó considerablemente debilitada, la ayudó a mantener sus sentimientos, pero como sabía lo que pueden las ocasiones ante las resoluciones más prudentes, no quiso exponerse a destruir las suyas, ni volver a los lugares donde estaba el hombre que había amado. Con el pretexto de cambiar de aires, se retiró a un convento, sin dejar entrever ninguna intención de renunciar a la corte.

En cuanto el señor de Nemours tuvo noticias de esto, sintió el peso de este retiro y vio su importancia. Comprendió en aquel mismo momento que no tenía ya nada que esperar. La pérdida de sus esperanzas no le impidió hacer todo lo posible para conseguir el regreso de la señora de Clèves. Hizo escribir a la reina, hizo escribir al vidamo, lo hizo ir allí, pero todo fue inútil. El vidamo la vio, y ella no le dijo que hubiese tomado una decisión; comprendió, sin embargo, que no volvería jamás. Por fin, fue el señor de Nemours en persona, bajo el pretexto de ir a tomar unos baños. La señora de Clèves se quedó extremadamente turbada y sorprendida al enterarse de su llegada. Le mandó decir por una persona de grandes cualidades a quien quería, y que tenía entonces junto a sí, que le rogaba que no se extrañase si no se exponía al peligro de verlo, y de destruir por su presencia unos sentimientos que debía mantener; que deseaba que supiese que habiendo llegado a la conclusión de que su deber y su tranquilidad se oponían a la inclinación que sentía por ser suya, las demás cosas del mundo le habían parecido tan indiferentes, que había renunciado para siempre a ellas; que no pensaba más que en las de la otra vida y que no sentía sino el deseo de verlo en las mismas disposiciones en que ella se hallaba.

El señor de Nemours creyó expirar de dolor en presencia de aquella que le hablaba, le rogó veinte veces que volviese junto a la señora de Clèves para hacer de suerte que él pudiese verla, pero esta persona le dijo que la señora de Clèves le había prohibido, no sólo que fuese a decirle nada de su parte, sino incluso que le diese cuenta de su conversación. El príncipe tuvo que marcharse, todo lo abrumado de dolor que podía estar un hombre que perdía toda suerte de esperanzas de volver a ver a una mujer a quien amaba con la pasión más violenta, más natural y mejor fundada del mundo. No obstante, no se desalentó aún, e hizo todo lo que le pareció capaz de hacerla cambiar de designio. Por fin, habiendo transcurrido varios años, el tiempo y la ausencia disminuyeron su dolor y apagaron su pasión. La señora de Clèves vivió de una manera que no hacía prever que pudiese volver jamás. Pasaba una parte del año en el convento y otra en su casa, pero con una clausura y unas ocupaciones más santas que las de los conventos más austeros, y su vida, que fue bastante corta, dejó ejemplos de virtud inimitables.

ÍNDICE

Colección Letras Universales

DE PRÓXIMA APARICIÓN